2022本格ミステリ・ベスト10

探偵小説研究会 編著

原書房

CONTENTS

COLUMN

2021 国内本格ミステリ ランキング

1 黒牢城

米澤穂信

KADOKAWA ［得票点数：175］

2 蒼海館の殺人

阿津川辰海

講談社タイガ ［得票点数：166］

3 兇人邸の殺人

今村昌弘

東京創元社 ［得票点数：161］

4 六人の嘘つきな大学生

浅倉秋成

KADOKAWA ［得票点数：126］

5 硝子の塔の殺人

知念実希人

実業之日本社 ［得票点数：110］

6 大鞠家殺人事件

芦辺 拓

東京創元社 ［得票点数：101］

7 孤島の来訪者

方丈貴恵

東京創元社 ［得票点数：95］

8 忌名の如き贄るもの

三津田信三

講談社 ［得票点数：94］

9 invert

相沢沙呼

講談社 ［得票点数：86］

10 あと十五秒で死ぬ

榊林 銘

東京創元社 ［得票点数：79］

2021 国内本格ミステリランキング

11 僕が答える君の謎解き２

紙城境介　星海社［得票点数：67］

12 密室は御手の中

犬飼ねこそぎ　光文社［得票点数：55］

13 或るギリシア棺の謎

柄刀 一　光文社［得票点数：52］

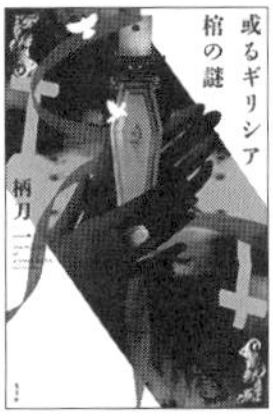

14 サーカスから来た執達吏

夕木春央　講談社［得票点数：50］

15 時空犯

潮谷 験　講談社［得票点数：49］

16 幻月と探偵

伊吹亜門　KADOKAWA［得票点数：45］

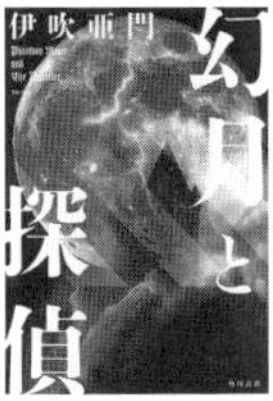

17 救国ゲーム

結城真一郎　新潮社［得票点数：43］

18 ミステリー・オーバードーズ

白井智之　光文社［得票点数：39］

19 アンデッドガール・マーダーファルス 3

青崎有吾　講談社タイガ［得票点数：34］

19 メルカトル悪人狩り

麻耶雄嵩　講談社ノベルス［得票点数：34］

21	推理大戦	似鳥 鶏	講談社	[31]
22	トリカゴ	辻堂ゆめ	東京創元社	[29]
23	四元館の殺人	早坂 吝	新潮文庫nex	[25]
24	征服少女	古野まほろ	光文社	[23]
25	Butterfly World	岡崎琢磨	双葉社	[22]
26	影踏亭の怪談	大島清昭	東京創元社	[18]
27	廃遊園地の殺人	斜線堂有紀	実業之日本社	[17]
27	死の黙劇	山沢晴雄	創元推理文庫	[17]
29	シンデレラ城の殺人	紺野天龍	小学館	[16]
29	葛登志岬の雁よ、雁たちよ	平石貴樹	光文社	[16]
29	パラダイス・ガーデンの喪失	若竹七海	光文社	[16]

作家別得票

1	米澤穂信	[20]
2	阿津川辰海	[19]
2	今村昌弘	[19]
4	浅倉秋成	[16]
5	知念実希人	[13]
5	芦辺 拓	[13]
7	方丈貴恵	[12]
7	三津田信三	[12]
9	榊林 銘	[11]
10	相沢沙呼	[10]

選出方法：対象作品は2020年11月から2021年10月（奥付）までに発行された本格ミステリ小説の新刊作品。「本格」の範囲は各回答者に一任し、11月4日までに寄せられたアンケートの1位〜5位（10点〜6点）にもとづいてランキングを決定した（回答が順不同の場合は一律8点を、その他変則的な回答もこれに準じて対応した）。

2021

国内本格ミステリ・ランキング総評

今年が史上最高級の大豊作というのは衆目の一致するところだろう。その戦国の世の群雄割拠で1位を制したのは米澤穂信『黒牢城』だった。圧倒的な説得力をもってこの時代の動機を描ききった、令和の世の覇者に相応しい作品だ。今年は時代本格ミステリの当たり年でもあり、満州を舞台にした驚異のホワイダニット作16位の伊吹亜門、ランク外で青山文平、羽生飛鳥など見るべき作家は多い。

2位の阿津川辰海『蒼海館の殺人』は引き出しの多さと構築力の高さに脱帽。次作が更に楽しみだ。今年は館ものや閉鎖空間《クローズド・サークル》ものにも収穫は多かった。3位の今村昌弘『兇人邸の殺人』は駆け引きの推理と知的活劇、静と動のバランスが素晴らしい。5位の知念実希人は新本格愛に満ちたガジェット本格で自身初のランクイン。23位の早坂吝作品や27位の斜線堂有紀作品の楽しさも忘れがたい。

4位の浅倉秋成作品は展開の読めなさと就活ならではの切実さを巧妙なプロットが支える。6位の芦辺拓は時代の変化と船場という土地を本格ミステリで残した。7位の方丈貴恵は特殊設定ミステリの最前線をひた走る。8位三津田信三作品のシンプルな事実がもたらす驚きはシリーズ随一。9位の相沢沙呼作品は前作とは異なり倒叙もので、本格の技術を堪能できる。10位の榊林銘は「十五秒で死ぬ」という縛りの短編集で、趣向と完成度が相俟って新人でトップに立った。新人の短編集だと実話怪談を取り込んだ26位の大島清昭作品にも注目。

11位紙城境介はシリーズ二作とも質が高く、特に二作目は一人以外全員嘘つきという極限の超絶技巧。24位の古野まほろ作品も嘘がつけない集団における解決編が見せ所。12位の犬飼ねこそぎ作品は新人長編の最上位で、勢いを感じるトリックが好ましい。13位の柄刀一作品は本家クイーン作品を思わせる超高濃度のロジックに感嘆。14位の夕木春央作品は大胆な展開と宝探しが魅力的だ。15位の潮谷験はデビューの年に二作を発表し、いずれも予想できない展開と練達した構成で魅せた。17位結城真一郎作品は社会問題を交えた不可能性の高い緻密な計画を紐解いていく過程が堪らない。22位の辻堂ゆめ作品も社会派要素に仕込まれた仕掛けに驚く。18位の白井智之は『死体の汁を啜れ』とともに未知の荒野を次々に開拓している。19位の麻耶雄嵩作品は正統派パズラーを銘探偵が歪ませる。同19位の青崎有吾作品は完成度の高い会心作。21位の似鳥鶏作品は大変豪華な名探偵たちが登場し、続編を熱烈希望。25位の岡崎琢磨作品は設定の華やかさと丁寧さが好い。特殊設定ミステリ全盛の中、27位の山沢晴雄のように、スタンダードな設定の作品もきちんと評価されたのは慶ばしい。

今年は激戦すぎたゆえに、30位から漏れた作品にも逸品が多く埋もれている。投票アンケートを隅まで読み込んで、ぜひ31作+αの傑作との出合いに繋げてほしい。（嵩平）

1

黒牢城

米澤穂信
KADOKAWA
二〇二一年六月、一六〇〇円（本体）［長編］
装幀／岩郷重力＋wonder workz.

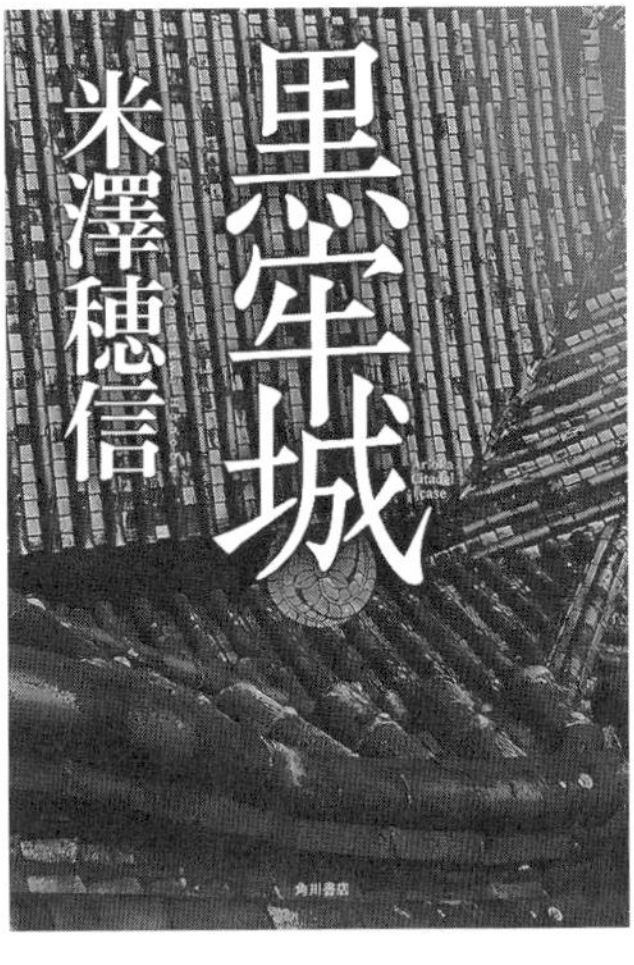

大きな物語の駆け引きを描きたい作者には、歴史の転換点にいた実在の人物が必要だったのだ

二〇二一年には、歴史上の人物を主人公にして、壮烈な駆け引きをプロットの主眼に置いた作品が二つ出た。『黒牢城』と羽生飛鳥の『蝶として死す』である。

各々、実在のややマイナーな人物を主人公にもってきて、政治絡みの駆け引きを軸としたプロットを組み立てている。


拉して来られたのが『黒牢城』では荒木村重と黒田官兵衛、『蝶として死す』では平頼盛だった。大きな物語の駆け引きを描きたい作者には、歴史の転換点にいた実在の人物が必要だったのだ。

『黒牢城』は、もともと短編だったものを連作短編集として小さくまとめるのではなく、「雪夜灯籠」を第一章、「花影手柄」を第二章、「遠雷念仏」を第三章、「落日孤影」を第四章として取り込み、前後に序章「因」と終章「果」を付け加えて長編に変身させたものである。長編にした証に副題を英語で〝Arioka Citadel case〟「有岡城砦事件」と付けた。

物語は、本能寺の変より四年前、天正六年の冬のこと、いちどは織田信長に服属した荒木村重が叛旗を翻して有岡城に立て籠ったことで始まる。副題どおり、信長軍に包囲された城塞都市、摂州有岡城。そこで謎めいた事件が次々と起きる。そのたびに、籠城軍の将、荒木村重は城内の動揺を引き起こさないよう、解決を示さねばならない。それには、信長の使者として有岡城に来て、そのまま土牢に幽閉されている知略の人、黒田官兵衛に謎を解かせることだ。実際には、官兵衛は謎かけのようなことを言い、村重がそれを解釈して真相にいたるのだが。

まず起きたのは「雪夜灯籠」事件。父が織田に寝返った人質が、密室状態で、見えざる矢で射られたとしか思えない死に方をした謎である。殺人現場では灯籠の火袋に血がついていた。

次が「花影手柄」事件。織田方の大将首をあげた手柄は誰のものかという争いを合理的に決着させられるかという難問と夜討ちで取った首の面相が大凶相に変じた謎である。

「遠雷念仏」事件は、村重が密使として使う廻国僧が密室状態の庵で警護の手練れと共に殺された。犯人はどうやって警護の者を油断させたのか？　衆人の前で村重に犯行を暴かれた犯人が振り上げた刀に轟音と閃光。刀に雷が落ちたのだ。仏罰だという風聞が城内を駆け巡り、有岡城に御仏の加護があると信じられる。

こうして、土牢に閉じ込められた黒田官兵衛と有岡城主荒木村重の水面下での駆け引きが続く。個々の事件自体は、安楽椅子探偵官兵衛のところに依頼人村重が来て、一応の解決を見るが、それでめでたしめでたしではない。村重には、個々の事件を超えた漠然とした不安な底流が感じられるのだ――この男は剣呑だと村重の勘が囁く。

探偵役の官兵衛が、生殺与奪の力を持つ権力者と必死になって命がけの駆け引きを行うという点で、『蝶として死す』の頼盛が平清盛、木曾義仲、源頼朝、北条時政と、相手を変えて駆け引きするのと相似形である。ただ、官兵衛の相手は村重一人だけであるので、かえって術中に陥っているのが気づきにくい。頼盛は北条時政に「刀も弓も使わないどころか、自身の手も汚さず、様々な敵を討ち果たしてきたものですな。何とも、油断ならないお方だ」と見抜かれるが、村重は、官兵衛の術中にはまっていても「わが策は既に成ったのでござる」と言われるまでは漠然とした不安の正体を認識できなかった。

不安には別の力学も働いていた。そちらも「落日孤影」の持仏堂での、側室千代保との対話で明らかになるのだが、官兵衛が「まず半年と持つまいと思うておったに、存外、支えたものよ」と感嘆するほど有効な力学であった。身内をも疑わずにはおられない籠城の心理戦の裏ではこうした底流がせめぎ合っていたのである。「雪夜灯籠」で読者が感じたであろう、そんなに上手くいくものか？　という疑問はこうした底流の介在がわかって解消する。そうなると「遠雷念仏」の、鉄砲で撃たれるはずの犯人を直撃した奇蹟的落雷も、プロットに違和感なく収まるようになるから不思議だ――うまい。「花影手柄」の首の奇瑞も納得がいくようになる。

だが何と言っても、村重が官兵衛を殺さず解放もしないことに信長がどう反応するか、それが官兵衛にどう作用するかに着眼――これが米澤の独創だ――したのがすばらしい。これで各事件が単なる挿話の連なりでなくなり、長編の一章となった。その結果、『黒牢城』は連作短編集から長編歴史小説に変身したのである。（波多野）

2

蒼海館の殺人

阿津川辰海

講談社タイガ

二〇二一年二月　一一〇〇円（本体）［長編書き下ろし］

装画／緒賀岳志　装幀／鈴木久美

「謎を解き、邪悪な真犯人を指摘し、危機に陥り困窮しているひとたちを救済する」

高校生名探偵・葛城輝義とワトソン役の友人・田所信哉が活躍する〈館《やかた》四重奏《カルテット》〉シリーズの2作目である。しかし、単体でも問題なく楽しめる。

前作、『紅蓮館の殺人』で探偵行為にかかわるトラウマを負った葛城。東京から二時間以上かかる山奥の本宅「青海《あおみ》館《かん》」に彼は引きこもり、不登校になってしまった。台風接近中の不穏な週末、心配した田所は友人の三谷緑朗と「青海館」のあるY村へ向かう。折しも、葛城の祖父、惣太郎の四十九日の法要が営まれ、親族やその関係者が一堂に会していた。政治家の父親、大学教員の母親、モデルの姉、キャリア警察官の兄――その家族は「華麗なる一族」だ。しかし、葛城本人によると「うちの家族は『嘘つきの一族』」らしい。

その言葉通りに、病死だったはずの惣太郎が実は「誰かに殺されたのでは」という疑惑が生じる。いったい犯人は誰か。田所が関心を寄せていると、第一の事件が起こる。散弾銃を口にくわえた葛城の兄が自殺を図ったかのような状況だ。顎から上が吹き飛び、いわゆる「顔のない死体」である。やがて、ある人物は自動車に仕掛けられた爆弾で爆死。いつまでも連絡のつかない関係者は生死不明。悲劇の連鎖が始まる。台風の雨脚は激しさを増し、土砂崩れで道路は寸断。河川は増水し、氾濫の危機が迫る。しかし、「名探偵」のはずの葛城はトラウマのせいか、事件の解決を忌避し、状況に対しまったく後ろ向きなのだった……。

　こう書いてきて、「こういう粗筋、何回も書いたな」という思いに襲われる。読者のみなさんも、既視感ありありだろう。人里離れた山奥の館。クセの強い一族。クローズドサークル（避難者を受け入れるが）。顔のない死体。連続殺人。限界状況のサスペンス。なんと古典的。

　事件の謎やトリック、解決にいたるロジック、意外な真相などは、よく考えられており、十分に楽しめる。真犯人は家族それぞれの思惑や勘違いを利用し、巧妙に「罠」をしかけ、犯行を成功させるために操る。ひとりひとりが「何を知り」、「何を知らない」か、情報を網羅し、因果の「糸」を支配する。「陰湿に、計算高く仕掛けを張り巡らせる」――「蜘蛛」なのだ。探偵はその「糸」を丁寧に解きほぐし、隠れた「蜘蛛」の思惑に肉薄し、対抗する。

　文庫本で六百ページ超のボリュームに拮抗した謎と解決。その力量は恐るべきものだ。この贅沢を「エンタメ」として軽率に（？）面白がるべきなのか……。

　という疑問は他でもない。そもそも阿津川はさまざまな「特殊設定ミステリの書き手」という顔を持っているからである。デビュー作『名探偵は嘘をつかない』（一七年／本ムック三位）から『透明人間は密室に潜む』（二〇年／本ムック一位）に至る、ノンシリーズものの作風は先鋭的、実験的である。光文社「ジャーロ」電子版連載中の読書日記やSNSの発言から、古典本格から現代ものまで幅広い読書量をもつことが判明している。源流と下流を見ていることは、本当に「新しいもの」を生み出すための条件だ。だからこの〈館四重奏〉シリーズにも壮大な仕掛けが伏流しているのではないか、と邪推してしまう。もっとも、本格謎解きミステリに関しては、進歩史観は絶対のものではない。百年前の復刻ミステリでも、ファンは大歓迎だ。「古い」、「新しい」より「面白い」ものを読みたいのである。

　阿津川が一貫して追究しているのは本格ミステリにおける「探偵のあり方」だろう。本作では、実作をものする田所信哉が編集者から自作についてコメントされる。探偵の存在意義について「いくら真剣に向き合っても、その先には誰もついてこないかもしれない。君以外誰一人立っていない、そんな焼野原かもしれない」と。

　そこで作者は「探偵とは――（あえて伏す）」という答えを導くのだが、それは前作の問題提起の答えになっていないように、評者はかんじた。この答えが当座のものなのか、シリーズ全体に一貫するものなのか、それは三作目以降を待たねばなるまい。

　ただひとつ、明確なのは次の点。「謎を解き、邪悪な真犯人を指摘し、危機に陥り困窮しているひとたちを救済する」という行為が今、多くのひとびとに待ち望まれている。山火事であれ水害であれ、自然災害と何か邪悪な意図が世の中に蔓延しているかのような不穏な世相。本作はその勘所に狙いすまして打ちこまれたスマッシュヒットだ、ということである。

（大森）

3

兇人邸の殺人

今村昌弘

東京創元社

二〇二一年七月　一七〇〇円（本体）［長編書き下ろし］

装画／遠田志帆　装幀／鈴木久美

一貫してクローズドサークルを舞台にしながら、都度新たな工夫を見せる今村の手腕

『兇人邸の殺人』は、名探偵・剣崎比留子シリーズの第三長編である。前二作『屍人荘の殺人』『魔眼の匣の殺人』（いずれも東京創元社）と同じくクローズドサークルでの連続殺人が描かれる。

　神紅大学ミステリ愛好会の葉村譲と剣崎比留子は、医療・製薬関連企業で有名な成島グループの若社長・成島陶次とその秘書の裏井から、H県馬越《うまごえ》市にある「兇人邸」への潜入を持ちかけられる。来場客が殺されたという都市伝説から「兇人邸」と呼ばれる屋敷には、班目機関の元研究者・不木玄助《ふぎげんすけ》が隠棲しているのだが、成島は不木が班目機関の成果物を隠匿しているとにらんだのだ。班目機関は、倫理的・道徳的な枷に囚われない研究を推進した組織で、葉村と比留子が巻き込まれた、過去の二つの事件にも同機関の研究が関わっていた。成島は、大きな事件に巻き込まれる比留子の「体質」を利用して、不木から研究成果を奪取しようと計画したのだ。名探偵あるところに事件あり、とよく言われるが、それを意識的に利用された名探偵は初めてではないだろうか。

　「兇人邸」は、廃墟をモチーフとしたテーマパーク「馬越ドリームシティ」内にある。成島は傭兵を雇っており、その武力もあって比留子らは侵入に成功するが屋敷内にいた異形の「巨人」の襲撃を受ける。傭兵の何人かは命を落とし、生存者は散り散りに逃げるなか、比留子と葉村は別行動となる。

　身長は二メートルを超えて、筋肉が発達した隻腕の巨人は、大鉈を振るって犠牲者の首を落とす。この巨人こそが、不木が班目機関の研究施設から持ち出した成果物であった。巨体でありながら、運動神経も発達しており、傷に対しても驚異的な回復力を持っている。ただし、紫外線が苦手で、太陽が出ているときは地下室でおとなしくしているという。

　この巨人の存在が「兇人邸」を特異なクローズドサークルに仕立て上げている。葉村たちの脱出は、凶暴な巨人を邸外に解き放つことになる。そうなると「兇人邸」があるテーマパークの無関係な利用者が、殺戮の嵐に巻き込まれてしまうため、それは避けなければならない。ここに比留子が言うところの「私たち自身が留まることを選ばざるを得ないクローズドサークル」が構成されたわけである。巨人の襲撃に怯える葉村たちが耳にするのは陽気なテーマパークの音楽や来園者の歓声。不条理感溢れる状況である。デビュー作の『屍人荘』以来、一貫してクローズドサークルを舞台にしながら、都度新たな工夫を見せる今村の手腕には眼を見張るべきものがある。

　さて、巨人襲撃後の混乱も落ち着いたなか、不木の首なし死体が発見される。その首は、巨人が切断した首を集めている「首塚」に放置されていた。不木は、絞殺されており、それは隻腕の巨人には不可能だ。一方、首の切断面は鮮やかで、常人の能力を超える者の犯行をうかがわせた。不木は、殺される前に「奴らの中に施設の子供が／まだ事故の生き残りがいたのか」と書き残していた。どうやら、成島たちの中に超人的な能力を持つ施設の「生き残り」がいるようだ。

　葉村は「生き残り」の正体を暴こうとするが、比留子に止められる。その探偵行為によって「生き残り」が葉村の命を狙うことを恐れたのだ。比留子は訴える。「犯人を推理するのは、自分の命よりも優先すべきことなのかな」「まさか君は、命を危険に晒してでも犯人探しをするのが探偵だなんて思っているわけじゃないだろうね?」そして、こう結ぶ。「葉村君。――ここでは探偵は無力なんだ」

　生命の危機に直眼した状況では、捜査も推理も無意味となる。比留子の言葉に従うかのように、物語も中盤以降は不木殺しの解明ではなく、脱出に向けた試行錯誤がメインとなる。扉を破って逃げ出すことは、巨人を野に放つことになる。それを防ぐには脱出後扉を施錠する必要があるが、鍵を持った傭兵は殺害され、その元にたどり着くには巨人の居住区を通らなければならない。そうした制約の下、ダンジョンを思わせる邸内での巨人と葉村たちの駆け引きは、今流行のリアル脱出ゲームを思わせ、手に汗を握る。

　それだけで終わってしまっては本格ミステリとしては物足りないところ、作品終盤での第二の殺人は不可能興味に満ちたものである。血だまりの中で発見された首なし死体。乾燥した血痕から推定された殺害時刻と、凶器と思しき中華包丁が持ち出された時間で絞り込んでいくと、犯行可能な者がいなくなってしまう。比留子はその謎を「困難は分割せよ」の公式を応用し、鮮やかに解決するのだ。（廣澤）

4

六人の嘘つきな大学生

浅倉秋成

KADOKAWA

二〇二一年三月　一六〇〇円（本体）［長編］

装幀／須田杏奈　装画／雪下まゆ

構成に秘められた二重三重の仕掛けとミスリードによって、読者の目は真相から遠ざけられる

『ノワール・レヴナント』で二〇一二年に第十三回講談社BOX新人賞Powersを受賞してデビューした浅倉秋成は、二〇二〇年刊の『教室が、ひとりになるまで』が第二十回本格ミステリ大賞の小説部門と第七十三回日本推理作家協会賞の長編および連作短編集部門にダブルノミネートされるなどミステリファンから高く評価され、『ノワール・レヴナント』や『フラッガーの方程式』や『失恋覚悟のラウンドアバウト』（『失恋の準備をお願いします』と改題）が続々と文庫化されるなど、旧作も注目を集めている。そんな〝浅倉秋成現象〟の決定打となったのが、今回初めて『本格ミステリ・ベスト10』でベストテン入りを果たした『六人の嘘つきな大学生』だ。

東日本大震災から間もない二〇一一年三月下旬――若者たちの心を掴んでいたスピラというSNSを運営していた新興IT企業「株式会社スピラリンクス」の新卒総合職採用の最終試験に、六人の大学生が残っていた。九賀《くが》蒼太、袴田亮、矢代つばさ、嶌《しま》衣織、波多野祥吾、森久保公彦――彼らは、五千人を超える応募者の中から、幾度もの試験と面接を勝ち抜いてきたのだ。スピラリンクスの人事部長・鴻上は彼らに、一カ月後のグループディスカッションによって採用を決定すると告げる。

ディスカッションの出来によっては六人全員に内定を出す場合もあり得るとのことだったので、彼らは全員入社を目指して、互いに協力しながら対策を練る。ところが、土壇場になって、採用枠が一つになったこと、当日のディスカッションの議題は「六人の中で誰が最も内定に相応しいか」に変更されたことを会社から告げられる。

四月二十七日、スピラリンクスの会議室に集まった六人の大学生は、与えられた二時間半で、たった一人の内定者を議決することになった。波多野の提案で、三十分ごとに投票を行い、得票数が最も多かった一人に内定を出すことに決まる。ところが一回目の投票の直後、会議室の扉の近くで六つの封筒が発見される。そのうち一つを開けてみると、中に入っていたのは、六人のうちの一人の過去の罪を告発する文章だった。どうやら、他の五つの封筒にも、ひとりひとりの罪の告発状が入っているらしい――。

今までの著者の作品は何らかのスーパーナチュラルな特殊設定を含むものが多かったが、本書は初の特殊設定を用いない本格ミステリである。とはいえ、「六人の中から内定者をたった一人に決定するディスカッション」という設定は、かなり特異なものでもある。この密室劇風のシチュエーションで、六人の男女の心理戦が展開されてゆく。

最初、六人は人気企業の面接を勝ち抜いてきただけあって、極めて有能かつ好感度の高い人間として登場する。採用方針が急遽変更になり、一人しか入社できないと告げられてからも、彼らはあくまでフェアであろうとする。だが、告発状が入った封筒が発見されたことで事態は一変してしまう。過去の罪を暴かれた人間は当然、投票での票数を減らすことになる。しかし、罪を暴かれた側からすると、他の人間についてどう書かれているのか、封筒を開けて確認しないのはアンフェアだということになる。他の封筒を開けるべきか否かで議論が紛糾するのみならず、開けられた側にも、秘密は秘密でも罪の軽重の差があるので、互いの思惑をめぐって議論は複雑化してゆく。

そして本書のミステリとしての工夫は、この出来事をリアルタイムで描くのではなく、数年後から当時を振り返るかたちで記述している点にもある。現在の時点では、封筒を用意した犯人は既に死んでいるらしいと序盤で明かされている。ならば、現在パートに生きて登場する人物は犯人候補から外される筈なのだが、そう簡単にはいかないのが本書のフーダニットとしての巧妙さである。現在パートの登場人物から容疑者が一人ずつ外れてゆく構成は、若竹七海の傑作『スクランブル』に通ずるけれども、本書はそれを更に洗練させている。

構成に秘められた二重三重の仕掛けとミスリードによって、読者の目は真相から遠ざけられる。そして、後半の怒濤の伏線回収と真相開示は、作品そのものの印象すら鮮やかに反転させる。序盤の「月の裏側」に関する会話は、登場人物のどの面に注目するかというメタファーとなっているが、彼らの表の顔と裏の顔を見せる順序で読者の心理を操る著者の筆さばきは老練な印象すらある。

本書は第十二回山田風太郎賞の候補にノミネートされた。惜しくも受賞は逸したものの、本書は浅倉秋成の代表作として後世まで語り継がれるだろうと確信している。（千街）

5

硝子の塔の殺人

知念実希人

実業之日本社

二〇二一年八月　一八〇〇円（本体）［長編］

装幀／川谷康久　装画／青依青

**円錐形の硝子の塔に詰まっているのは
新本格ミステリに対する
溢れんばかりの愛情なのだ**

遺伝子治療における画期的な製品「トライデント」を開発し、桁外れの富豪となった神津島太郎が、巨費を投じて雪深い山奥に建てた住居が「硝子館」である。十一階建ての円錐形の塔で外壁は全面ガラス張り。最上階はコレクションルームになっている。といってもそこに集められているのは本業の生命医学に関するものではなく、趣味であるミステリ関係の、マニア垂涎のお宝の数々だった。

館には神津島の他に、執事とメイドと料理人が常勤している。そこにさらに六人のゲストが呼ばれた。とっておきのコレクションを披露するらしい。本書の主人公、一条遊馬もゲストの一人だが、もともと週に二、三度のペースで館を訪れていた。循環器系の疾患をかかえる初老の神津島の、主治医を務めているのだ。

他のゲストの多くと同様、彼もミステリマニアではあったが、今回は富豪が新しく入手したというお宝などには構っていられない事情があった。

遊馬には難病を患っている妹がおり、治療の役に立ちそうな新薬が某社で開発されたのだが、トライデントの特許を侵害しているとして神津島が裁判を起こしたため、実用化が先送りになっていたのだ。このままでは妹の治療に間に合わない。邪魔者を排除しなければ。半年前、彼は殺意を持って神津島の主治医になったのである。

主治医の立場からすれば、犯行自体も毒殺を病死に誤魔化すことも容易に思われた。しかし万が一にも謀殺を疑われては困る。そのために彼は密室トリックを用意していた。大勢の目撃者の目の前で密室内で発見されれば、どんなに疑い深い刑事でも、神津島の死を心臓発作によるものと見なしてくれるはず。

遊馬はその夜、ついに計画を実行に移したのだった。しかし最後の最後でアクシデントが発生。事態は彼の手を離れ、典型的な「嵐の山荘」と化した館における連続密室殺人の様相を呈し始める。名探偵・碧月夜の臨時の助手として動きながら、遊馬は彼女を出し抜かなければならない立場に置かれたのだった……。

二〇一二年のデビュー以来、医療ミステリを中心に精力的に執筆を続けてきた著者による、初の（狭義の）本格ミステリという触れ込みで刊行された本書は、島田荘司・綾辻行人を始めとする帯の推薦者の人数や、顔ぶれの豪華さで、まずは話題を呼んだ。

読む前にこんなにハードルを上げさせられては逆効果になるんじゃないかという懸念を持ちつつ読み始めると、物語は主人公が殺人計画を実行に移すところから始まる。がっつり本格ミステリを期待していたのに倒叙ものかよ！　と肩透かしの気分を味わう読者も多いのではないか（倒叙ミステリが本格ではないと言いたいわけではない）。

それならそれで、主人公の名犯人ぶりが光るクールな展開を期待したいところだが、この主人公、けっこう情けない性格をしている。館も外観を円錐形に設定した上、十一階建てという高さを欲張ったせいで、下層階のワンフロアの面積がとんでもない広さになっているし、探偵をはじめとするミステリマニアのはずの登場人物の言動も、薄っぺらくて鬱陶しささえ感じる。本誌の読者の中には、自分のほうがよっぽどマニア度が上だと、不満を覚えた者もいるのではないか。

ところが――である。館の一階はひと部屋が体育館ぐらいの広さがあると書かれていて、そういった記述の端々から、作者がちゃんと舞台をコントロールできていることが伝わってくる。主人公の性格がへたれなのにも意味があるし、登場する本格マニアのミステリ的なセンスがイマイチな点も含め、この物語は見た目以上に懐が深く作られている。マニアックな知識では読者のほうが勝っている部分もあるかもしれないが、新本格ミステリに対する真っ直ぐな愛情は――その純粋さは、ミステリマニアを自認するひねた読者ほど、目に眩しく映るのではないか。円錐形の硝子の塔に詰まっているのは、新本格ミステリに対する、溢れんばかりの愛情なのだ。

終盤の二転三転を踏まえた上で、物語を部分的に読み返してみると、ここもあそこもちゃんとフェアに書かれていたことがわかる。激戦の年における本誌での上位ランクインは、帯の煽りが過剰ではなかったことを証明していよう。唯一の不満があるとすれば――版元の実業之日本社には何の落ち度もないし、創業一二五年の記念作品にケチをつけるつもりはまったくないのだが――本書に対する不満は「講談社ノベルスから出版して欲しかった」という一点に尽きる。（市川）

6

大鞠家殺人事件

芦辺拓

東京創元社

二〇二一年十月　一九〇〇円（本体）［長編］

装画／玉川重機　装幀／岩郷重力＋R.F

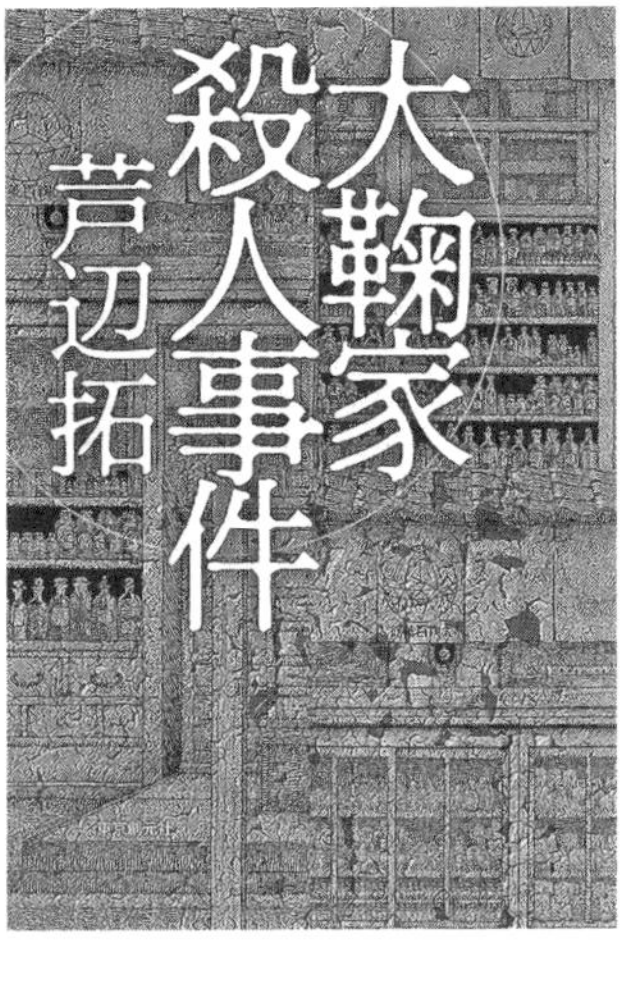

この時代の船場でなければ起こり得なかった事件一幅の絵巻物のように描き切る

船場は古くから大阪商人の経済と金融の中心地で豪商が軒を並べてきた区域だった。そのせいで、旧家の格式は高く、明治から大正、昭和へと代替わりしても、独特のしきたりが色濃く残る商家があまたあったのである。明治の世に近代的化粧品商売へと大きく舵を切り、商号も「大鞠百薬館」と改めて成功した大鞠家もそういう商家であった。

だが、『細雪』の蒔岡家が「全盛であったのはせいぜい大正の末期まで」だったように、大鞠家も「昭和に入ってゆっくりと頽勢に入り、事業の縮小が相次いだ」店だった。船場がゆっくりと地盤沈下していたのである。

船場では、奉公人たちは小学校を出たぐらいで親元を離れ住み込みで朝から晩まで働くのだが、主人一家の跡取りも楽ではなく、場合によっては娘に婿を取って継がせる土地柄であった。

そんな窮屈な世界で家業を継ぐのが息苦しくて、別の生き方を望む人間がいても不思議はない。もともと船場の気風が肌に合わなかった、大鞠家の長男、多一郎は祖母多可の口添えもあって大学へ進んで軍医となり、堂上華族、中久世陸軍少将の娘美禰子と巡り会う。

美禰子が多一郎に嫁いだ昭和一八年には、戦時経済のために化粧品事業は壊滅し、ほそぼそと慰問袋を作って売るだけの商売になっていた。

長一郎が上海に出征すると、美禰子は船場で大鞠家の人々と同じ屋根の下で暮らすことになる。義祖母になる「お家《え》はん」多可には「見どころのある嫁」と思われ、次女の文子には憧れの目で見られるが、舅の茂造や姑の「御寮人《ごりょん》さん」喜代江は冷ややかで、「肌合いが違いますのや。やっぱり出庄が船場の商人とは違いますよってな」と評されるし、小姑の月子からは早々に嫁いびりに遭う。

次男茂彦は商業学校を卒業して家業を手伝いつつ、密かに応募を目指して探偵小説を書いていた。家業も継ぐ気だったが、赤紙が来て兵隊に取られている。長女月子には婿を取って家を継ぐ目が残っている。

そんな大鞠家で関係者の思惑が交差して、積年の膿が吹き出すように事件が起き始める。

過去から影を投げかけているのは、明治三九年の事件——跡取りだった、喜代江の兄、千太郎が、丁稚の鶴吉を連れて見物に行った「難波のパノラマ館」で神隠しに遭った事件である。生母の多可は、今でもこの未解決事件を密かに調べているらしい。

昭和二〇年のある夜、警察医が大鞠家に呼ばれる。月子が日本刀で脇腹を斬られ、部屋にも月子の体にも芝居用の血糊が撒かれ、現場は「流血の大惨事」に見えた。その直後に、主人の茂造の首吊り死体が発見される。室内には踏み台になる物がなく、どう見ても自殺ではなく殺人らしい。

そこへ自称名探偵、方丈小四郎という若者が介入してくる。方丈は大鞠家と昵懇の代議士の息子らしい。方丈はさっそく首吊り現場の天井裏に置かれたポータブル蓄音機と目覚まし時計を発見し、さらに文子と女子衆頭《おなごしがしら》お才から、赤い髪を振り乱して踊る小鬼が深夜に出没するという情報を引き出す。

次の事件は、喜代江御寮人が、蔵に置かれた、蓋の閉まった樽の中で業務用アルコールに漬かって溺死しているのが発見される。同時に、離れで、死後数日たった多可の座ったままの死骸が見つかる。

事件はさらに続くが、ちょうどその夜、大阪大空襲に遭って、大鞠家も店も大阪の町自体も、すべてが灰燼に帰し、真相も闇に包まれてしまう。

ようやく終戦後の昭和二一年、生き残った関係者が大鞠家の焼け跡に集まり、推理を重ねてほぼ真相に到達する。この衆知を集めた推理は見事である。事件の根底には船場の風土があり、気風があり、閉塞感があった。そして、そんな船場の状況に息苦しくなった人々がいた。だから、この時代の船場でなければ起こり得なかった事件を描くには、どうしても明治から終戦直後までの船場を一幅の絵巻物のように描き切る必要があった。大阪出身の芦辺はその適任者であり、作業は成功したと言ってよい。

『細雪』の英訳題名が“The Makioka Sisters”だったように、『大鞠殺人事件』も美禰子が登場してからは、主に美禰子たち女性の視点から、戦前翻訳された黄金期ミステリへのオマージュを交えつつ記述され、時代の息吹が伝わってくるのである。（波多野）

7

孤島の来訪者

方丈貴恵

東京創元社

二〇二一年十一月　一八〇〇円（本体）［長編書き下ろし］
装画／いとうあつき　装幀／石松経章（Keisyo 事務所）

周到に張り巡らされた伏線や
最後の最後まで設定を使い倒す構成
そこに一本筋を通す緻密なロジック

第二十九回鮎川哲也賞を受賞してデビューした方丈貴恵の第二長編。前作『時空旅行者の砂時計』に続く〈竜泉家の一族〉シリーズであるが、物語上のつながりは特にないため、本作から先に読んでも差し支えはない（前作の主人公である加茂冬馬やその妻の伶奈は、名前だけちらっと登場している）。

テレビ番組制作会社のＡＤとなった竜《りゅう》泉佑樹《ぜんゆうき》は、ロケクルーの一員として鹿児島県の南方に浮かぶ無人島・幽世島《かくりよじま》を訪れる。財宝伝説の残るその島は、四十五年前に未曽有の大量殺人事件が起きたことで知られていた。『幽世島の獣』事件と呼ばれるその惨事では、島にいた十三名が一夜のうちに皆殺しにされ、しかも遺体のひとつは獣に喰い荒らされたような酷い状態であったという。だが、佑樹には島の謂れよりも大事なことがあった。幼馴染だった菜穂子《なほこ》の復讐のため、彼女を死に追いやった者たちをロケ中に殺害しようと計画しているのだ。

島に上陸した一行は、二チームに分かれて撮影を開始する。復讐計画を胸に秘めつつロケを進めていく佑樹であったが、そのさなか、あろうことか自ら手をかける前にターゲットのひとりが別の何ものかによって殺されてしまう。いったい犯人は誰なのか。無関係な者たちを巻き込まず、復讐対象者には自分の手で裁きを与えたい佑樹は、これ以上犠牲者を出さないため犯人を特定しようとする。

外界から隔絶した孤島で信じがたい状況が現前化する中、惨劇の幕が切って落とされた。

前作ではタイトルどおり「タイムトラベル」というSF的設定を導入していたが、本作でも有名映画（筆者が想起したのは二作）からインスパイアされたようなシチュエーションや設定が盛り込まれ、謎解きと有機的に組み合わされている。前作と異なるのは、中盤までそれらの設定が明らかにならず、隠匿されていることだ。舞台こそコテコテのクローズド・サークルだが、序盤における佑樹の語りは単なる観測者でなく、あくまで復讐に手を染めようとする「犯人」の視点であり、言ってみれば倒叙ミステリ風である。ところが第一の死体が発見されて以降、佑樹が常軌を逸した推理を口にしたあたりで、転調する。

中盤での転調と異常なクローズド・サークルという点で、今村昌弘の『屍人荘の殺人』などを連想する向きも多いだろう。『屍人荘』の場合、序盤から中盤にかけて起こる事象について、帯やあらすじ紹介では完全に伏せられていたのに対し、本作ではぼかした形ながら触れられており、そうした趣向がここ数年で一気に一般化したことの表れと見ることができるのではないだろうか。

『時空旅行者の砂時計』がタイムトラベルという設定をきっちりルール化し、パズルの要素として謎解きに落とし込んでいたのと同様、本作でもフェアプレイに徹し、全ての要素を本格ミステリに奉仕させる姿勢がうかがえる。「読者への挑戦」で推理のヒントとなる十四個の情報を改めて提示してみせる大胆さもさることながら、周到に張り巡らされた伏線や、最後の最後まで設定を使い倒す構成、そして何より、そこに一本筋を通す緻密なロジックには唸らざるを得ない。前作から明確にパワーアップした古典的にして現代的な、第一級のパズラーだ。

先だっても名前を挙げたように、本作は『屍人荘の殺人』以降の潮流の中にあって、現代的な意匠を用いることで古典的なガジェット（例えば「密室」）に清新な気を吹き込み、「謎―論理的解決」という本格ミステリの基本構造はそのままに可能性を拡張することにも成功している。言うは易いが、生半可な態度でこれに挑むのは難しい。新奇な設定を思いつきで組み込んでも、恣意性の嵐が吹き荒れ（つまり「何でもあり」となり）、本格ミステリの構造を維持できなくなってしまうだろう。

そこで重要になってくるのが、マイスター・ホラという存在だ。前作で主人公を過去へといざなったこの人物は、『新世代ミステリ作家探訪』（若林踏編著）で作者本人も語るとおり、メタ視点に立って客観性を確保する装置である。作者の代理人たる上位の存在によって探偵の推理を保証するやり方は、九〇年代以降の現代本格でよく見られるようになった手法だが、物語レベルとメタレベルを縫い合わせる「読者への挑戦」もホラにさせているのが巧い。そうしたところにまで目配せが行き届いているのが本シリーズのしたたかなところだ。方丈の最大の強みは、謎解きを扱う手つきの安心感にこそある。（秋好）

8

忌《い》名《な》の如《ごと》き贄《にえ》るもの

三津田信三

講談社

二〇二一年七月　一八五〇円（本体）［長編書き下ろし］

装画／村田修　装幀／坂野公一

その事実を補助線として
推理を働かせることで
様々な疑問や謎が連鎖的に氷解

生名鳴《いななぎ》地方には忌名という風習がある。その身代りとなる忌名が与えられるのだ。忌名は他の人に教えてはならず、またその名で呼ばれても振り向いてはいけない。この儀礼は十四歳・二十一歳の時にも行われる。虫経《むしくびり》村の尼耳《あまがみ》家では家長の孫である李千子《いちこ》が初めてその儀礼を受けていた。忌名が書かれた御札を滝壺に投げ込む「御札流し」で儀礼は終わるのだが、そこまでは振り返らずに独りで歩く必要がある。禍々しい気配を感じるも、どうにか無事に帰ってきた李千子だったが、十四歳の「御札流し」の帰路で、李千子は忌名を呼ばれ、土石流に巻き込まれる。

李千子の意識が戻った時には、既に自身の死が宣告されていた。横たわりながら周囲の様子は窺えるものの、身動き一つ取れない李千子は、自身が生きていることを誰にもに伝えられないまま火葬されようとする恐怖に慄き……。

刀城言耶は大学の先輩、発条福太《はつじょうふくた》の婚約者となった李千子自身から、その怪異譚の顛末を聞かされる。二人は同じ元《げん》和《わ》玩具という会社で働いており、福太はその経営者の息子であった。尼耳家への結婚の報告に際し、家の格式や伝統にこだわる元和玩具副社長の母香月子《かつこ》を説得するために言耶は呼ばれたのだ。

だが尼耳家から、李千子の異母弟、市糸郎が十四歳の忌名の儀礼の際に亡くなったという訃報が入る。結婚報告が頓挫しかけていた中、結婚の報告と弔問を同時に行うという奇策を言耶は提案し、成り行きで言耶も三人に同行することに。

　尼耳家では警察が事件の捜査を行っていたが、彼らに名を知られていた言耶は警察から協力を求められ、事件の捜査に関わることとなる。被害者は片目を突かれて死んでおり、村では片目から角を生やした化物、角目が出たという噂が広がっていた……。

　本作は「忌名に纏わる話」という三津田信三書き下ろしの朗読劇がきっかけとなって生まれた作品であるらしい。本書の着想を思いついた時に、この短編の怪異と結びつけることを思いついたとか。この短編は、作家が原作を書き下ろした有料の朗読公演ＳＴＯＲＹ　ＬＩＶＥの第八回として配信されたもので、他にも神永学・澤村伊智・矢樹純・平山夢明らミステリ＆ホラー系作家が作品を寄せ、現在はｄＴＶで一部の作品が配信されている。この朗読劇の方は純粋なホラーで、オチも展開も本著とは全く異なる内容だが、その作中で出てくる生名鳴地方という地域や忌名の儀礼、九人帷子《くにんかたびら》祓《ばら》いなどの怪異などは共通している。同じ怪異を登場させた別のホラーということで興味がある方は一聴をオススメする。

　本年の村ものの本格ミステリとしては、道具立てが全て綺麗に結びついた道尾秀介『雷神』や、典型的な村もの本格ミステリの小島正樹『怨み籠の密室』、伝奇的要素も活かした川辺純可『ミズチと天狗とおぼろ月の夢』、または閉鎖的な人間関係と時代が悲劇的な展開を生む呉勝浩『おれたちの歌をうたえ』などの優れた作例があり、それぞれ村を舞台とした理由は異なるが、本書の舞台の必然性は群を抜いている。一読すれば、村の存在が本格としての骨格と不可分であることが判ることだろう。

　本作で言耶は仲人という関係者として事件発生後に村を訪れ、また警察も比較的協力的であるため、事件の渦中に巻き込まれたという印象は薄い。早すぎた埋葬テーマの序盤は一つの怪異譚として恐怖を誘うが、言耶の滞在中は事件も怪異もあまり起こらず、言耶の推理もなかなか纏まらないことから、シリーズの中では比較的地味な印象を受けるのは確かだ。だが、終盤で言耶がある可能性を口にすることで、世界は見事に反転する。

　一つの事実が世界の構図を変えるというのは同シリーズでは『幽女の如き怨むもの』を想起させるが、『幽女』のある事実が真相とほぼ同義であったのに対し、本作ではその事実を補助線として推理を働かせることで様々な疑問や謎が連鎖的に氷解していくという、本格として一層高度なことを為している。きちんと明示的な伏線が張られ、どれだけ警戒していても、強い固定観念から逃れるのは難しいということを読者は突きつけられる。

　巧みに伏線をちりばめ構築された本作は、本格ミステリとしての納得や驚きとともに、ホラーとしても納得と慄きを味わえる希少な作品である。

　今年完結した『死相学探偵最後の事件』には半世紀以上を経ても怪異を探し求める刀城言耶らしき人物への言及がある。次はどのような怪異に遭遇していくのか、これからも見守っていきたい。（嵩平）

9

invert 城塚翡翠倒叙集

相沢沙呼

講談社
二〇二一年七月　一七五〇円（本体）
装画／遠田志帆　装幀／坂野公一（welle design）

倒叙スタイルの三編を収めた本書には様々な企みが仕込まれている

相沢沙呼『medium 霊媒探偵城塚翡翠』は、各種ミステリランキングで一位になり、第二十回本格ミステリ大賞小説部門を受賞した。そのように高く評価され、ヒットしてハードルが上がったところへ刊行されたのが、シリーズ第二弾『invert 城塚翡翠倒叙集』である。倒叙もの三編を収め、「invert＝反転」を掲げた本書には、様々な企みが仕込まれている。

「雲上の晴間」では、ITエンジニアの狛木繁人が、社長の吉田直政を殺害する。狛木は中学時代に不注意で吉田に怪我をさせ、後遺症を負わせた引け目があった。そのため二人に上下関係ができ、吉田の立ち上げた会社にいても柏木は下僕扱いで手柄はみんな社長のものとされた。辛抱たまらず事故死を装い完璧なはずの犯行に踏み切ったのである。ところが、マンション隣室に引っ越してきた城塚翡翠は、死者が見えるという。狛木はそんな彼女に動揺しつつ、魅かれていく。

「泡沫の審判」では教師の末崎絵里が、勤務先の小学校で盗撮を繰り返していた男を転落死に見せかけて殺す。その後、同校に白井奈々子という若いスクールカウンセラーが、勤めるようになる。末崎は、浮ついた服装の奈々子を好ましく思わず、注意力散漫でどんくさいと感じる。

だが、霊感があるらしい奈々子が転落死についてあれこれ指摘し出すと、警戒せざるをえなくなる。

「雲上の晴れ間」と「泡沫の審判」では、罪を犯した人間にも事情があったことがわかる。だから、読んでいると、翡翠の嫌みたらしい攻めかたで罪を暴かれる彼らに同情するところがある。喋り出す時には「あのう」、「ええと」、驚いて「わぁ」、「わわわわ」、微妙な反応で「はぁ」、「ううーん」、甘いドーナツ食べて「はわぁ」、そして疑問点を指摘する際に発せられる「あれれ?」、ヴァリエーションで「あらら?」。可愛らしい姿でそそっかしい翡翠を相手は最初、侮る。ところが、彼女が次第に理詰めで追いつめていくと、舌足らずな話しかたは、犯人を苛立たせ隙を作らせる武器になるのだ。

収録された三作で最も長い「信用ならない目撃者」では、翡翠のそのぶりっ子戦術が通用しない。探偵の雲野泰典は、拳銃自殺に偽装して部下を殺害した。現場の部屋に拳銃を持った人間がいるのを、向かいのマンションから目撃した女性がいたが、母から勘違いだろうといわれ通報しなかった。それまでの二作の犯人とは異なり、雲野は元刑事で捜査について熟知し、犯罪界のナポレオンに喩えられた男である。目撃者にまで手を延ばす犯人を敵にして、翡翠も三話のなかで一番狡猾な手段で対抗する。

本書では読者への挑戦にあたるセリフをいった後に「ではでは、城塚翡翠でした――」と『古畑任三郎』を真似た小芝居が展開されるほか、『刑事コロンボ』的な部分もあり、二作へのオマージュがうかがえる。また、「信用ならない目撃者」には翡翠が雲野をマジックのショーへ招待する場面がある。登場する二十代半ばの奇術師は、名前が書かれていないが、相沢沙呼のデビュー作『午前零時のサンドリヨン』から始まるシリーズで探偵役を務めた酉乃初であるらしい。ちょっとしたファンサービスである。

マジックは著者の趣味であり、しばしば小説中に出てくるマジック論はミステリ論の喩えになってきた。先のショーの後、翡翠は「繰り返しにこそ、奇術の神髄があるという見方もあります」と語る。繰り返しならばなにが起こるか自明のはずだが、優れた奇術師はその状況すら利用するというのだ。この議論は『medium』に次ぐシリーズ第二弾であり、三つの話を収録した『invert』についての話であるようにも読める。霊媒探偵という立ち位置にいて、アイドル性がありつつ小憎らしくもある城塚翡翠。その強烈なキャラクターをどう使うかが、繰り返しの鍵になっている。謎を解く翡翠自体も謎であり、本当はなにを考えているのかわからないのも魅力のうちだ。

また、本書では、ミステリとは推理する小説だが、「だというのに、普通の人たちが求めているのは、びっくり小説、驚き小説、予測不可能小説なんですよ」と翡翠が話す場面もある。彼女が結論だけいっても犯人は降参しないし、どのようにして結論に至ったか、根拠を示さなければならない。翡翠はその手がかりを得るたびに「あれれ?」を積み重ね、推理を組み立てるのである。繰り返しのなかでの「びっくり」を推理とともに実現する。そのために著者は、用意周到な計算をした。二作目のハードルはクリアしたと思う。(円堂)

10

あと十五秒で死ぬ

榊林 銘

東京創元社

二〇二一年一月　一八〇〇円（本体）［短編集］

装画／佐久間真人　装幀／岩郷重力＋WONDER WORKZ。

魅惑的なアイデアとトリッキーなロジックこそ本書の魅力に他ならない

たかが十五秒、されど十五秒――。はたして十五秒で何ができるか？

二〇一五年のミステリーズ！新人賞佳作を受賞した榊林銘《さかきばやしめい》の、待望の第一作品集が見事ベスト10入りを果たした。タイトル通り「あと十五秒で死ぬ」シチュエーション縛りの特殊設定ミステリで統一されたコンセプトアルバムだが、内容は驚くほどバラエティ豊かだ。

死神から与えられた死の間際の十五秒を駆使して、犯人に罠を仕掛けようとする被害者の〝比類のない神々しい瞬間〟を描いた巻頭のデビュー作「十五秒」は、今年早くも「世にも奇妙な物語」でドラマ化された頭脳戦サスペンス。ダイイング・メッセージに特殊設定のアイデアひとつで新たな輝きを与える快作だ。

続く「このあと衝撃の結末が」は、十五秒だけ目を離した隙に登場人物が急死したテレビドラマの、最後の展開を過去のエピソードから推理するというユニークな作中作もの。タイムトラベル要素のあるSFミステリーである作中作を、謎と推理のシチュエーションの切り口で輝かせる手腕もさることながら、最初に提示された謎に一旦の解決がついた後の意表をついた展開と解決が見事。

三編目の「不眠症」は一転して、静かな生活を送る母と娘の夢と現実が混交していく幻想小説風の佳品。本書の中では本格味は薄いが、著者の作風の幅を示す好個の一編だ。

そして、なんといっても圧巻は巻末の書き下ろし中編「首が取れても死なない僕らの首無殺人事件」。首が取れても十五秒以内に元に戻せば死なない、年齢差が一歳以内であれば他人の身体に繋いでも大丈夫――という特異体質の住人が住む島で、首を失った焼死体が発見される。同い年の男子高校生三人が行方不明になっているが、三人の中の誰の死体なのかが解らない。――その三人のひとりである克人《かつと》は、何者かに襲撃されて首が外れてしまう。死の間際、同級生の公《こう》に救われた克人は、もうひとりの同級生・智大《ともひろ》と三人で、二つの身体に三つの首を十五秒以内に交換し続けることで、命を繋ぎながら真相に迫る。あまりに異様すぎる設定とシチュエーションで展開される、あくまでもロジカルな推理と、啞然とするほかない〝解決〟。特殊設定ミステリ史に残る世紀の怪作にして傑作だ。

以上四編、「あと十五秒で死ぬ」という統一テーマのもとで手を変え品を変え、奇想のデパートと呼びたくなる仕上がりだが、それにしても、この奇妙奇天烈なアイデアの数々はいったいどこから生み出されているのか。その答えは著者の頭の中を覗いてみなければわからないが、少なくともその源泉のひとつは、実は現代の二次創作文化にある。

「別冊文藝春秋」電子版37号に寄せられたエッセイによると、「首無殺人事件」の発想元はゲーム『東方輝針城《とうほうきしんじょう》』に登場するろくろ首のキャラクター・赤蛮奇《せきばんき》からだと明かされている。――そう、榊林銘は「銘宮《めいみや》」名義でサークル「風切羽《かざきりばね》」のメンバーとして同人活動を行っており、主に『東方Project』の二次創作同人誌を発行しているのだ。イラストコミュニケーションサイト「pixiv《ピクシブ》」では、彼のオリジナル作品や同人誌で発表した東方二次創作のミステリ漫画（！）が多数公開されている。

本書のタイトルの元にもなった（推定）四十秒死に戻りタイムループミステリ『あと四十秒で死ぬ』、〝歴史上から存在の痕跡そのものを抹消された被害者当て〟という空前絶後の奇想本格ミステリ『黄金の降る場所で』などの作品群は、ミステリファンなら必読の傑作（『東方』の予備知識は多少必要だが）。本書で榊林ミステリの虜になってしまった読者は、是非こちらも読みに行って欲しい。

人間と妖怪が共存する『東方』の世界には、時間操作、壁抜け、不老不死、他者から存在を認識されない――といった特殊能力の持ち主がゴロゴロ存在する。そんな世界を舞台に書かれるミステリは、どう書こうとも必然的に特殊設定ミステリとならざるを得ない。榊林の発想力は、間違いなくそんな二次創作の世界で鍛えられたものだ。

特殊設定ミステリとは、本格ミステリと別種のルールとのマッシュアップによって成立するジャンルである。そのルールは作品を縛る制約であるが、制約のもとで頭を捻るからこそ生み出される魅惑的なアイデアとトリッキーなロジックこそ、特殊設定ミステリの、そして本書の魅力に他ならない。

たかが十五秒、されど十五秒。十五秒で何ができるか？　そう、こんなに面白いミステリができるのだ。（浅木原）

11

僕が答える君の謎解き2 その肩を抱く覚悟

紙城境介

星海社　二〇二一年九月　一四〇〇円（本体）［中短編集］

装画／羽織イオ　装幀／Veia

このシリーズには クイーン風の丹念なロジックと 鋭い批判精神が宿っている

二〇一五年、第一回集英社ライトノベル新人賞の優秀賞を受賞した大胆不敵極まりないライトノベルミステリ、『ウィッチハント・カーテンコール　超歴史的殺人事件』でデビューを果たした著者が、今年になり満を持して放った超々弩級のラブコメ本格ミステリが本作を含めた「君の謎解き」シリーズである。

　高校生の明神凜音は真相を一足飛びに見抜く稀有な能力の持ち主だが、他人にその根拠を説明することが大の苦手で、彼女とともに生徒の相談に乗っている同級生の伊呂波透矢は混乱する依頼主をなだめるべく追いかけ推理をするはめになっていた。第一作『僕が答える君の謎解き　明神凜音は間違えない』はその明神・伊呂波コンビが活躍する短編集。本作でもカンニング事件の真相を意外な観点から突き止めていたふたりだが、続く臨海学校では不可解な密会疑惑を巡り、二転三転する証明合戦を開始する。

　この事件はこれまでと違い長めの中編で、冒頭には級友三六名の登場人物表と合宿所一階の見取り図が配される。著者のその準備にふさわしく合宿所でのアリバイ調査や密室解明、そして怒涛の推理が展開される。とくにラストの推理と推理のぶつかり合いは本年屈指の緊迫感あふれるものだった。麻耶雄嵩『神様ゲーム』や古野まほろ「探偵小説」シリーズのように、探偵側が超自然的な方法で知り得た真相をロジックで確認するという趣向なのは本シリーズも同様だが、明神の推理はその演算能力が桁違いなだけで常人と変わりはない。だから丹念に根拠と手がかりを積み重ねれば同じ真相に至るはずであり、それをせねばならない必然性の切実さこそが本作の独自性だ。ラノベ風の軽妙な文体で見誤るかもしれないが、このシリーズにはクイーン風の丹念なロジックと鋭い批判精神が宿っている。歯応えたっぷりのロジックとほろ苦スイートなラブコメの見事なマリアージュをぜひ堪能されたい。（蔓葉）

12

密室は御手の中

犬飼ねこそぎ

光文社　二〇二一年七月　一七〇〇円（本体）［長編］
装画／早川洋貴　装幀／泉沢光雄

あふれんばかりのアイデアを出し惜しみせずに詰め込んだ

　また「カッパ・ツー」が平成一桁生まれの有力新人を輩出した！

　かの鮎川哲也が編纂に努めた公募アンソロジー、『本格推理』シリーズを源流とするのが光文社の本格派新人発掘プロジェクト「カッパ・ワン」。同プロジェクト出身の石持浅海、東川篤哉の両人が選考委員となって再始動《リブート》したその名も「カッパ・ツー」は、デビュー後の活躍も目覚ましい阿津川辰海（入選作『名探偵は嘘をつかない』）をまず第一期生として世に送り出した。ミステリファンの注目を集めるなか、ついにお披露目となった第二期生が、ペンネームのセンスからして一癖ある犬飼ねこそぎ（入選作『密室は御手《みて》の中』）だ。

　新興宗教団体『こころの宇宙』の総本山に、私立探偵の安威和音《あいわおん》が身分を偽って潜入したとき惨劇の幕は開く。山頂の巨岩の内部に作られた瞑想室で、神がかりの女性信者がバラバラ死体となって発見されるのだ。しかも、出入り口の扉は内側からカンヌキで閉ざされた状態だった。事件はこれで終わらない。教団の亡き開祖と親しかった雑誌記者の男が、滞在中の部屋で殺されているのが見つかる。第二の殺人現場もまた密室の状態だったうえ、被害者はなぜか切り落とされた自分の首を抱えた格好でいて……。

　選考会の席（「ジャーロ」二〇一九年秋号掲載）で石持と東川が口をそろえて誉め称えた、二つの密室トリックが振るっている。第一の岩室の事件では、現場を密室化するためのトリックが、同時にアリバイ工作のためにもなる奸智ぶり。さらに第二の首切り事件では、死体の発見直後に実行されていた心理的トリックの精妙さに感歎の溜め息がもれた（首切りを必然とする、とんでもない〝捨てトリック〟も捨てるに惜しいケレン味あり）。新興宗教という背景をやや活かしきれていない憾《うら》みはあるが、あふれんばかりのアイデアを出し惜しみせずに詰め込んだ新人らしい意気や良し。（佳多山）

13

或るギリシア棺の謎

柄刀一

光文社　二〇二一年二月　二〇〇〇円（本体）［長編書き下ろし］
装幀／坂野公一（welle design）

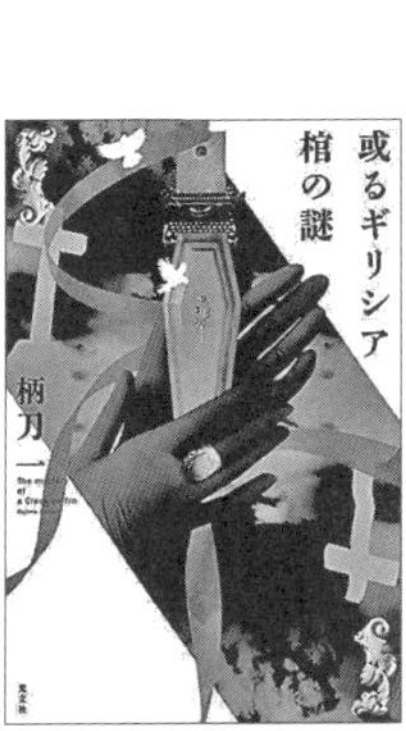

謎解きの真髄と運命悲劇的結末に陶酔できる逸品

シンポジウムのため来日したアメリカの法医学者エリザベス・キッドリッジは、シンポジウム終了後、札幌在住のフリー・カメラマン南美希風《みきかぜ》を案内役に、日本各地を訪れていた。「或るオランダ靴の謎」解決直後、面会する予定だった篤志家・安堂朱海の訃報が舞い込み、二人は愛知県の安堂家へと向かう。着いてみると、殺人を暗示する怪文書や偽装された朱海の遺書が発見されていただけでなく、朱海の孫娘・夏摘の殺人事件が未解決でもあったため、朱海は病死ではなく自殺の疑いが持たれていたのである。そして司法解剖の結果、朱海の死体からヒ素と鉛毒が検出され、自殺の疑いから一転して殺人の可能性が浮上してくる。一族の複雑な人間関係を仄聞し、夏摘や朱海の不審死の真相に迫っていく美希風は、朱海の葬儀の出棺間際、ついに事件の真相を語り始める……。

作品集『或るエジプト十字架の謎』に続く、エラリー・クイーン本歌取りシリーズの二冊目にして初長編。本家クイーンの『ギリシア棺の謎』といえば、探偵を誘導＝誤導する偽の手がかりに由来する〈後期クイーン的問題〉をはらんだ作品としても知られるが、それに対するリスペクトを内在させていると思われるだけに、第七章以下で展開されていく百ページ（全体の三分の一）にもわたろうかという美希風の推理は、慎重な上にも慎重を極めた細緻なものとなる。本作品の読みどころはまず、事件の綾を解きほぐす推理の面白さにあるのは論を俟たない。聞き手を納得へと導くために、解き明かしていく流れまで考え抜いている美希風のありようは、感嘆の一言に尽きる。その推理によって明かされる朱海の不審死の謎は、一族の間に胚胎する精神的葛藤が二重三重に絡み合い、複雑な様相を示す。最後に明らかとなる人知のロジックでも到達しえないものも含め、謎解きの真髄と運命悲劇的結末に陶酔できる逸品である。（横井）

14

サーカスから来た執達吏

夕木春央

講談社 二〇二一年九月 一七五〇円（本体）［長編］
装画／中島梨絵 装丁／川名潤

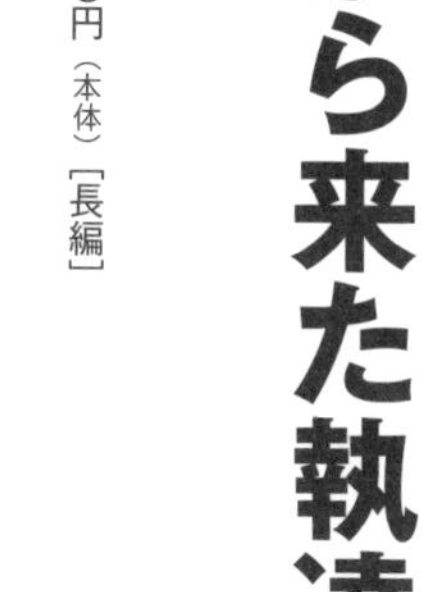

悲観さを漂わせず
軽妙にたくましく描く手腕が見事で
いつまでも読んでいたい作品

「この新人、只者ではない」と担当編集者を唸らせた、第六十回メフィスト賞受賞者の夕木春央。二〇一九年のデビュー作『絞首商會』と同じく、第二作も大正時代が背景となっている。

関東大震災から二年後、異国の民族服をまとった少女が、莫大な借金を抱えた樺谷子爵家のもとを訪れた。少女は債権者の貿易商社社長に雇われた執達吏で、名前はユリ子という。返せるあてのない樺谷家に、ユリ子は震災で一家全員死亡した絹川子爵家が隠した財宝を見つけたら借金を帳消しにすると説く。損壊した絹川家からは、宝の在り処を示した暗号文が見つかっていて、すでに華族たちによる宝探しが始まっていた。非識字者の彼女の代わりに暗号を解くよう命じられた末娘の鞠子は、借金のかたに家から連れ出され、彼女と生活をともにすることになる。やがて、十四年前には番人が殺されていたという事実も判明してくる。

サーカスから逃げ出してきた自称十八歳のユリ子と、同じ年で小説家を目指すお嬢様の鞠子による、新たな探偵コンビが誕生した。多くの人に好かれているのに寂しさが付き纏っているユリ子と、震災で次姉を亡くした哀しみを抱えている鞠子は、対照的な環境で育ったはずなのに似た者同士に感じさせられる。語り手を務める鞠子はワトソン役というよりも、ユリ子にとってかけがえのない相棒となっていく。この過程が少女の成長物語ともなっている。暗い時代背景でありながらも、本書はそこはかとなく明るい。悲観さを漂わせず、軽妙にたくましく描く手腕が見事で、いつまでも読んでいたい作品だ。ウェブサイト「ツリー」では、アナザーストーリーも読める。

かといって、単なる痛快作では終わらない。鞠子の暗号解読にユリ子の人間観察眼が組み合わさった、震災がなければ起こり得なかった驚愕の展開が待ち受ける。序盤の倒叙も絡む怒涛の解決場面には、誰もが度肝を抜かれるだろう。（羽住）

15

時空犯

潮谷 験

講談社　二〇二一年八月　一七五〇円（本体）［長編書き下ろし］
装画／iyari　装幀／川名潤

時間SFと
本格ミステリの
かつてない合体技がここにある

　第六十三回メフィスト賞を受賞した『スイッチ　悪意の実験』で四月にデビュー、ヒットを飛ばした潮谷験《しおたにけん》。続いて早くも八月に送り出した第二作が、デビュー作を差し置いてランクインを果たした。

　情報工学の権威・北神伊織《きたかみいおり》博士から、成功報酬一千万円という破格の依頼を受けた私立探偵の姫崎智弘《きさきともひろ》。指定された会場に集められたのは年齢も職業もバラバラの八人。そこで博士は驚くべき事実を告げる。今日——二〇一八年六月一日が、既に一〇〇〇回近く繰り返されているというのだ。原因を探るため、時間の巻き戻しを認識できるようになるという薬を飲んだ姫崎たち。そして北神博士の言葉通り再び始まった六月一日、北神博士が他殺死体となって発見された……。

　というわけで、本作は西澤保彦《にしざわやすひこ》『七回死んだ男』や谷川流《たにがわながる》「エンドレスエイト」を髣髴《ほうふつ》とさせる設定のタイムループミステリである。同種の趣向の作品は、近年にも彩坂美月《あやさかみつき》『金木犀と彼女の時間』があるし、ループ現象を共有する人々の間で殺人が起きることで一種のクローズドサークルが成立するという構図も、乾くるみ『リピート』といった前例がある。

　では、本作の新規性や独自性はどこにあるのか。その答えはやはり第三章からの、読者の意表を突きまくる展開だろう。二度目のループで起きる事態のすさまじい変化に驚く間もなく、時間ループ現象の原因を巡ってとんでもなく壮大なＳＦ設定が語られたかと思うと、それによって半ばメタ的に保証されたルールを前提に、返す刀でそのままロジカルな消去法推理の犯人当てに戻るという超絶アクロバット。その上で最終的に、時間ループものの定番シチュエーションにぬけぬけと着地してみせる。時間ＳＦと本格ミステリのかつてない合体技がここにある。

　第二作にしてデビュー作を軽々と上回るホームランを飛ばしてみせた潮谷験。この新人、ただ者ではない。（浅木原）

16

幻月と探偵

伊吹亜門

KADOKAWA　二〇二一年八月　一七五〇円（本体）［長編書き下ろし］

装画／坂野公一（welle design）

通俗的なイメージに囚われれば囚われるほど衝撃度と説得力を増す犯行動機

『刀と傘　明治京洛推理帖』が第十九回本格ミステリ大賞を受賞し、一躍新世代作家の代表格として注目を浴びた伊吹亜門。今年はその前日譚を描いた初長編『雨と短銃』も刊行され、やはり高い評価を得ている。本作は昭和前期の満洲を舞台にした第三作。

一九三八年、満洲国哈爾浜《ハルビン》で探偵事務所を営む月寒《つきさむ》三四郎《さんしろう》のもとに、国務院産業部の椎名《しいな》悦三郎《えつざぶろう》が訪ねてきた。協和会の甘粕《あまかす》正彦《まさひこ》からの推薦を受け、上司の岸《きし》信介《のぶすけ》が重要案件を依頼したいのだという。その内容とは、元陸軍中将・小柳津《おやいづ》義稙《よしたね》邸での晩餐会後、出席していた岸の秘書・瀧山《たきやま》秀一《しゅういち》が急死した事件の調査であった。どうやら遅効性の毒物を盛られた疑いがあるらしい。月寒は小柳津の孫娘で瀧山の婚約者でもあった千代子《ちよこ》の便宜にあずかり、馬家溝《マチャコウ》の屋敷に乗り込むが、瀧山と関係者たちとの間には因縁が見つからない。そもそも毒殺だとすると、犯人はいかなる手段で被害者にだけ毒を盛ることができたのか。

証言を集める中、義稙宛に古い銃弾と「三つの太阳《たいよう》を覺《おぼ》へてゐるか」と書かれた脅迫状が届いていたことが判明する。果たして、真に狙われていたのは現在の関東軍に批判的な元中将なのか。月寒は捜査を進めていくが、やがて第二、第三の事件が発生してしまう――。

冒頭から登場する実在人物名や、日満露蒙という異なる民族が同居する屋敷、阿片利権をめぐって渦巻く権謀術数など、読者は開巻より、物語にちりばめられた「満洲ロマン」とも言うべき満洲イメージ（「満洲の闇」）に遭遇する。無論、荒涼たる東北の大地と緊迫した社会情勢が事件の構図に関わっていることは間違いない。だが本作の真相の肝は、そのような通俗的なイメージに囚われれば囚われるほど衝撃度と説得力を増す犯行動機にあるのだ。この時代の満洲だからこそ成立する驚愕のホワイダニットを堪能してほしい。（秋好）

17

救国ゲーム

結城真一郎

新潮社　二〇二一年十月　二二〇〇円（本体）［長編書下ろし］
装画／iyari　装幀／新潮社装幀室

**読者も同じ条件で推理ができるので
ぜひとも解き明かしてもらいたい
完璧に計算された全体像に唖然**

「#拡散希望」で第七十四回日本推理作家協会賞短編部門を受賞した結城真一郎。第三作となる本書は、国家問題と不可能殺人が織りなす頭脳戦が繰り広げられる。

二〇二X年、正体不明の大人気動画投稿者パトリシアが、「六十日以内に、地方に住むすべての人を大都市圏へ強制移住させろ」と自身の投稿動画サイト越しに要求をしてきた。さもないと「次の行動に出る」と訴えるが、国民は相手にしない。しかし、それから六十一日後、パトリシアの宿敵で、地方創生の救世主と呼ばれる神楽零士が殺害された。現場は、住民の半数以上が移民を占める、岡山県K市の山中にある霜里地区だ。神楽の身体は切断されていて、胴体は炎上した住民たちの足となる自動運転車の中から見つかった。そして首は、住民たちの物資を運ぶ三体のドローンボックスの一体から発見される。まもなく容疑者が浮かび上がるが、被害者の死亡推定時刻に鉄壁のアリバイがあった。

本書はこの国を「沈みゆく客船」にたとえている。少子化から人口が減り、産業は廃れ、地方自治体が滅びゆくのも想像に容易い。「好きな場所で思うままに生きる」権利が失われてゆく問題を、神楽の言葉を通じて示唆している。継承する者がいなかったら文化も滅びる。謎解きの様を見届ける者が存在するからこそ成り立つ本格ミステリにとっても、危機的状況にあることを実感させられる作品だ。

調査に乗り出すのは、住民の一人である陽菜子と、彼女の高校時代の同級生で内閣官房まち・ひと・しごと創生本部に所属する「死神」こと雨宮《あめみや》。直接対面はせず、リモート通信のみで真相究明に挑む。犯行声明により犯人はパトリシアで、状況から住民たちの中にいると分かっているのに、真相にたどり着くことは相当難しいだろう。読者も二人と同じ条件で推理ができるので、ぜひとも解き明かしてもらいたい。完璧に計算された全体像に唖然とするはずだ。（羽住）

18

ミステリー・オーバードーズ

白井智之

光文社 二〇二一年五月 一六〇〇円（本体）［短編集］
装画／浅野いにお 装幀／bookwall

至る所から汁が流れ出る蠱毒のような致死量フルコースをどうぞ召し上がれ

白井智之が「食」をテーマにした短編集を上梓した。読者によってはそれを聞いただけで、うえっ、と吐き気をもよおす人もいることだろう。それだけ一貫した作風とイメージを白井智之は確立してきたのだといえる。ただ、ゲテモノ使いなれど、超一流のシェフたる白井智之は、見るだけで顔を顰めるような食材を用いて、比類なき味の数々を生み出してみせた。後味が良いかは保証しないが。

「グルメ探偵が消えた」は英国を舞台にした翻訳調の作品で、探偵の失踪事件から始まった事件が、様々な過去の因縁も絡み、意外な顚末を迎える。

「げろがげり、げりがげろ」はタイトルの意味を言うのも憚られる史上最悪の異世界転生もの。ミステリとしての謎解きは特殊設定ミステリの優れた実例であるが、常識の全てを喰らい尽くした真相が読者を排撃した結果、唯一無二の傑作が産み落とされた。

「隣の部屋の女」はイヤミス＋食＝〇〇、というアレです。不穏なサスペンス的展開が、技巧と論理で紐解かれる。

「ちびまんとジャンボ」はフナムシの早食い競争中の毒殺事件という吐き気満載な短編。イメージ喚起力があるのが恨めしい。道具立ては特殊ながら、この短編集では最も正統派の本格もの。

「ディテクティブ・オーバードーズ」では十年前に殺された悪徳天才探偵白川の弟子たちが閉ざされた洋館に集い、白川の甥が殺される事件が起こる。危機的状況に陥った四人の探偵たちは、事件の真相を推理したノートを金庫に残した。一種の多重〝推理〟ものだが、そのテキストは異様な様相を呈していたため、その〝推理〟自体の解明に挑む羽目に。狂気が論理で腑分けされる異形の大傑作。

　本書は、九月刊の『死体の汁を啜れ』と同様、脳の持つ様々な感覚に、消えようのない強烈な印象《トラウマ》を残す。至る所から汁が流れ出る、蠱毒のような致死量フルコースをどうぞ召し上がれ。（嵩平）

19

アンデッドガール・マーダーファルス３

青崎有吾

講談社タイガ　二〇二一年四月　九〇〇円（本体）
［長編書き下ろし］

装画／大暮維人　装幀／坂野公一（welle design）

現代社会にも通じる根深い問題が事件の裏に横たわっていたことが明らかとなるあたりは圧巻

南ドイツの山間にある村へ向かった鴉夜ら鳥籠使いの面々。人狼が現れるという噂が囁かれていた村では、その人狼による連続誘拐殺人事件が発生していた。村人たちの話によると一年前から定期的に少女たちが惨殺されているという。一行がやってくる直前にも、ひとりの少女が家から攫われ、荒らされた部屋には人狼のものと思しい足跡が残っていた。人狼の村へのヒントを条件に犯人探しを請け負うことにした鴉夜らであったが、このときはまだ人狼村でも連続殺人事件が発生していたことを知る由もなかった。

吸血鬼や人造人間、そして名探偵が実在する一九世紀末のヨーロッパを舞台とした本シリーズの第三弾。前作でのルパンとの宝石争奪戦に続くかたちで人狼村探しの旅がはじまる。本作では、人狼による惨殺事件と銃声なき人狼銃殺事件という二つの村の連続殺人の謎とともに、怪物を率いて人狼捕獲を画策するモリアーティ一味や、その一味を追うロイズ保険機構も人狼村に迫っており、油断ならない展開が続く。ふたつの連続殺人事件の構図自体は本格ファンならある程度想像の範囲内だろうが、その裏にある犯人の目的をしかと見定めるのはなかなか容易ではない。閉鎖環境の事件を主な舞台としていた裏染天馬シリーズと違い、本作では開放された環境でのフーダニットとなるものの、人狼が実在するからこそ描くことができた手がかりによって、犯人を絞り込めるよう考え抜かれていることは注目に値する。さらには現代社会にも通じる根深い問題が事件の裏に横たわっていたことが明らかとなるあたりは圧巻というほかない。人狼や吸血鬼といった著名な怪物との駆け引きに満ちた死闘や巧緻で小狡い策謀、そして快刀乱麻の推理など娯楽の満漢全席のような趣きの本シリーズだが、人物造形をおろそかにはせず、彼らが生きる社会への眼差しが中心に据えられていることを指摘しておきたい。（蔓葉）

19

メルカトル悪人狩り

麻耶雄嵩

講談社ノベルス　二〇二一年九月　九〇〇円（本体）［短編集］
装画／鈴木康士　装幀／坂野公一（welle design）

ミステリらしい真っ当なロジックがあっても、彼がかかわると物語の構図が歪み、普通でなくなる

　麻耶雄嵩のデビュー作は『翼ある闇　メルカトル鮎最後の事件』（一九九一年）だった。タキシードにシルクハットが目印の銘探偵メルカトル鮎は、初登場が最後の事件だったのに以後も彼の物語は書かれてきた。『メルカトル悪人狩り』は、推理作家・美袋三条をワトソン役とするシリーズの最新短編集だ。といっても、収録作の発表時期に幅がある。館で殺人が起きる「水曜日と金曜日が嫌い」、女性作家から警護を依頼される「メルカトル・ナイト」、伝説の地が舞台の「天女五衰《てんにょのごすい》」、病み上がりのメルカトルが変調をみせる「メルカトル式捜査法」など、二〇一七年以降の作品が中心ではある。だが、本書冒頭収録で埋葬場面から始まる「愛護精神」は一九九七年、名家で事件が起きる「囁くもの」は二〇一一年が初出。

　執筆時期に二十年以上差があり、統一テーマもない。なのに、メルカトルのアクの強いキャラクターが、コンセプトの役割を果たしている。腐れ縁の美袋が、彼からひどい扱いをされるだけではない。メルカトルは、正義のためや関係者の幸せのために探偵をするのではなく、高みに立って事件を愉しむのである。「不要不急」（二〇二一年）と「名探偵の自筆調書」（一九九七年）が、彼を端的に表現している。二作とも美袋に対しメルカトルが理屈を語るだけのショートショートで、彼の意地悪さ、皮肉さがオチなのだ。

　麻耶は、推理抜きで真実だけいう神様、他人に推理させる主人公など様々な探偵像を提示してきたが、メルカトルが出発点だったと再認識した。本書で人並み外れた解明力をみせる彼は、銘探偵故に常に何かに囁かれており「それは神かもしれないし、他の理外のものかもしれない」と嘯く。だが、探偵の自分が「そんな神様みたいな芸当ができるわけないじゃないか」ともいう。つかみどころがない。ミステリらしい真っ当なロジックがあっても、彼がかかわると物語の構図が歪み、普通でなくなるのが面白い。（円堂

国内本格ミステリ 2021 MY BEST 5

全アンケート回答

青崎有吾　作家

1. 僕が答える君の謎解き2　紙城境介
2. サーカスから来た執達吏　夕木春央
3. 推理大戦　似鳥鶏
4. あと十五秒で死ぬ　榊林銘
5. 亜シンメトリー　十市社

話題作が多く出た年だったが、とりわけ新人・新鋭の作品に魅せられた。①は推理と相互理解をリンクさせ、日常の謎をひとつ上のレベルへ押し上げた期待のシリーズ。一巻と二巻で悩んだ結果、より挑戦的な二巻に投票。票が割れたらすみません。②は痛快にして魔術的、サーカスの如きエンタメで大満足。③、④は惜しみなく盛られたアイデアの手数を評価。③は全十巻くらいでも読みたくなった。そんな派手な作品たちの中、さりげなくも確かな質を見せた⑤にも注目したい。

秋好亮平　探偵小説研究会

1. 孤島の来訪者　方丈貴恵
2. 四元館の殺人　早坂吝
3. アンデッドガール・マーダーファルス3　青崎有吾
4. サーカスから来た執達吏　夕木春央
5. メルカトル悪人狩り　麻耶雄嵩

①特殊設定をここまで使い倒してくれると気持ち良い。まさかこんな解決が飛び出してくるとは。②不感症のミステリ読みもこの真相には昇天すること間違いなし。③青崎版『×××(字数適当)』とも言うべき奇想の構図を狂騒的なファルスに包んだ剛腕に惚れ惚れ。④痛快な探偵役と財宝探し譚だけで充分愉しいが、意外な真相まで描き出してくれたらもう大満足。⑤メルカトルものの短編集としては若干物足りなさもあるが、それでもここがロジック本格の最先端であることは疑いえない。

亜駆良人
畸人郷

1. 黒牢城
米澤穂信
2. 死の黙劇
山沢晴雄
3. 葛登志岬の雁よ、雁たちよ
平石貴樹
4. 兇人邸の殺人
今村昌弘
5. 孤島の来訪者
方丈貴恵

1は時代ミステリで、その設定には少し驚かされた。出来栄えは本当に素晴らしいものだった。2の本格一筋の著者の作品は読者を選ぶだろうが、その作風を味わってほしい。既に予告されている作者の次の長編の刊行がまちどおしい。3の函館を舞台としたシリーズはますます快調で、今作も期待を裏切らず、最後まで一気に読まされた。4も前作に続いて抜群の面白さだった。次作も大いに期待したい。昨年の作品ではあるが、5の特殊設定の面白さには唸らされた。早く次作が読みたい。

浅木原忍
探偵小説研究会

1. 黒牢城
米澤穂信
2. 僕が答える君の謎解き2
紙城境介
3. あと十五秒で死ぬ
榊林銘
4. 泳ぐ者
青山文平
5. アンデッドガール・マーダーファルス3
青崎有吾

投票枠が全然足りないので、意識的に推したいものを優先して選んだ。大学生、兇人邸、忌名を外さねばならぬとは……。①小説に対する誠実さと、本格ミステリたらんとする強靱なる意志が生んだ最上の時代本格。②本格ミステリの論理に対する鋭利な批評性と強固な信頼。今年度ロジック本格の大収穫。③奇想幻想乱れ打ち。二次創作文化が育んだ鬼才を見逃すな。④再びホワイダニットの新地平を切り拓く「被害者の論理」。⑤伝奇もバトルも本格も手加減無用。次は二年以内に新刊を！

飛鳥栄司
Asukaの図書室

1. 硝子の塔の殺人
知念実希人

普段国内のミステリは読まなくなっているけど、久々に読んだ『硝子の塔の殺人』は投票しないと思わせるものがあった。試行錯誤の一発ホームラン的な設定なんてなくても、王道の新本格ミステリは健在だったよ。

嵐山 薫
嵐の館

1. 大鞠家殺人事件
芦辺拓
2. 四元館の殺人
早坂吝
3. メルカトル悪人狩り
麻耶雄嵩
4. 忌名の如き贄るもの
三津田信三
5. 孤島の来訪者
方丈貴恵

意外な犯人史に新たな項目を作った2。まだまだ意外な犯人を掘り起こすことができるという好例。ミステリのお約束で遊ぶ3。そこに落とすのか、という4。何が起こっているか明かすのがネタバレになりかねない5。いずれもあの手この手で騙してくれる。1はそれに加えて探偵小説の愉悦をこれでもかと味わわせる。

その他『硝子の塔の殺人』『密室は御手の中』『影踏亭の怪談』『或るギリシア棺の謎』『蒼海館の殺人』が印象に残った。

飯城勇三

エラリー・クイーン・ファンクラブ

1. 或るギリシア棺の謎　柄刀一
2. あと十五秒で死ぬ　榊林銘
3. むかしむかしあるところに、やっぱり死体がありました。　青柳碧人
4. 大鞠家殺人事件　芦辺拓
5. 涼宮ハルヒの直観　谷川流

話題作が読めなかった……。

1は「手がかりの真偽を見抜く推理」に挑んで、高度な達成を遂げている。

2は第二話が大傑作。アイデアも良いが、それを活かす設定や叙述や視点が最高。

3は面白いが、特殊設定の甘さが気になった。例えば、「狸が完璧に猿に化ける世界なのに、それをチェックする仕組みが猿の側にない」とか。

4は「そうきたか」の作だが、説明できないのが残念。

5は作中作の仕掛けをあばいていく推理がすばらしい。

市川尚吾

探偵小説研究会

1. 六人の嘘つきな大学生　浅倉秋成
2. 僕が答える君の謎解き2　紙城境介
3. 孤島の来訪者　方丈貴恵
4. 推理大戦　似鳥鶏
5. 硝子の塔の殺人　知念実希人

僕の好きな若竹七海『スクランブル』パターンだと思って読み始めた1は、その先の展開が予想を超えていた。2は嘘つきの人数では1を凌駕している。大変なことに挑戦して一定の成果を挙げている点を高く評価する。3の一作限りの設定が生み出す謎と論理に酔わされた。4は手数の多さにやられた。5は自分が長年間引きずってきたある問題に絡めて評価。斜線堂有紀、白井智之、今村昌弘、三津田信三、大島清昭、夕木春央、岡崎琢磨らも評価しているが枠が足りない。今年は大豊作。

市川憂人

斜壊塵もの書き

1. 孤島の来訪者　方丈貴恵
2. 征服少女　古野まほろ
3. トリカゴ　辻堂ゆめ
4. ミステリー・オーバードーズ　白井智之
5. 影踏亭の怪談　大島清昭

なかなか終息しない昨今の情勢にいよいよ自宅監禁を余儀なくされ「もういい、俺はここを出る！」と原稿やゲラから逃避したい衝動に駆られるも結局は何も変わらない現実の非情さに打ちのめされる今日この頃、皆様いかがお過ごしでしょうか。

そんなわけで前作以上にガチSFバトル本格推理な1、前作と合わせエモい2、謎解きも油断ならない3、『げろがげり』に全部持っていかれた4、思わぬ形で繫がっていく怪談ロジックの5、と気付けばほぼ特殊設定な選定であった。なんとぉ。

稲羽白菟

作家

1. 兇人邸の殺人　今村昌弘
2. みんな蛍を殺したかった　木爾チレン
3. 六人の嘘つきな大学生　浅倉秋成
4. 黒牢城　米澤穂信
5. 影踏亭の怪談　大島清昭

自著刊行年は棄権と決めていたが（自分が一番面白いと思うものを書いたのが自著なので）、今年はそれでも投票したいと思う大豊作。けど自著もお薦めなので是非（詳細は近況に）。さて本題。①全要素が謎に貢献。お見事。②まるで少女視点の『魍魎の匣』。少女たちの生々しい魂を描く傑作。③精緻なロジックによってロジックの虚しさを証明する手腕。感動。④有岡籠城戦という極上発想が「設定」にとどまらない、奥深い悲劇。⑤実話怪談的話法と本格の見事な融合。癖になる読み心地。

臼井二郎
全日本ミステリ連合関係者

1. 黒牢城　米澤穂信
2. サーカスから来た執達吏　夕木春央
3. 死の黙劇　山沢晴雄
4. 蒼海館の殺人　阿津川辰海
5. パラダイス・ガーデンの喪失　若竹七海

1．史実の隙間に忍び込まされた謎物語の楽しさたるや。クライマックスで展開される、怒涛の謎解きはひたすらに圧巻です。2．不条理感たっぷりなストーリーの果てに待ちうける逆転劇は仰天もの。3．ロジックの純度と歯ごたえが心地よい。小説とパズルがぎりぎりのところでせめぎあうさまにパズラーならではの詩情があります。4．謎解きの質量に圧倒されました。5．「一体、何が起きたのか？」を解くミステリとして充実したできばえで、伏線の冴えと構図の妙にうならされます。

宇田川拓也
ときわ書房本店

1. 救国ゲーム　結城真一郎
2. 六人の嘘つきな大学生　浅倉秋成
3. invert　相沢沙呼
4. 蒼海館の殺人　阿津川辰海
5. 黒牢城　米澤穂信

1はアンケート回答の時期に、もっとも売り場で力を入れてオススメ中の作品。切断された頭部をいかにしてドローンボックスに格納したかを巡る推理は圧巻。未読の方は、いますぐお求めを！　2は「就活」という難しいテーマを本格ミステリで見事に描き切った意欲作。3は前作読者を狙い撃つ、周到極まりない企みが素晴らしい。4は傑作『紅蓮館の殺人』を凌駕する、濃密で手の込んだ読み応え抜群の内容に満腹。5は著者作家生活二十周年の節目にふさわしい、歴史×本格推理の傑作。

円堂都司昭
探偵小説研究会

1. 救国ゲーム　結城真一郎
2. 楽園のアダム　周木律
3. 兇人邸の殺人　今村昌弘
4. invert　相沢沙呼
5. 遠巷説百物語　京極夏彦

今回は物語のかまえが大きい二作と、シリーズもの三作を選んだ。『救国ゲーム』は都市と地方という国家的問題、『楽園のアダム』は大災厄を経た約千年後の世界がテーマ。どちらも犯行の動機が今日的テーマと深く結びついているのが、印象深かった。一方、『兇人邸』、『invert』、『遠巷説』はいずれも人気シリーズの新作で、上がったハードルにどう対処するかという技巧面が興味深かった。それぞれ、小道具の動かし方、キャラクターの扱い、角度を変えて話を重ねる構成に面白さを感じた。

太田忠司
ものかき

1. 推理大戦　似鳥鶏
2. 兇人邸の殺人　今村昌弘
3. ボーンヤードは語らない　市川憂人
4. 大鞠家殺人事件　芦辺拓
5. Butterfly World　岡崎琢磨

今年も本格ミステリは豊作であったなあ、と幸せを噛みしめております。泣く泣くランクインさせられなかった作品も多く、まさに本格ミステリは日本のエンターテインメントの雄となったと実感します。中でも一位に推した『推理大戦』の贅沢さは類を見ません。これ、よほどの才能がないかぎり成立させるのが困難な設定なんですが、それを似鳥さんは堂々とやってのけてる。感服しました。

他の作品に触れる余裕がなくなりましたが、ひとつだけ。新鋭気鋭の中にあって堂々と新たな代表作を世に出した芦辺さんに同世代の者として最大限の祝福と敬意を捧げます。

大森滋樹　探偵小説研究会

1. 黒牢城　米澤穂信
2. 孤島の来訪者　方丈貴恵
3. メルカトル悪人狩り　麻耶雄嵩
4. 密室は御手の中　犬飼ねこそぎ
5. 六人の嘘つきな大学生　浅倉秋成

　ぞくぞくと生まれる新しい才能、相変わらず秀作をものしながら中堅になっていく才能、まったく古びず斬新な挑戦をつづける才能。「古いものが廃れ、新しいものが入れ替わる」新陳代謝が存在しない。エネルギー保存の法則とか動的平衡とか、既存の科学的法則を破っていませんか？　特殊設定が創作技術でなく、創作現場が特殊設定になっていませんか（何言ってんだ？）。五作に絞るのは無理！

　他に『invert』『Butterfly World』、『蝶として死す』、『時空犯』が印象に残った。

金沢ミステリ倶楽部　ミステリ同好会

1. 蒼海館の殺人　阿津川辰海
2. 黒牢城　米澤穂信
3. 兇人邸の殺人　今村昌弘
4. 忌名の如き贄るもの　三津田信三
5. アンデッドガール・マーダーファルス3　青崎有吾

今年の国内ミステリは充実していた。1．技巧の限りを尽くした大作にして超絶傑作。2．重厚な雰囲気の時代小説でありながら、しっかりした本格ミステリ。3．出るに出られぬクローズドサークル。特殊設定がプロットにまで影響を与えた点が洗練されている。4．ホラーとしての切れ味と異常な動機に二度戦慄必至の会心作。5．ファンタジー世界でもクイーンを彷彿とさせる推理への拘りが見えた。他にも『孤島の来訪者』『雷神』『僕が答える君の謎解き』がよかった。

関西ミステリ連合OB会　大学サークルOB団体

1. 密室は御手の中　犬飼ねこそぎ
2. 或るギリシア棺の謎　柄刀一
3. invert　相沢沙呼
4. 僕が答える君の謎解き2　紙城境介
5. あと十五秒で死ぬ　榊林銘

新星の誕生と活躍に目を細め、ベテランの凄腕に感嘆する。今年も力作、良作に出会えました。以下、担当者コメント。①稚気愛すべし密室ミステリ。謎を解く手の平明さには不思議な品格が備わる。②論理、そして推理の限界へ果敢に挑む姿勢はまさにクイーンを彷彿とさせる。③倒叙であっても読者を騙せると作者はここに証明した。サプライズ万歳！④今年一番のダークホース。連鎖するロジックはさながら詰将棋だ！⑤特殊設定ブームが叫ばれて久しい今日この頃、今年の一冊ならコレ。

木内浩哉　本読み

- 或るギリシア棺の謎　柄刀一
- 兇人邸の殺人　今村昌弘
- 硝子の塔の殺人　知念実希人

　今回は同列同位とさせていただきます。（列記は読了順）
　昨年末、さる方よりありがたいお誘いを受け、二〇二一年はミステリの森の住人として貴重な経験をさせていただくことができました。
　と、それを言い訳にしてはいけないのですが、新刊読破のほうは例年以上に滞り、このような投票となってしまいました。
　未読本の塔は高く伸びる一方でございます。

京都大学 推理小説研究会

1. ミステリー・オーバードーズ 白井智之
2. 涼宮ハルヒの直観 谷川流
3. 幻月と探偵 伊吹亜門
4. 僕が答える君の謎解き1 紙城境介
5. 密室は御手の中 犬飼ねこそぎ

①汚濁した世界と美しい論理の鮮やかな対比。ロジックの新たな枠組みを問う離れ業に息を呑む。②作者自身による卓抜なハルヒ論。シリーズの精読を促される。③揺れ動く時代の人間の祈りが痛切なホワイダニットとして響く、端正かつ精緻なパズラー。④ラブコメ的なキャラ回しとミステリ的構成の親密性に気づかされる。2巻では論理の遠投が炸裂。⑤トリック・ロジック・ガジェットてんこ盛り、けれど文章は静謐にして洒脱。ふしぎな読み心地。

日下三蔵 評論家

1. 蒼海館の殺人 阿津川辰海
2. invert 相沢沙呼
3. オルレアンの魔女 稲羽白菟
4. 幻月と探偵 伊吹亜門
5. 黒牢城 米澤穂信

1の阿津川さんは作品自体の良さもさることながら、エッセイなどで多様なミステリの魅力を的確に伝える読者としての柔軟な姿勢が素晴らしい。

2は前作と趣向を変えて倒叙ミステリの連作になっているが一篇ずつのクオリティは、むしろ上がっているのが凄い。

3を含む二見書房の書下し単行本は力作が多く、今後も注目していきたい。

4と5は企みと驚きのある時代ミステリ。山田風太郎の方法論が現代作家に継承されているのがうれしい。

黒田研二 作家

1. Four Eyes SCRAP&稲村祐汰
2. 硝子の塔の殺人 知念実希人
3. 救国ゲーム 結城真一郎
4. あと十五秒で死ぬ 榊林銘
5. ヴィクトリアン・ホテル 下村敦史

タイプはまるで違うが、溢れんばかりの本格愛と稚気が入り混じった二作品を上位に選んだ。折原一や蘇部健一の作品を彷彿とさせる1はふだん解決編前に手を止めて真相を考えようとしない人にも「ちょっとだけ推理してみようかな」と思わせる工夫がなされていて、今流行りの「謎解き本」として楽しむこともできる。2は本格ミステリの魅力的な要素を濃縮してぎゅっと詰め込んだ贅沢感がたまらない。どちらも唖然とする瞬間があり、読了後はその快感を誰かと無性に語り合いたくなった。

慶應義塾大学 推理小説同好会

1. 硝子の塔の殺人 知念実希人
2. 時空犯 潮谷験
3. エゴに捧げるトリック 矢庭優日
4. 忌名の如き贄るもの 三津田信三
5. テスカトリポカ 佐藤究

①新本格への愛が存分に詰め込まれ、結末までノンストップで進む。ページを繰る手が止まらない。②特殊な設定を生かしながらもすっきりとした結末の秀作。それに絡むストーリーも絶品。ミステリを読まない人にもおすすめ。③「ＥＧＯ」とは何なのか。物語は進むにつれて思いもよらない姿を見せる。④三津田さんらしく一筋縄ではいかない物語とキャラクター。背筋の凍る終わりもよい。⑤魅力的なキャラクターと、作り込まれた奥行きのある世界観にぐいぐい引き込まれる。

小池啓介　書評ライター

1. **黒牢城**　米澤穂信
2. **あと十五秒で死ぬ**　榊林銘
3. **兇人邸の殺人**　今村昌弘
4. **孤島の来訪者**　方丈貴恵
5. **メルカトル悪人狩り**　麻耶雄嵩

抽象化されたミステリの謎とその解明の要素に具体的なかたちを与えようとするなら、それが現実から乖離することは容易に起こり得る。15秒のタイムリミットを設定してそこから謎物語を紡ぎ出そうという試みが、極度に現実離れした世界での謎解きを演出することになったのが短編集2。冗談のような設定でハードな推理が繰り広げられる様が見事で笑いながら読んでしまった。3と4はそれを登場させるとなんでもありだよという存在をなんでもありにさせないところに妙味がある。

埼玉大学　推理小説研究会

1. **invert**　相沢沙呼
2. **硝子の塔の殺人**　知念実希人
3. **兇人邸の殺人**　今村昌弘
4. **六人の嘘つきな大学生**　浅倉秋成
5. **推理大戦**　似鳥鶏

1は犯人の視点から見ると、城塚翡翠とはこうも恐ろしい人なのか、と手に汗握る作品だった。2は展開の移り変わりが気持ちいい、古典から新本格まで作者のミステリ愛がたっぷりな作品。3は遊園地内の邸が舞台であるシリーズ3作目。存分に活かされた特殊設定と主人公達の成長が印象的。4は秀逸で伏線も多く、最後まで一気に読み進めてしまう人間の表裏が描かれた作品。5は個性溢れる世界各国の指折りの名探偵たちの自分の異能を活かした推理バトルが楽しい一冊。

坂木 司　作家

1. **老い蜂**　櫛木理宇
2. **機龍警察白骨街道**　月村了衛

一位は、ものすごく「今」を感じさせてくれた。タイトルはむしろフックで、その背後に見えてくる現代日本の構図が刺さる。「おじいちゃんのやることに、目くじら立てないで」はそのまま「男児は」「男なんてバカだから許してやって」にスライドする。そういえば日本の政治家にはおじいちゃんが多いですね。

2位はずっと待っていたシリーズの新作。ステイホーム中に『映像の世紀』を視ていたので、恐ろしくリアルだった。

佐倉丸春　非実在探偵小説研究会

1. **黒牢城**　米澤穂信
2. **蒼海館の殺人**　阿津川辰海
3. **忌名の如き贄るもの**　三津田信三
4. **大鞠家殺人事件**　芦辺拓
5. **征服少女**　古野まほろ

史実の裏に鮮やかな虚構を紛れ込ませた①は本格ミステリとしても時代小説としても最高峰。②は作者の現時点での最高傑作。複雑な構造に途轍もない量のアイデアが詰め込められている。③はここ数年のシリーズ作ではベスト。恐怖さえ覚えた真相に唖然。④は戦時下の商家を舞台にしたドラマ、エキセントリックな事件、探偵小説愛と好きなものしかない。⑤は怪物のような解決編、怒涛の論理に圧倒される。好きな作品が多く、選ぶのに苦労した年だった。特に衝撃を覚えた五作をあげた。

沢田安史
SRの会

1. 蒼海館の殺人　阿津川辰海
2. invert　相沢沙呼
3. 葛登志岬の雁よ、雁たちよ　平石貴樹
4. 孤島の来訪者　方丈貴恵
5. 遠巻説百物語　京極夏彦

相変わらず、いわゆる特殊設定ミステリが多い印象がある。その中で、平石貴樹のような丁寧につくられたミステリを読むとほっとする。特殊設定ミステリが丁寧に構築されていないわけではないのだが、なぜかしらそう思ってしまうのが事実なのである。

志牟野譲二
ミステリ読み

1. 密室は御手の中　犬飼ねこそぎ
2. 蒼海館の殺人　阿津川辰海
3. 忌名の如き贄るもの　三津田信三
4. 時空犯　潮谷験
5. 亜シンメトリー　十市社

1、2は共にカッパ・ツー出身の作家の作品。どちらも面白く、日本の本格ミステリの最前線はここにあると思わせてくれる作品だ。3は、シリーズ作品の中でも上位に入る出来の作品。今回も謎と怪奇を堪能した。4は特殊設定ミステリでありながらどこか懐かしい古き良き本格ミステリの要素が出てくる秀作。謎解きを楽しむのが本格ミステリの醍醐味であるならば、一番それを感じたのは5の作品だった。この作品に隠されている何かを解き明かした人は、そっと教えてくれないだろうか。

シャカミス
社会人ミステリ研究会

- 密室は御手の中　犬飼ねこそぎ
- 或るギリシア棺の謎　柄刀一
- 征服少女　古野まほろ
- サーカスから来た執達吏　夕木春央
- 僕が答える君の謎解き2　紙城境介

順位なし。密室：沢山の密室から飛び出す怒涛の真相　或る：意外性のある状況と執拗なまでのロジックの詰め方が素晴らしい　征服：凄まじい量の手掛かりから導き出されるロジックの海は畏怖を覚えるほど　サーカス：難解で稚気に溢れる暗号から真相へと繋がる道筋の面白さ　僕2：真相を摑む為に辿っていく論理の糸の繋がりと長さに驚愕　次点『大鞠家殺人事件』：本格度が高く雰囲気もいい『蒼海館の殺人』『孤島の来訪者』『あと十五秒で死ぬ』や『時空犯』も推す声が多かった。

末國善己
探偵小説研究会

1. 黒牢城　米澤穂信
2. 大鞠家殺人事件　芦辺拓
3. 蝶として死す　羽生飛鳥
4. ヒトコブラクダ層ぜっと　万城目学
5. 老虎残夢　桃野雑派

本格としても歴史小説としてもクオリティが高い1と3は、謎解きを通して普遍的なテーマを導き出しており、そこも評価できる。先の大戦下の大阪の風俗描写も見事な2は、探偵小説への愛と名作へのオマージュを使い戦争の愚かさを批判したところも鮮やかだ。あやつり（と書いてもネタバレにはならない）を軸に進む4は、壮大すぎる伏線の回収が圧巻。中華＋特殊設定ミステリの5は、武侠の世界で起きた不可能犯罪を、現実の歴史にリンクさせる新人とは思えない剛腕に驚かされた。

関根 亨
評論家・編集者

- 六人の嘘つきな大学生　浅倉秋成
- 蒼海館の殺人　阿津川辰海
- 幻月と探偵　伊吹亜門
- 硝子の塔の殺人　知念実希人
- 孤島の来訪者　方丈貴恵

著者五〇音順で、順位なしである。集団面接という極限状況が決着し、解決と思われた段階以降、幾重ものひねりが利いた『六人～』。水害迫る館内の不可能犯罪、名士一族内での推理合戦で探偵の意義を問う『蒼海館～』。満洲という緊迫下、推理と荒事を両立させた同時代にふさわしい探偵により、美しく謎が解かれた『幻月～』。内外の本格愛あふれる作中、冷静冷徹な大仕掛けにも驚愕する『硝子～』。生物学的に新たな特殊設定が提示され、難易度高い着地点を見せたのが『孤島～』であった。

千街晶之
探偵小説研究会

1. 六人の嘘つきな大学生　浅倉秋成
2. 時空犯　潮谷験
3. 忌名の如き贄るもの　三津田信三
4. トリカゴ　辻堂ゆめ
5. あと十五秒で死ぬ　榊林銘

他に印象に残った作品を挙げてゆくと、『invert　城塚翡翠倒叙集』『蒼海館の殺人』『兇人邸の殺人』『雷神』『僕が答える君の謎解き　明神凛音は間違えない』『硝子の塔の殺人』『錬金術師の消失』『大鞠家殺人事件』『救国ゲーム』『黒牢城』『孤島の来訪者』『怨み籠の密室』『蝶として死す』『掟上今日子の鑑札票』……ときりがない。今年度に関しては十冊でも枠が足りないというのが正直なところ。こんなに（本格に限らないが）国産ミステリが豊作の年はちょっと珍しい。

嵩平 何
探偵小説研究会

1. 雷神　道尾秀介
2. 黒牢城　米澤穂信
3. 六人の嘘つきな大学生　浅倉秋成
4. ミステリー・オーバードーズ　白井智之
5. トリカゴ　辻堂ゆめ

1は全てが結びつく本格×悲劇の運命に。2は〝狂人〟たちの論理を顕現させた小説の勁さに。3は型なし本格の愉しみと人工美に。4は未知未踏の領域への挑戦に。5は本格の翼たる社会派要素に。忌名・兇人邸・死体の汁・僕が答える（1・2）・或るギリシャ・大鞠家・アンファル3・征服・執達吏・指切り・死の黙劇・蒼海館・蝶として・錬金術師の消失・花束は毒・時空犯・悪人狩り・廃遊園地・怨み籠・幻月・琴子の純真・あと十五秒・四元館・海の泡などの傑作佳作群が漏れたのは残念だ。

棚野 遙
日本暗号協会

1. 黒牢城　米澤穂信
2. 信長島の惨劇　田中啓文
3. 揺籠のアディポクル　市川憂人
4. 兇人邸の殺人　今村昌弘
5. 君が護りたい人は　石持浅海

今年は柏書房から『横溝正史少年小説コレクション』が刊行され、久しぶりに少年ものの探偵小説の世界に遊ぶ。愉しい。ただ、ただ愉しいのだ。

懐かしさだけではない。この愉しさは昨今の大人向けの小説にはない。

この愉しさを感じるのが我々の年代だけだったとしたら、私は幸せものだと云うことだ。

辻 真先

推理作家・アニメ脚本家

1. 蒼海館の殺人　阿津川辰海
2. 六人の嘘つきな大学生　浅倉秋成
3. 黒牢城　米澤穂信
4. 救国ゲーム　結城真一郎
5. 大鞠家殺人事件　芦辺拓

特殊設定ものをはじめ本格味ゆたかなミステリの多様な収穫に目を奪われた。残念ながら相沢さんをはじめ、読みのこした作品が多いし、読んだ限りでも5作だけ推すなんてとてもできない。ずるいが他社のアンケートとふりわけて選んだ状況になった。したがって、順位にあまり意味はないのだが、それでも1・2位の作品は作者の的確な成長に舌を巻いたので、他社の10選出でもおなじランクづけをしたことは書きとめておきたい。それを含めて、あれもこれも面白かったよー。

蔓葉信博

探偵小説研究会

1. 蒼海館の殺人　阿津川辰海
2. invert　相沢沙呼
3. 忌名の如き贄るもの　三津田信三
4. 黒牢城　米澤穂信
5. アンデッドガール・マーダーファルス３　青崎有吾

本格ミステリの包容力を例年以上に痛感した一年で、順位も必要に迫られた基準で選んでる感が拭えません。『蒼海館』は構図反転の軸のバランス、『invert』はフェアネスと籠絡を配合した技巧、『忌名』は盲点を貫く発想力、『黒牢城』は娯楽と批評性の絶妙な配合、『アンファル3』は静と動のダイナミズムといった基準でしょうか。個人的には『救国ゲーム』や『君の謎解き2』がとてもよかったですが、本格としてあと一歩なにかがほしかったという気持ちが残ったのも事実です。

戸田和光

ミステリ書誌愛好家

1. 虚構推理短編集岩永琴子の出現　城平京
2. Butterfly World　岡崎琢磨
3. 大鞠家殺人事件　芦辺拓
4. 孤島の来訪者　方丈貴恵
5. あと十五秒で死ぬ　榊林銘

今年は、山沢晴雄作品を繰り返し読んだこともあり、オーソドックスな設定で普通の本格を書いても十分に面白く出来ることを再認識したのだが、新作から選ぶとなると、なかなか合格作品が浮かばない。……悲しい。

やむなく異常設定ものに目を向けたとき、〝人間の内面を描くために異常な設定を借りた〟とも解せる作品が幾つか浮かんだ。設定やトリックこそ異常だが、そこで描かれる人間ドラマはごく一般的、というものである。折角なので、今年はそんな作品を並べてみることにした。

鳥飼否宇

奄美野鳥の会会長

1. 兇人邸の殺人　今村昌弘
2. 忌名の如き贄るもの　三津田信三
3. 星空にパレット　安萬純一
4. ミステリー・オーバードーズ　白井智之
5. メルカトル悪人狩り　麻耶雄嵩

1．面妖な館で発生する奇天烈な事件は、設定が特殊過ぎて辻褄があっているのかどうかいまいちわからないところもあるが、殺人の動機や密室からの脱出トリックなど、本格ミステリファンを喜ばせるガジェットに満ちている。面白かった！

2．刀城言耶シリーズ史上、最も切ない事件。

3．地味だが丁寧に作られた端正な本格ミステリ作品集。

4．著者のチャレンジ精神に脱帽。

5．銘探偵万歳！

西上心太

書評家

1. 硝子の塔の殺人　知念実希人
2. 兇人邸の殺人　今村昌弘
3. 蒼海館の殺人　阿津川辰海
4. あと十五秒で死ぬ　榊林銘
5. 六人の嘘つきな大学生　浅倉秋成

三位までのタイトルが、まるで韻を踏んでいるようだ。先行作への過剰なまでの愛の果てにある1の真相にはびっくり。

クローズドサークルをめぐる逆説的な設定に今日をかき立てられたのが2。前作と対になった構造も美しい3。〈十五秒〉をキイワードにして味わいの異なる作品で構成された4。特にバカミス風味あふれる中編「首が取れても死なない僕らの首無殺人事件」のシュールな風景には笑った。人間の内面のあやふやさを逆手に取った騙し絵のようなミステリーの5。

似鳥 鶏

ミステリ作家

1. 黒牢城　米澤穂信
2. 時空犯　潮谷験
3. アンデッドガール・マーダーファルス3　青崎有吾
4. Butterfly World　岡崎琢磨
5. 影踏亭の怪談　大島清昭

本格ミステリに順位をつける難しさ（本質的に無理ではないか？　という疑問は措くとして）の一つに「この作品の魅力は本格ミステリとしての魅力なのか問題」というのがあります。今年はそれに悩まされました。本格ミステリとしての構造美が素晴らしい3位4位と、SF・ホラーとしての魅力が本格ミステリによく絡んでいる2位5位、といったところです。その中で、探偵が単独で事件を捜査しなければならない理由が非常に上手く設定され、戦国武士ならではの行動動機がミステリを作るという斬新さの1位でした。『黒牢城』は「歴史小説としても魅力」だからではなく、「歴史小説とミステリをかつてない方法・水準で融合させ、それがミステリとしての斬新さにつながっている」という素晴らしい作品。大絶賛の1位です。

羽住典子

探偵小説研究会

1. サーカスから来た執達吏　夕木春央
2. 六人の嘘つきな大学生　浅倉秋成
3. 大鞠家殺人事件　芦辺拓
4. シンデレラ城の殺人　紺野天龍
5. あと十五秒で死ぬ　榊林銘

今年度は面白い作品が多く、選出するのにかなり迷った。単純に自分の好きな作品から順位をつけている。

1は、まさに圧巻の一言。怒涛の解決場面もさることながら、主人公のキャラクター性に好感を覚えた。謎が解かれる過程にこんなに引きつけられるとは。

2は、中盤の展開にショックを受けた。まさかそうなるとはという驚きとともに、一部分だけで人間性を判断されるという現実を思い知らされた。

3は、作品を通して伝わってくる作者のミステリ愛に頭が上がらない。ベテランの力作で、この時代のミステリの代表作になるだろう。

4は、誰もが知っている童話を逆手に取った物語に感銘した。このハイテンションは大好き。

5は、難しい設定を難なくクリアした発想が良かった。特に第四話の派手な展開と勢いが格別に面白い。

波多野健

探偵小説研究会

1. 硝子の塔の殺人　知念実希人
2. 変な家　雨穴
3. 或るギリシア棺の謎　柄刀一
4. 廃遊園地の殺人　斜線堂有紀
5. 大鞠家殺人事件　芦辺拓

『硝子の塔』はプロットの二重螺旋構造に感服。『変な家』は一気に読ませる作戦の勝利。『ギリシア棺』は、実現しなかった計画まで復元する発想が立派。『廃遊園地』の作者は異世界物以外も書けるんだ。『大鞠家』は作者の大阪市へのこだわりに一票。麻耶、三津田、米澤、石持も手堅いが、今回は「一つ尖った」佳作が多く、次点は秀逸な『泳ぐ者』ほか『蝶として死す』『蒼海館の殺人』『兇人邸の殺人』『スリーピング事故物件』『神の悪手』『風よ僕らの前髪を』など多士済々。

はやみねかおる　児童向け推理小説書き

1. 廃遊園地の殺人　斜線堂有紀
2. 硝子の塔の殺人　知念実希人
3. 兇人邸の殺人　今村昌弘
4. 偶然にして最悪の邂逅　西澤保彦
5. 探偵は友人ではない　川澄浩平

今年読んだ物を振り返ると、バラエティに富んでいました。その中でも、上位に選んだ作品には、自分の好みが色濃く反映されているように思います。『邸』『塔』『廃遊園地』――文字を見ただけで、ワクワクする作品に出会えた。幸せな1年でした。

1位に選んだ『廃遊園地の殺人』は、内容も楽しめたのですが、本の最初に付いている『園内マップ』に心射貫かれました。ミステリには〝遊び心〟も大切なんだよと、教えられた気がします。

廣澤吉泰　探偵小説研究会

1. 黒牢城　米澤穂信
2. 六人の嘘つきな大学生　浅倉秋成
3. トリカゴ　辻堂ゆめ
4. 忌名の如き贄るもの　三津田信三
5. invert　相沢沙呼

今年は大豊作で五作を絞るのに苦労した。『兇人邸の殺人』『孤島の来訪者』『蒼海館の殺人』『あと十五秒で死ぬ』『メルカトル悪人狩り』も良かった。差を分けたのは物語の部分にどれだけ感情移入できたかと書くと「本格ミステリベスト」の選評らしくないのだが、いずれも本格として高水準で争っているがゆえに、その部分で差をつけざるを得なかったのだ。ご理解願いたい。1での荒木村重の焦燥、2での投票毎の得票の変化、3での無戸籍者を捜査する女刑事の葛藤などに心を動かされた。

福井健太　書評家

1. 蒼海館の殺人　阿津川辰海
2. 兇人邸の殺人　今村昌弘
3. 幻月と探偵　伊吹亜門
4. 死体の汁を啜れ　白井智之
5. 密室は御手の中　犬飼ねこそぎ

終盤の密度に特化した1、読者を牽引するフックを全篇に仕込んだ2。本格ミステリとしては前者だが、エンタテインメントとしては後者を推す。3は動機とプロットの合わせ技。4は制約の中でアイデアを生む技量に唸らされた。5は期待値込みの新人枠。王道ゆえに意外性はないが、直球の使い手が増えることは好ましい。平年の水準であれば『孤島の来訪者』『星空にパレット』もランクイン候補。『メルカトル悪人狩り』は「囁くもの」「メルカトル式捜査法」が傑出していた。

政宗 九　ミステリーレビュアー／書店員

1. invert　相沢沙呼
2. 大鞠家殺人事件　芦辺拓
3. あと十五秒で死ぬ　榊林銘
4. 魔術師・模像殺人事件　佐々木俊介
5. 硝子の塔の殺人　知念実希人

今年も5作品絞るのに悩んだ。1は『medium』の驚きを踏まえながら、角度の違ったサプライズを持ってきた点が素晴らしい。まだいくらでもシリーズ化いけそうな気がする。2は黄金本格へのオマージュに満ちた芦辺本格の集大成。戦争をもミステリに取り込んだ情熱を評価。3はバカ設定ながらも本格度の高さが嬉しい。4は自費出版レーベルだが端正な本格で、埋もれさせるのは勿体ない。もっと読まれるべき傑作。5は人気著者の本格愛が詰まった作品で楽しかった。

麻里邑圭人

非実在探偵小説研究会

1. 僕が答える君の謎解き2　紙城境介
2. 忌名の如き贄るもの　三津田信三
3. 兇人邸の殺人　今村昌弘
4. サーカスから来た執達吏　夕木春央
5. 幻月と探偵　伊吹亜門

二〇二一年度の国内本格は当たりが多い分何を入れるか大いに悩んだ。1位はラノベミステリの一つの到達点であると共に今年度のロジック本格を語る上で絶対外せない大傑作である（あとできれば前作から読むことをお勧めしたい）。2位はシンプルな事件に隠された悍ましい構図に震撼。3位は特殊設定ならではの動機もさることながら探偵と犯人が魅せるドラマに涙。4位は二作目にして作者が化けた驚愕の構図が必見の傑作。5位はハードボイルドと異形の動機が描き出す満州の闇が秀逸。

三橋 暁

コラムニスト

1. 白鳥とコウモリ　東野圭吾
2. ブックキーパー　脳男　首藤瓜於
3. 六人の嘘つきな大学生　浅倉秋成
4. 四元館の殺人　早坂吝
5. 蒼海館の殺人　阿津川辰海

東野圭吾は、ベストセラー連発の売れっ子作家であることと、ミステリの謎ときを究める書き手という二つの異なるベクトルを併せ持つ稀有な存在だろう。そんな作者による、文句なしに現代ミステリの到達点といえる1。異能の作家首藤瓜於の2は、脳男のことは措くとして（こらこら）、知られざる連続殺人の在り処をめぐり冒頭からの畳み掛ける展開に息を呑む。新キャラ鵜飼縣も最高。こういうスリリングな小説を読みたいんだよ。「大幽霊烏賊　名探偵　面鏡真澄」以来の喝采を叫んだぞ。

村上貴史

ミステリ書評家

1. invert　相沢沙呼
2. 兇人邸の殺人　今村昌弘
3. 救国ゲーム　結城真一郎
4. 蒼海館の殺人　阿津川辰海
5. 君が護りたい人は　石持浅海

①期待して期待して、その期待を上回ってきた①。続篇を成立させた着想と技量は素晴らしいし、アクロバティックな倒叙の魅力たるや申し分なし。②のクローズドサークルの活用は、デビュー作での衝撃の記憶を呼び起こす。真相の深みもまたよし。③において、探偵役たちが様々なパラメーターを読み解く推理が何とも刺激的だった。問題提起との融合も魅力。④を読んで、改めて自分が著者に全幅の信頼を置いていることを再認識。安心して驚ける。⑤は推理推理推理。やっぱり好きだ。

明治大学

ミステリ研究会

1. 蒼海館の殺人　阿津川辰海
2. 兇人邸の殺人　今村昌弘
3. ミステリー・オーバードーズ　白井智之
4. 黒牢城　米澤穂信
5. 六人の嘘つきな大学生　浅倉秋成

内容としては、事件自体の凄惨さや登場人物たちの苦悩など、少し暗い雰囲気が漂う作品が好まれるような印象を抱いた。過激な描写や登場人物と共に悩むことは一種のストレス発散になっているのかもしれない。毎作話題に上るようなシリーズものは相変わらずの面白さで、通読している読者にとっても満足の一冊であったと感じる。また、作者らしさを前面に押し出した展開や世界観を見せた作品は評判が高かったように思われる。

森村 進　法哲学者

1. パラダイス・ガーデンの喪失　若竹七海
2. 忌名の如き贄るもの　三津田信三
3. 密室は御手の中　犬飼ねこそぎ
4. 蒼海館の殺人　阿津川辰海
5. 大鞠家殺人事件　芦辺拓

1　複雑なプロットに加え、パッチワークになぞらえて語りの視点が移り変わるので最初は読みにくいが、数多いどの人物像も印象に残る。内心を描写されない人物が怪しいとわかるのはやむを得ない。
2　犯行の動機とミスディレクションの巧みさに感心する。だが題名になっている「忌名」はあまり効いていない。
3　期待の新星現わる！　二種類の密室トリックが独創的だ。
4　息苦しくなるほど細かい推理。京極夏彦の『絡新婦の理』を思い出させる操り。

諸岡卓真　探偵小説研究会

1. 兇人邸の殺人　今村昌弘
2. 錬金術師の消失　紺野天龍
3. 僕が答える君の謎解き2　紙城境介
4. 時空犯　潮谷験
5. 黒牢城　米澤穂信

今年度の本格ミステリの充実ぶりはすさまじく、上半期と下半期に分けてランキングを作れないかとわりと本気で思った。1、2、4は特殊設定を活かしきった謎解きが、3は後半の怒涛の推理が圧巻。5はエピソードが進むごとに様々なものの意味合いが変化し、本に振り回される感覚を存分に味わった。その他、『invert』『或るギリシア棺の謎』『メルカトル悪人狩り』『蒼海館の殺人』『アンデッドガール・マーダーファルス3』『あと十五秒で死ぬ』などが印象に残った。

諸岡秀孝　佐賀ミステリファンクラブ

1. 黒牢城　米澤穂信
2. 兇人邸の殺人　今村昌弘
3. 蒼海館の殺人　阿津川辰海
4. 放課後の嘘つきたち　酒井田寛太郎
5. 硝子の塔の殺人　知念実希人

1は、重厚な歴史小説であり上質な本格ミステリ。歴史の諸々をここまでミステリに絡ませて仕上げたと感心。米澤穂信の到達点。2は、前二作よりロジカル感が増した。スプラッターホラーな世界感も若手作家らしさがあって良い。3は、狡猾な犯人を論理的に追い詰めていく若き探偵の活躍に胸が躍る作品。4は、人に言えない嘘を抱えながらもまっすぐに生きていく高校生達の成長と再生の物語。5は、歪なまでの新本格への愛・熱意を感じ、その歪さこそが現在の本格で評価されるべき作品。

諸戸似非　会社員

1. 蒼海館の殺人　阿津川辰海
2. 或るギリシア棺の謎　柄刀一
3. 孤島の来訪者　方丈貴恵
4. 忌名の如き贄るもの　三津田信三
5. 僕が答える君の謎解き2　紙城境介

憧れる地点への狂おしいまでの希求に圧倒されるしかない1。2は原典との確かな関連を示しながらまったく違ったものを生み出す手さばきに脱帽。3もジャンルの積み重ねを見事に手の内に収めていると感じた。4は的確に的を絞ってみせたその切れ味に。5は何よりもこの構想が実現に至っていることに感心した。『あと十五秒で死ぬ』『アンデッドガール・マーダーファルス3』『兇人邸の殺人』も楽しませてくれた。

山崎秀雄　ミステリライター

1. **大鞠家殺人事件**　芦辺拓
2. **硝子の塔の殺人**　知念実希人
3. **幻月と探偵**　伊吹亜門
4. **霊魂の足**　角田喜久雄
5. **六人の嘘つきな大学生**　浅倉秋成

いつもの通り、一位には大好きな作家の作品を。その他は、今年記憶に残ったものを。やはり「本格」という定義も、さすがに時代に沿って変化しているのか、という印象が最近強くなってきている。そんな中で、四位に挙げたのは、あの「角田喜久男」の短編集。まあ、この刊行をもって、今年の作品とするのには異論もあろうが、まあ、海外作品でもそうだが、今まで目にすることができなかった作品が、初めて自分の前に現れた時、それが、その作品との「初対面」であると、私は考える。

若林 踏　書評家

1. **蒼海館の殺人**　阿津川辰海
2. **シンデレラ城の殺人**　紺野天龍
3. **時空犯**　潮谷験
4. **六人の嘘つきな大学生**　浅倉秋成
5. **泳ぐ者**　青山文平

１、におけるアイディアの詰め込み具合と、巧緻な物語を作り上げていく手腕に脱帽。前作『紅蓮館の殺人』から更に高みへと進んだ感がある。２、は有名童話に法廷バトルものの要素を掛け合わせるという野心的な作品。謎解き小説としての完成度はもちろん、パロディ小説としても楽しい。３、は突飛な設定からは想像も付かない方向へと展開を持っていく点が良い。こうした新進作家の活躍が目覚ましい一方で、５、の熟達した筆致にも唸った。青山文平、やはり巧い。

早稲田大学　ワセダミステリ・クラブ

1. **雨と短銃**　伊吹亜門
2. **孤島の来訪者**　方丈貴恵
3. **大鞠家殺人事件**　芦辺拓
4. **兇人邸の殺人**　今村昌弘
5. **天の川の舟乗り**　北山猛邦

豊作だった２０２２本格ミステリ。１位は薩長同盟の裏側で起きた不可能犯罪を端正に解き明かす、『刀と傘』必読の前日譚。２位は王道シチュエーションと突飛な特殊設定の融合を高いクオリティで描いた本格らしい本格ミステリ。３位は奇矯・華麗・閉塞的な一族と謎の相性の良さを見せてくれる作品。商業の町で照らされるのは一族を襲う惨劇の輪郭。４位も特殊設定ミステリから、大人気シリーズ３作目にして新境地を見せた作品。５位は小粒ながら、作者らしいトリックを多数味わえる。

「国内本格」座談会

ベストテン級の傑作が集った一年を総振り返り

浅木原忍 × 嵩平 何 × 蔓葉信博

コロナ禍という荒波のデビュー

蔓葉◆　緊急事態宣言下での東京オリンピック開催など今年も大変な年でしたが、本格としてはいかがだったでしょうか。

嵩平◆　コロナ禍による大きな変革は見られなかったですが、今年は本当に力作・傑作揃い。家に籠もらざるをえないことが影響してるのかもしれません。

浅木原◆　国内の状況は落ち着きつつありますが、この混乱の時代が本格ミステリの題材として活かされていくのは今後のことではないかと思います。

蔓葉◆　そうした荒波のなか、今年も新人が続々とデビューしました。個人的に印象的だったのは、乱歩賞受賞作である桃野雑派『老虎残夢』でしたね。

嵩平◆　『老虎残夢』は今までの乱歩賞の傾向と大きく違うので、この作品がよく受賞したなというのが率直な感想です。ミステリの歴史上でも重要な転換点だったんじゃないかなと思います。

浅木原◆　真っ先に思い出したのが、深見真の『ブロークン・フィスト』シリーズだったんですよ。その衝撃的なトリックが未だにSNSで話題になってバズることさえある格闘技ミステリですが。

蔓葉◆　『ブロークン・フィスト』は武術家の技術が深く本格のギミックに関わるのですが、『老虎残夢』になると、それは武侠家の軽功になるわけですね。

嵩平◆　ミステリの要素も取り込まれた武侠小説が日本に輸入されたのち、秋梨惟喬作品など本格ミステリと武侠小説と組み合わせたような作品が結構生まれたんです。本作は特殊設定的に武侠小説をルール化したのが印象的な作品でした。

浅木原◆　水の上を歩けるとか、雪の上に足跡を残さないとか、『老虎残夢』はそういった非現実的な要素をルール化することで、作品全体に説得力を持たせている。そうした、この二〇年ぐらいの特殊設定ミステリの発展を踏まえて『ブロークン・フィスト』と『老虎残夢』を読み比べると感慨深いものがあります。

蔓葉◆　ルール化は特殊設定もそうですし、実際は本格ミステリ自体もさまざまなルールのもとで成り立ってるわけですが、その発想がより柔軟に浸透した結果だと思います。あとルール化というとメフィスト賞受賞作の潮谷験『スイッチ　悪意の実験』も面白い試みがありました。

嵩平◆『スイッチ』みたいな作品は人工的な特殊状況を用意した作品で、自由なプロットが特長です。これは特殊設定ものとの親和性も感じており、二作目の『時空犯』で完全な特殊設定を導入したのは、示唆的ではないかなと思います。

浅木原◆『時空犯』はいわゆる西澤保彦『七回死んだ男』型の、タイムリープの中で死者を助けようとする話ですが、複数の人間がタイムリープを共有することによって、事態の展開によって被害者が変わり、被害者が生き返って謎解きに参加する。そのことが犯人特定のロジックとも密接に結びついていて、この手があったか！　と思わされました。

蔓葉◆タイムリープを共有することが、擬似的にクローズドサークル状態になるという着想にも驚きました。特殊設定もののの可能性は無限大ですね。

嵩平◆カッパ・ツーでデビューした犬飼ねこそぎ『密室は御手の中』は新本格で多用された宗教団体絡みの作品ですが、単純な悪役にしていないのは珍しい。

浅木原◆ユニークな密室トリックや、宗教団体という舞台ならではの驚きの犯行動機など見所の多い、今年の新人の中では一番本格らしい本格でした。

嵩平◆クリスティー賞を受賞したそえだ信『地べたを旅立つ』は主人公がルンバ的な掃除機で、こんな設定の作品が受賞するとは驚きです。多機能を活かし問題解決していく冒険小説的な楽しみが主ですが、凝った謎解きも魅力的でした。

蔓葉◆とんでもないというと榊林銘『あと十五秒で死ぬ』の設定にもビックリしてしまいました。

嵩平◆すべて「十五秒で死ぬ」という縛りの短編集を作っちゃったのは天才だと正直思いましたね。特に二作目は衝撃。

蔓葉◆短編とは思えない濃度ですよね。短編四つともベクトルが全然違うのも面白い。特に最後のインパクトが凄まじい。

嵩平◆あの救出策は事件の真相以上に見事なもので、驚かされましたね。

浅木原◆別名義で二次創作の世界でミステリ漫画を描かれている方ですが、原作の設定の制約の中から魅力的な謎と奇想と論理を生み出す才能はピカイチの人だったので、納得の品質です。

ブームは続くよ、特殊設定ミステリ

蔓葉◆新人の方々にも多く特殊設定ミステリものが多かったわけですが、若手や中堅も負けていません。なかでも印象的だったのは方丈貴恵『孤島の来訪者』で、前作とは趣向を変えてきました。

嵩平◆サスペンス的な序盤から、後半は展開がガラリと変わる。ルールに基づき、この状況をどう打破するか。先程特殊設定とアクションが結びつく作品とありましたが、この作品もそうですね。

蔓葉◆ただ、特殊設定ミステリじゃない可能性を検討するパートにもう少し厚みがあってもよかったかなと。そこもよかったもので、新たな鉱脈な気がします。

浅木原◆普通のミステリと見せかけて実は……という話は、特殊設定が売りになる現状だと難しいと思いますが。

蔓葉◆そういう側面もあるかもですね。

浅木原◆その点では、矢庭優日『エゴに捧げるトリック』が意欲的な試みでした。西澤保彦『神のロジック』風の閉鎖環境を舞台に、催眠術をルール化した特殊設定ミステリ……と思ったら、後半で思わぬ方向に飛躍して驚かされます。

蔓葉◆ そのへんのさじ加減はこの二〇年の中で培われたのではと思います。さじ加減のバランス感覚でいうと、謎解き以外のエンタメ要素を大胆に取り入れたのが、青崎有吾『アンデッドガール・マーダーファルス３』でした。帯にあった「闇鍋本格ミステリ」は漫画「ゴールデンカムイ」がなんでもありの総合エンタメであることを闇鍋という言葉であらわしていて、それにあやかったのでしょう。これは今のミステリ全般にも当てはまり、先程挙げた新人の多くはそうですよね。そのなかでも『アンファル３』の闇鍋ぶりは突出してました。

嵩平◆ シリーズ一作目は本格、二作目だとアクション寄りで、今回は全部の要素を含んでいる。「アンファル」シリーズが切り開いたものが一般に普及し、それが作者に反映された結果が、今の特殊設定ミステリのアクションあり、本格謎解きありの状況なのではと思っています。

蔓葉◆ ただ、僕はまとまりすぎていて、不満があるんですよ。

嵩平◆ 主観では構成は完璧だと感じました。隙がなさすぎな面もありますが。

蔓葉◆ 本格あるあるですが、まとまってるがゆえに事件の構図から想像できてしまうところがあると思うんです。犯人当ては見事外れてしまったんですけどね。個人的に気になる記述に引っかかりすぎて、他の手がかりから回り込んで考えれば正解できたはずと反省しました。本格ミステリはパズルと例えられますが、実は失われたピースを読者が想像して補うパートがあると思うので、そのあたりをどう考えていくかは個人的な課題です。それで思い出したのですが、紺野天龍『シンデレラ城の殺人』はハチャメチャな法廷ミステリなんですが、見事に本格として着地する。それは読者に適切な想像を促す伏線が張られていたからで、ヒントはそのあたりかなと考えてます。

嵩平◆ 今年、紺野さんは『錬金術師の消失』も刊行されてます。シリーズ一作目はやりたい趣向を全部詰め込んだ感でしたが、二作目はシリーズ設定を活かしつつ、館ものの面白さを追加した作品になっていて完成度は前作以上でしたね。

浅木原◆ 捨てトリックにもちゃんと力が入っていて素晴らしいですね。

蔓葉◆ 九〇年代にＴＲＰＧをやってた頃に読みたかった本格ミステリが続々と出ていて、いい時代だなと思います。いろんなところに引き出しがあって、新鋭・中堅の活躍には驚くばかりです。

嵩平◆ 引き出しが多いというと城平京『虚構推理短編集 岩永琴子の純真』もよかったです。「雪女を斬る」は剣豪小説の要素まで取り込んでいました。

蔓葉◆ 引き出しの独自性だと古野まほろ『征服少女』を挙げておきたいです。嘘がつけない天使がいる世界を特殊設定ミステリとし、その縛りのなかで堅牢なロジック空間を作り上げている。殺人事件と並行して言語レベルでの真偽のパズルを解き明かす離れ業に舌を巻きます。

嵩平◆ 解決編で数々の疑問を徐々にひも解いていくって過程がすごい。

浅木原◆ 日部星花『袋小路くんは今日もクローズドサークルにいる』は今年のトピックである特殊設定とクローズドサ

ークルを組み合わせた意欲作でした。やや荒削りですが、注目したい新鋭です。

嵩平◆　準特殊設定といえるのが岡崎琢磨『Butterfly World』で、VR《仮想現実》世界×館もの×読者への挑戦という贅沢さです。

新たな展開を迎えた館もの

蔓葉◆　ここ数年館もののイメージが強かったですけど、今年ほどこんなに『○○の殺人』が出てくる年もないのではと思えます。そこで筆頭に言及すべきは知念実希人『硝子の塔の殺人』でしょう。いわゆる新本格風でしたがコンパクトにまとまった感があって、大胆なプロットのほうに見どころがあったと思いました。

浅木原◆　これは是非リバーシブルカバーのノベルスにして、裏のタイトルが『硝子館の殺人』というバージョンを出して欲しい（笑）。

嵩平◆　あと、チープな部分や作品の弱点が実は弱点じゃないのがいいですね。

蔓葉◆　別な意味で新本格バリバリなのが、早坂吝『四元館の殺人　探偵ＡＩのリアル・ディープラーニング』かと。

嵩平◆　真相の突飛さは『硝子の塔』を遙かに凌駕するほどですが、新本格の作法できちんと納得出来る好き放題なんですよね。そこに隙や甘えはないです。

蔓葉◆　中盤の殺人トリックや水平線効果というＡＩネタもすばらしく、僕、早坂さん作品で一番好きかもです。

嵩平◆　バカバカしいネタをぐうの音も言えないぐらいに伏線とかで固めてきて納得させるのが本当にすごい。

浅木原◆　ある意味では『老虎残夢』とも相通じますが、きっちりと手続きを踏むことで、こうした作品が受け入れられるというのが、やはり時代の変化ですね。

蔓葉◆　今村昌弘『兇人邸の殺人』も同じことがいえそうですね。一作目から続く趣向のアレンジはなかなかでした。

嵩平◆　今年特に顕著だったアクション性を取り入れた特殊設定ミステリものでもあり、安楽椅子探偵ものでもあるんですよね。静と動のバランスが良い。危機的な状況であるがゆえに、安楽椅子探偵として駆け引きも駆使して活躍するのが一番の見どころかなと思っています。

蔓葉◆　強制的に館のＡゾーンとＢゾーンに分かれたふたりが窓を通じて会話するというシーンに萌えました。

嵩平◆　かつ特殊設定を活かした最後の解決編自体も、今までにも負けないぐらいの強度を持っていると思います。

蔓葉◆　僕は殺人事件の状況がさまざまな理由から特殊でなかなか理解が追いつかず、そのへんは気になりました。

嵩平◆　そこが特殊設定ミステリやＳＦミステリの弱点の一つだと思っています。イメージしづらい部分をどうカバーしていくのかは、ひとつの課題ですかね。

浅木原◆　今村さんは『屍人荘の殺人』で読者に広く共有されている知識やイメージを前提として利用したわけですが、特殊設定ミステリはそうしたイメージに読者がどの程度馴染んでいるかによってとっつきやすさが違うんじゃないかと。

蔓葉◆　さまざまな素材を扱うだけに、絶妙なさじ加減を求められるということかもしれませんね。

嵩平◆　斜線堂有紀『廃遊園地の殺人』は、早い段階からクローズドな空間になる『兇人邸』と違い、敷地内のアトラクションを紹介しつつ、事件やトリックにも絡んでるのはとても楽しかったです。

蔓葉◆ 装幀上の工夫もいい。霧舎学園シリーズに通じるものを感じました。

嵩平◆ 色んな要素が盛り込まれてるので、本格ミステリの遊園地感が強いです。

蔓葉◆ 阿津川辰海『蒼海館の殺人』は王道的な館ものでフーダニットの切れ味は今年随一に加え、こちらも水没の危機から逃れるというアクション性がありました。あと名探偵の業を描こうっていう意識は前作同様でしたね。

浅木原◆ 『兇人邸』も『御手』も探偵の役割や在り方への言及がありましたよね。昨年の斜線堂さんの作品もそうですが、若手作家に共通するこの問題意識については、後で触れる青春ミステリ群ともクロスする部分があると思います。

嵩平◆ それと脱出もののミステリはいろいろありますが、本作は真相を探ることが脱出することに密接に絡んでいるのはすごいうまい手法だと思いましたね。

浅木原◆ 作品全体の構造の構築に掛かった手間を考えると頭が下がります。先行作品へのリスペクトが強すぎる印象もありますが、古典的なトリックの優れた活用法を編み出しているところも含め、新本格のコアの部分を最も強く継承している書き手だと改めて思いました。

嵩平◆ 久しぶりの登場となる佐々木俊介『魔術師』。古典的な本格の展開に加え、外枠を使った仕掛けが現代的でした。

さまざまな発展を続ける時代本格

蔓葉◆ 今年は時代ミステリでも見逃せない作品が多かったと思いますが、まずは米澤穂信『黒牢城』について。

浅木原◆ 有岡城に幽閉されている黒田官兵衛が安楽椅子探偵をするという設定がまず時代本格として素晴らしい。

嵩平◆ 本当、最高です。米澤さんの時代ものは短編にはありましたが、本格的に時代物に取り組むのは意外でした。時代ミステリは今とは違った価値観を描けるわけで、圧倒的な文体や細かな史実の記載を通じて当時の異常な論理を読者に納得させるだけの力がありました。

蔓葉◆ 史実が背景としてだけでなく、プロットや動機と密接に絡んでるその熱量に驚きました。

嵩平◆ 実在の人物の心理や行動への新たな解釈も盛り込まれている。歴史ミステリとしての楽しみもあるんですよね。

浅木原◆ 歴史ものでサプライズを演出する場合、前提となる史実の知識が読者に要求されるわけですが、本作は史実を知っていても知らなくても、驚きのフックが用意されているのが見事ですね。

蔓葉◆ 近現代ものでは、芦辺拓『大鞠家殺人事件』がありましたね。

嵩平◆ 当時の小道具を本格に奉仕させる試みとしては米澤さん以上でした。物語作家芦辺拓の本領発揮作でもあります。

蔓葉◆ 大阪の船場の文化を写実しながらだから、化粧品の商いとミステリの馴染ませ具合に違和感がない。話を思い返すと小道具やプロットが合わせて出てくる。物語を書きたいんだなっていう意気込みがそうさせてるんだと思います。

嵩平◆ 芦辺さんの書くモチベーションの源泉は、好きな対象に加え、批判的な情動が活かされるものも多い。今回は大阪市への鎮魂歌として、消えゆく大阪をトリック・プロットと密接に絡ませて残したいというお気持ちだったでしょうし、だからより熱がこもってるのかなと。

蔓葉◆　同じような時代批評を本格に宿すといった試みでいうと、連想するのは伊吹亜門『幻月と探偵』でしょうか。

嵩平◆　若い作家で満州に切り込むのは結構驚きました。多様な考えや立場の人が暮らすカオスな土地の満州で本格を描ききったっていうのはよほど調べたのだろうと。面白いところを手掛けたなあと思いましたね。

浅木原◆　ミステリとしての核はホワイダニットですが、動機に説得力を持たせるための手続きの踏み方が本当にうまい。

蔓葉◆　満州という複雑な状況だからこそのプロットでしたね。時代ミステリの世界も現代からすれば一種の特殊な状況下なわけで、そこに本格としての可能性を見出しているのでしょう。

嵩平◆　そういうメソッドを多くの作家が取得した結果、逆にそのような時代ものや特殊設定とかに取り組む作家が増えてきてるのかなあと思いました。

蔓葉◆　余談ですが、時代ミステリだけでなく医療ミステリもそういう側面がありそうですね。それらを特殊設定ミステリだとは考えないですが、影響関係自体は色濃くあるはずです。

浅木原◆　伊吹さんはもう一作『雨と短銃』もありました。『刀と傘』の前日譚ですが、今回は有名人が大勢登場する幕末オールスターズ。本格としては前作よりやや小粒ですが、歴史ミステリとしての面白さは前作以上です。

嵩平◆　時代小説のオールスターというと、獅子宮敏彦さんの『豊臣探偵奇譚』もそうでしたね。同時代の有名人を大胆に登場させる自由さが魅力です。

蔓葉◆　前作も好評を博した青山文平『泳ぐ者』はいかがでしたか。

浅木原◆　『半席』は「犯行に合理性が必要ないホワイダニット」であるという点が画期的だったと思うのですが、『泳ぐ者』は被害者の不可解な行動に秘められた合理性を解き明かす、被害者側のホワイダニットに焦点が当たっています。

嵩平◆　羽生飛鳥『蝶として死す　平家物語推理抄』は平安時代ならではの、今では考えられないような謎が多い。時代本格としてよい作り方だなあと思います。

浅木原◆　「屍実盛」の〝被害者当て〟という趣向が特に面白かったですね。

嵩平◆　主人公の頼盛は色んな立場になっても、巧く立ち回るところが良いです。

浅木原◆　近現代ものでは夕木春央『サーカスから来た執達吏』も見逃せません。前半は暗号解読を軸にした宝探しの冒険小説ですが、後半で見事に本格ミステリへ変貌する。ひとつの事実で全体の構図ががらりと変わる驚きと、素っ頓狂な探偵役のキャラクターが最高です。

嵩平◆　柳広司『アンブレイカブル』は、治安維持法が制定された一九二五年以降の日本が舞台。特高が策略をもって社会主義者らを陥れようとするのに対し、個々の連作の主役がどのような対応や信念を見せるのかが読みどころです。

切実な現実を描いた青春ミステリ

蔓葉◆　浅倉秋成『六人の嘘つきな大学生』は間口の広い青春ミステリでありながら、玄人筋も納得させる内容で、暴露合戦というゲーム的状況が本格としての妙味を醸し出してました。

嵩平◆　なんといってもこの作品の魅力

は次に何が起こるんだというサスペンスです。館もののような常道の展開を迎える作品と違い、以降の展開が読めない。結末の人工性は人によってはマイナスに思えるかもしれませんが、エンタメとしては綺麗な結末だからこそ感動的でした。

浅木原◆ 先程触れた『スイッチ』や酒井田寛太郎『放課後の嘘つきたち』もそうなんですが、人間の善悪をテーマとして押し出した作品が今年は目についた印象です。ある人物に批判されるべき部分が見つかったからといって、その一面だけでその人の全てを否定していいのか。そして自分自身もまた、他人からいつ、何を汚点として吊し上げられるかわからない。こういった今の私たちにとって非常に切実な現実を反映したのが、ヒットした要因のひとつではないかと思います。

嵩平◆ それぞれの人物にある程度共感を持たせてかつ展開にも納得を持たせるっていうのは、現代的な側面をうまく取り入れてることなのかとは思いますね。

浅木原◆ 現代のキャンセルカルチャー的な風潮に対する批評性を、本格としての仕掛けに上手く結びつけることに成功した作品だと思います。先に触れたように若手作家が名探偵の在り方や謎を解決する意味をテーマにするのも、そういった現実と通底するのかもしれません。

蔓葉◆ 紙城境介『僕が答える君の謎解き』もそういうテーマ性が底辺にあって、特に第二作がそうでしたね。

嵩平◆ 本作は名探偵の推理当てにもなっています。手がかりは全部得た状態で自動的に推理しているという設定なので。

浅木原◆ だから、名探偵の明神がどう推理したのかだけでなく、どうしてそのタイミングで真相に気づいたのか、まで推理しないといけない。真相だけを先に教えてくれる存在という趣向はいろいろ先例がありますが、明神はあくまで論理的に推理をしているという点が、有名な先行作群と違う新規性だと思います。

蔓葉◆ それと名探偵の誠実さがこのやりとりで表現されてると思うんですよね。手がかりに基づいて真相に至ったことを、あとから推理して言語化していく。

浅木原◆ 飯城勇三さんが言うところの「クイーン作品の挑戦状は、エラリーがどう推理したかを問うている」ということですよね。

嵩平◆ そうですね。クイーンが気づいた時点でというので、手がかりは全部出揃ってるっていうことですからね。

蔓葉◆ あと臨海学校の密会疑惑で館ものめいたド本格をやったことに驚愕。

嵩平◆ 谷川流『涼宮ハルヒの直観』にも通じるものがありましたね。こちらは仕掛け探しとでもいうような、新本格的な趣向が極限まで到達した感があります。

多彩なテーマを扱う中短編集

嵩平◆ 麻耶雄嵩『メルカトル悪人狩り』は銘探偵であるメルカトルがいてはじめて成立する短編ばかりで、連作短編として徐々に彼の特殊性が浮かび上がっていくという構成が絶妙でした。順に読むことで読者を否応なしに納得させる。

蔓葉◆ どれもが捻った謎掛けばかりで、読者を意外性の崖から突き落としたいという熱意を強く感じました。

嵩平◆ かねてより今までの不文律を山ほどぶっ壊しましたからね。麻耶さんは。

蔓葉◆ 読者の盲点に必ずとんでもない

ことを仕掛ける。そんな外し方がうまいし、それをずっと続けられるのもすごい。

嵩平◆　白井智之『ミステリー・オーバードーズ』は食をテーマにした短編集。

浅木原◆　白井さんが食をテーマにするという時点で嫌な予感しかしない（笑）。

嵩平◆　異世界転生を活かした「げろがげり、げりがげろ」はいかがでしたか。

浅木原◆　星新一のショートショートのような設定ですが、ここまで具体的に描かれるとあまりにも嫌すぎる（笑）。

嵩平◆　こんな異世界転生は厭だ（笑）。想像したくもない異世界転生ものですが、ほろりとさせる話なんですよね、これ。

蔓葉◆　本格としてはこちらか「ディティクティブ・オーバードーズ」かですね。

嵩平◆　設定の異常さは麻耶さんの「収束」や島田荘司『ネジ式ザゼツキー』にも通じるようなやばさがありますよね。

蔓葉◆　構築力があるからトンデモなプロットもちゃんとまとまる。早坂さんもそうですけど現代本格すごいなってあらためて思います。

嵩平◆　白井さんは異常な死体テーマの連作である『死体の汁を啜れ』においても、どの作家にも真似できないやばさを発揮しています。人間の扱いや愚弄の仕方が酷すぎて、異常な死体の百倍真相は異常。それでも感動させる部分もある。

蔓葉◆　変な言い方すると人間が好きなんでしょうね、白井さんは。

嵩平◆　人間を活かしすぎでしょうね。ここまで活かしていいのか（笑）

蔓葉◆　相沢沙呼『invert 城塚翡翠倒叙集』は、前作から趣向を変えて倒叙ものの短編集には驚きました。

浅木原◆　前作で大ネタがバレているので、続編を書くのは難しかったと思います。高評価だった前作と違う趣向に切り替えるのは勇気のいる決断だったかと。

嵩平◆　高品質の倒叙もので堪能しました。前作のネタを割らずにやることも可能だったのでは、とも思いましたが。

蔓葉◆　僕は逆にそれだから第三編が書けたのではと思ってます。あとまたもやで恐縮ですが、第三編の展開は途中で見えたものの、ある描写が気になってその推理を撤回したんです。ちょっとアンフェアかもと思っていたら、当研究会の市川尚吾さんから別の場所にちゃんとルール明示があると指摘を受け、完敗であることがわかりました。悔しいですが、こういうところこそ本格の楽しみですね。

浅木原◆　市川憂人『ボーンヤードは語らない』は、マリア&漣シリーズの前日譚になる短編集。過去作の特殊設定ミステリ要素は背景に後退したオーソドックスな本格で、真相を隠蔽するための仕掛けの技術が巧みです。

蔓葉◆　「赤鉛筆は要らない」のある趣向が個人的にはグッときました。

嵩平◆　オーソドックスな本格といえば、半分が単行本未収録の山沢晴雄『死の黙劇』も待望のコレクションでした。

蔓葉◆　北山猛邦『天の川の舟乗り』は正統派新本格とでもいいたくなる作品で、あくまでも僕個人の見解ですが、本格はやはり物理トリックだと思いました。特に三作目が好きです。

嵩平◆　まだこういう方向性もあるんだという物理トリックには魅了されます。

蔓葉◆　東川篤哉さんは連作短編集を三冊刊行されていますね。

嵩平◆　『新 謎解きはディナーのあとで』は既存のトリックの組み合わせが意

想外の論理を生んでいて、驚きました。

浅木原◆『野球が好きすぎて』は東川さんのプロ野球愛が炸裂した連作。プロ野球ファンとしては「パットン見立て殺人」がとにかく最高です（笑）。

嵩平◆『居酒屋「一服亭」の四季』は前作に引き続き、猟奇的な思い切ったネタを詰め込んでくれています。

浅木原◆道尾秀介『N』は短編六本が独立しているんですけど、登場人物は繋がっていて、どの順番で読むかによって読後感が変わってくるというパズル的な趣向の作品集。その昔、清涼院流水さんにも似た趣向の作品がありましたが。

蔓葉◆『19ボックス』ですね。

浅木原◆昔、清涼院流水さんがやったことを今、リバイバルしたらこうなるという意味でも面白い作品でした。

嵩平◆一方で『雷神』のように正統派のミステリや小説にも向き合っています。

騙しの技巧派から社会派まで

浅木原◆『雷神』は道尾さんがずっと書き続けている「誤解」と「すれ違い」をテーマにした、非常に端正なミステリでした。一昨年の『いけない』の延長線上にあるようなビジュアル的なサプライズの演出も面白い趣向でしたね。

嵩平◆『雷神』は物語や小説としてもとても自然に作られているので、著者の罠にまんまと掛かってしまう。小道具から何から全て本格のパーツとして十全に機能しているので、カタルシスがすごい。

嵩平◆柄刀一『或るギリシア棺の謎』は劇的な場面でパッとスイッチを切り替えてくる。怒濤の推理に身を委ね、数々の疑問が氷解していくのは快感でした。

浅木原◆『ギリシア棺』だけに、「偽の手がかり」の問題についての非常に緻密な検討が本格として最大の見所ですね。

嵩平◆騙しの快感という面では織守きょうや『花束は毒』が図抜けていました。脅迫者を探る捜査中心の作品ですが、解決編はカードをめくる順番の工夫だけで多段どんでん返しが成立するのがすごい。秋吉理香子『眠れる美女』も一つの事実が構図をがらりと変えるのが印象的です。

蔓葉◆騙しの快感というと三津田信三『忌名の如き贄るもの』にも言及したいです。本格の発想としての驚愕はこちらに軍配があがるんじゃないでしょうか。

浅木原◆途中まではシリーズの中でも地味な話だと思っていたんですが……。

嵩平◆地味なこともあり、今までのレベルを期待しちゃうとちょっとがっかりな感じで途中まで来たと思ったら、まさかまさか、一つの事実が明らかになるだけで世界が変わるという。

蔓葉◆ここまでのことが分かってるんだったらその先も見抜かなきゃいけないよ、みたいなところかと思います。

嵩平◆このシリーズ、予想した限界をはるかに超えるような凄みがありますね。

蔓葉◆村を舞台にしたといえば、小島正樹『怨み籠の密室』がありましたね。

嵩平◆初期の小島作品はやりすぎコージーと呼ばれたほどの密度だったのですが、今作はそのあだ名に負けないほどの詰め込み方でした。

蔓葉◆鳥飼否宇『指切りパズル』は鳥飼さんらしく動物園を舞台として、後々から見えてくる人物模様とプロットの妙味がよかったです。

嵩平◆展開がある種不自然なのが面白

い。複雑な真相ではあるんですけど、事実が明らかになると、本当にパズルのように収まりがつく。初鳥飼作品がこれでも結構いいかもしれませんよね。

蔓葉◆といっても、白井さんとは違う意味で、変な人たちばかりなんですけど。

浅木原◆でも、綾鹿市シリーズの中では一番普通の本格ですよね（笑）。

嵩平◆似鳥鶏『推理大戦』は最初短編形式で各国の変わった名探偵を登場させています。対談で拝見したのですが、名探偵にリアリティを持たせるために各国の翻訳文学を読み、文体模写をしたとか。

浅木原◆似鳥さんのトリックメーカーぶりがよくわかる作品ですね。これもある意味、清涼院流水的な趣向を現代にリバイバルする作品のように思います。

嵩平◆『卒業したら教室で』もメタレベルの仕掛け含め、シリーズで臆せず新しい試みをしているのが好印象です。

浅木原◆今年は社会派的な問題意識と、本格ミステリの技巧を組み合わせた秀作もいろいろありました。

蔓葉◆丸山正樹『ワンダフル・ライフ』は複雑な介護事情を大胆なプロットで作品化しており、類似作は思いつきますが、ラストシーンは忘れがたいです。

嵩平◆かつては社会問題を取り入れた作品はリアリティが足枷になり、発想力が阻害されることもありましたが、辻堂ゆめ『トリカゴ』はむしろ社会性を踏み台に、より飛躍している。これは時代ものや特殊設定を取り込むことで本格を拡張させたのと同じ仕組みだと思います。

蔓葉◆その意味でいうと、結城真一郎『救国ゲーム』は社会問題を特殊設定風にアレンジしたといえそうです。過疎地問題を踏まえた壮大なプロットとトリックが見事に折り重なる作品でした。

浅木原◆澤村伊智『邪教の子』は新興宗教ものですが、トリッキーな仕掛けが物事の多面性を露わにして二重の衝撃をもたらすところが巧みです。

嵩平◆構成の妙味という点ではバブル期の実在の人物をモデルにしてドキュメンタリー風に仕立てた葉真中顕『そして、海の泡になる』や、ホテルならではの広がりを超絶技巧で描いた下村敦史『ヴィクトリアン・ホテル』も、社会派要素と仕掛けが調和していて良かったです。

まとめ

嵩平◆今年は新本格以降最大の大豊作の年だと思っています。読む本すべてが面白く完成度も高くて。その中から投票でたった五作しか選べないと思うと今から絶望的な気分です。今年はどの作品も面白いので、いっぱい読んでくださいと。

浅木原◆例年ならベストテン級の作品がベスト二〇からも漏れかねない大激戦。どれも期待して読んでくださって大丈夫です、と言っていいと思います。

蔓葉◆僕としてはコロナ禍の昏い雰囲気に光差すような本格が読みたいなって思いがどこかにあったんですね。非本格では佐藤究『テスカトリポカ』や竹本健治『闇に用いる力学』などの力作が出るなか、本格勢では『黒牢城』や『救国ゲーム』などが期待に応えてくれた内容でした。複雑な娯楽芸術である本格ミステリに、過度な批評精神を求めるのも厳しいのかもしれませんが、個人的には今後も注視していきたく思っています。

（十月二十五日　オンライン）

COLUMN

本格ミステリ作家クラブ通信

東川篤哉

私が会長としてこのページを担当するのは、なんと五年目！　もちろん歴代最長です。お陰でもう書くネタに困って……っていうのは、もちろん嘘。書くネタに困るのは二〇二一年も猛威を振るった新型コロナのせいです。昨年同様、今年もクラブの活動は大幅な制限を余儀なくされました。恒例の書店イベントや大勢の会員がワイワイやるパーティなどは二年連続の中止。開催を心待ちにしていた方々には大変申し訳ありませんでした。しかし、そんな状況下でもクラブはその歩みを止めてはおりません。コロナ禍における活動の一端を振り返ります。

まず本格ミステリ大賞ですが、今年も会員の皆様の厳正なる投票により受賞作が決定しております。小説部門は櫻田智也氏の『蝉かえる』。好評だった前作から、さらに長足の進歩を遂げた二作目によって見事に栄冠を射止めました。心優しき名探偵の冴えた推理と人々の内面までが描かれる連作短編集です。一方の評論・研究部門は飯城勇三氏の『数学者と哲学者の密室』。なんと飯城氏は三度目の受賞。天城一と笠井潔という接点などないかに見える両者を敢えて並べて論じる、読み応えたっぷりの評論でした。受賞されたお二人、おめでとうございます。

なお投票者の全選評は昨年まで光文社『ジャーロ』に掲載されてきましたが、今年から東京創元社の新雑誌『紙魚の手帖』での掲載に移行しました。「今年の選評はどこ？」とお探しの方は、どうぞ『紙魚の手帖』創刊号をご覧ください。

そして二年ぶりの贈賞式が六月下旬、日本出版クラブにて執りおこなわれ、評論・研究部門の昨年の受賞者である長山靖生氏と、今年の受賞者である飯城勇三氏に賞状とトロフィーが授与されました。ちなみに小説部門の昨年の受賞者である相沢沙呼氏と今年の受賞者、櫻田智也氏は都合により欠席されましたが、いつか壇上にて賞を受け取っていただける日がくることを願うばかりです。

それから忘れてならないクラブの刊行物ですが、年鑑アンソロジー『本格王2021』が講談社文庫から六月に刊行されております。前年に発表された本格短編の中から選りすぐりの傑作ばかりを揃えたハズレなしの一冊。もしもまだお手許にないようでしたら、ぜひご購入のほど、よろしくお願いいたします。

そんなわけで今年もまたコロナ禍に振り回された一年でありました。果たして、いつになったらクラブの活動が《通常営業》に戻れるのやら。思わず溜め息が漏れそうですが、しかし僅かとはいえ明るい兆しが見えているのも事実でしょう。今年、完全な形ではないとはいえ贈賞式がおこなえたという事は、確かに一歩前進であるはず。そして来年は、さらにもう一歩の前進を。そうして徐々に活動が通常に近づき、いつか元どおりの形に――そうなると良いですね！

2021年の映像本格

ミステリ趣味が横溢する『唐人街探偵　東京MISSION』

千街晶之

昨年の本欄で言及した『ナイル殺人事件』の公開が再延長になるなど、ミステリ映画・ドラマへのコロナ禍の影響はまだ続いているが、思い切って二〇二一年のうちに公開してしまおうと決断した例が多かったように思える。邦画でその代表なのが、公開が一年延びた永岡智佳監督『名探偵コナン　緋色の弾丸』だ。スポーツの祭典のスポンサーを次々と襲撃する犯人に、集結した赤井一家とともにコナンが挑むアクション編である。なお、ＴＶアニメ版の赤井一家のエピソードを集成した『名探偵コナン　緋色の不在証明』も劇場公開された。

アニメ映画からもう一作。高橋渉監督『映画クレヨンしんちゃん　謎メキ！花の天カス学園』は、しんのすけたちが入園したエリート育成学校に出没する「吸ケツ鬼」の謎を追う物語。フーダニット・ハウダニット・ホワイダニットに工夫が凝らされており、ゲストキャラ全員が怪しいのに犯人を当てるのは困難だろう。文章でも実写でも不可能な、アニメだからこそ成立するタイプのダイイング・メッセージにも要注目だし、青春の多面性を称賛することで登場人物全員の生き方を肯定した感動作となっている。

英勉監督『映画　賭ケグルイ　絶体絶命ロシアンルーレット』は、博才に長けた少女・蛇喰《じゃばみ》夢子（浜辺美波）のギャンブル対決を描くシリーズの劇場版二作目だが、前作よりミステリ的な面白さは後退した印象だ。

兼崎涼介監督『科捜研の女 -劇場版-』は、テレビ朝日系の人気ドラマの初の劇場版。世界各地で起こった研究者の連続転落死の裏には、ある細菌の研究をめぐる秘密が……。初の劇場版だからといって無闇にスケールを大きくしすぎず、科学対科学の対決を手堅く描ききった点に好感が持てる。

　鈴木雅之監督『マスカレード・ナイト』は、東野圭吾原作『マスカレード・ホテル』の続編。華やかな仮面舞踏会、誰が犯人でもおかしくない豪華キャスト……と、前作同様にお祭り感が溢れる楽しいミステリ映画に仕上がっている。東野作品はTVでも相変わらずの人気で、連続ドラマでは『危険なビーナス』（TBS系）が放映された。

　その連続ドラマの紹介に移行すると、『タリオ　復讐代行の2人』（NHK総合）では、弁護士資格を失った白沢真実（浜辺美波）と詐欺師の黒岩賢介（岡田将生）がタッグを組んで悪人への復讐を代行する。蒔田光治がメイン脚本だけあって『TRICK』風味だが、最高傑作は徳永富彦脚本の第六話だろう。

　『閻魔堂沙羅の推理奇譚』（NHK総合）は、メフィスト賞作家・木元哉多の小説が原作。閻魔大王の娘・沙羅（中条あやみ）が、自分の死の原因を知りたがる死者たちにタイムリミットつきで推理をさせ、その結果次第で現世への蘇生か地獄行きかを判定する。前後編になっているエピソードを除けば、視聴者も各話の死者に与えられたのとほぼ同じ時間で推理できるようになっている。

　『明治開化　新十郎探偵帖』（BSプレミアム）は、坂口安吾『明治開化　安吾捕物帖』のドラマ化。洋行帰りの結城新十郎（福士蒼汰）が、明治初頭の東京を騒がす怪事件を解決してゆく。

　『アオイウソ〜告白の放課後〜』（TOKYO MX）は体験型推理ゲーム「マーダーミステリー」の日本初のドラマ化という触れ込みだが、マーダーミステリーのドラマ化は普通のミステリードラマなのではないかという疑問は拭えなかった。

　『あなた犯人じゃありません』（テレビ東京系）は、高校で起きた教師殺害事件をめぐる学園ミステリ。毎回自分こそが犯人だと名乗り出てくる関係者に対し、学級委員長（日比野芽奈）が自白の矛盾を指摘して論破してゆく。

　『やっぱりおしい刑事』（BSプレミアム）は、最後で必ず推理を外す押井《おしい》敬史《たかふみ》（風間俊介）の珍活躍を描く藤崎翔原作『おしい刑事』の続編。ホームズのトリヴィアが鏤《ちりば》められるなど、第一期よりもミステリ度が増した。

　今村昌弘・藤石波矢・周木律・降田天・青崎有吾といったミステリ作家たち

東宝

東宝

東映

東映

がトリック監修として協力したことが話題を呼んだのが『ネメシス』（日本テレビ系）である。自称名探偵の風真尚希（櫻井翔）が、真の名探偵である美神アンナ（広瀬すず）の推理をイヤホンで聴きながら謎解きを披露するという設定がユニークだ。映像ならではの大仕掛けが炸裂する第六話「真実とフェイクのあいだに」が秀逸だった。

　近藤史恵原作『シェフは名探偵』（テレビ東京系）は、フレンチレストラン「ビストロ・パ・マル」のシェフ・三舟忍（西島秀俊）が、来店する客にまつわる謎を解いてゆく物語。「日常の謎」と、テレビ東京が得意とするグルメドラマの融合に成功している。

　澤村御影原作『准教授・高槻彰良の推察』（CX系、シーズン2はWOWOW）は、民俗学の准教授・高槻（伊野尾慧）と、他人の嘘を見抜く特殊能力を持つ大学生の深町（神宮寺勇太）が怪異現象と思われる謎に挑む物語で、殆《ほとん》どの謎は合理的に解決される。

　大倉崇裕原作『死神さん』（Hulu）は、冤罪事件専門の刑事・儀藤堅忍《ぎどうけんにん》（田中圭）の活躍を描く。普段のイメージと異なる田中圭の怪演が見ものだし、毎回変わる相棒の顔ぶれも面白い。

　単発ドラマの紹介に移ると、『謎解きドラマ　Lの招待状』（NHK総合）は、耳が聞こえない〝ろう者〟と聞こえる〝聴者〟が財産をめぐる謎解きに挑む物語。劇中のろう者は実際に耳が聞こえない俳優が演じており、声が聞こえない者と手話がわからない者がディスコミュニケーションを超えてひとつの目的に向かってゆく過程が見どころだ。

『死との約束』（CX系）は、三谷幸喜脚本によるアガサ・クリスティーのドラマ化の第三弾。複雑に入り組んだ人間関係と時系列を丁寧かつわかりやすく見せていて、この原作の映像化としては海外の映画版・ドラマ版より上出来だ。

『世にも奇妙な物語’21秋の特別編』（CX系）では、そのうちの一編として榊林銘「十五秒」を原作とする「15秒で死ぬ」がドラマ化された。

『バンクオーバー!～史上最弱の強盗～』（日本テレビ系）は、同じ銀行で二組の強盗が鉢合わせするという珍事から始まるコミカルなサスペンス。それぞれ裏の顔を持つ登場人物たちの事情がパズルのように組み合わさり、すべてがつながってゆく構成が痛快だ。

　TVアニメでは、特殊能力を持つ少年少女が集められた孤島の学園で異能バトルと頭脳バトルが繰り広げられる『無能なナナ』（TOKYO MXほか）、シャーロック・ホームズの宿敵サイドの物語である『憂国のモリアーティ』（TOKYO MXほか）が注目作と言える。

　初ソフト化作品では、多羅尾伴内シリーズのうち東映の六作品を収録した『片岡千恵蔵主演　多羅尾伴内シリーズ〈HDリマスター版〉』、原作者の戸川昌子が重要な役で出演している『猟人日記』（中平康監督、一九六四年）など待望作の発売が相次いだ。

　海外映画に移ると、アダム・ランドール監督『フロッグ』は、妻の不倫が原因でぎくしゃくしている刑事の一家で起こる異変を描いている。ホワットダニットを主眼とする、マジックミラーめいた構成の快作だ。

ヴォーン・スタイン監督『インヘリタンス』は、正義感の強い女性検事が、亡父が長年隠していた秘密を知ってしまったことから始まる異様な物語。ひねりの効いた脚本と、登場人物の心理的駆け引きが見応え充分である。

中国で人気の「唐人街探偵」シリーズが、日本では第三作『唐人街探偵　東京MISSION』（チェン・スーチェン監督・脚本）から公開された。東京で起きた密室殺人事件の謎に、中国・日本・タイの探偵が協力して挑む。密室トリック自体は作中で言われるほど独創的ではないものの、カーの密室講義まで引用したミステリ趣味の濃密さに驚かされる。なお、BSトゥエルビではスピンオフ・ドラマ『唐人街探偵―DETECTIVE CHINA-TOWN―』が放送された。

サム・クァー監督『共謀家族』は、やむを得ぬ事情で殺人を犯した家族を守るため映画に発想を得たアリバイ工作を編み出した映画マニアと、事件解決のためには手段を選ばない警察局長の頭脳戦を描く。『容疑者Xの献身』の影響が色濃いほか、冒頭のエピソードのトリックはチェスタトン風味が感じられた。なお、元ネタとなったインド映画『ビジョン』はNetflixで配信されている。

ダーレン・リン・バウズマン監督『スパイラル：ソウ　オールリセット』は、タイトル通り前作までの設定をリセットした内容。悪徳警官ばかりを狙う殺人鬼の正体に迫る話だが、ミステリ的な仕掛けが初歩的すぎて当惑させられた。

ネット配信作品では、チェン・ウェイハオ監督『The Soul：繋がれる魂』（Netflix）が出色だった。大富豪殺害事件の裏にあるのは暴走した科学か、それともオカルトか。近未来ミステリならではの想像を絶する結末が待っている。

『クリックベイト』（Netflix）は、「五〇〇万回再生されたら私は死ぬ」と書かれた紙を持った男の動画がアップロードされるという騒動から幕を開ける全八話の連続ドラマ。各話ごとに視点人物が異なる構成と、ある種の映像トリックを駆使した仕掛けが見ものだ。

『アガサと殺人の真相』『アガサとイシュタルの呪い』『アガサと深夜の殺人者』（BSトゥエルビ）は、アガサ・クリスティーがその人生において何度も難事件を解決していた、という設定のドラマ。三作ともアガサ役を違う俳優が演じているのが異例である。

ハピネット

TCエンタテインメント

東宝

インターフィルム／
アーク・フィルムズ

ライトノベル・ミステリ遊行

『オーダーは探偵に』完結！『涼宮ハルヒ』新作出来！

鷹城宏

長期間にわたるシリーズ作品の動向を見ていこう。二〇一二年にスタートした近江泉美『オーダーは探偵に』（メディアワークス文庫、以下MW文庫）は、「珈琲エメラルド」のオーナーにして、美形でドSの高校生名探偵・上倉悠貴と、店で働く小野寺美久を軸とするミステリである。期間中に第十二巻「忘れられし謎解きと珈琲エメラルド」と第十三巻「珈琲エメラルドは謎解きの薫りに包まれて」が刊行された。「日常の謎」を紡ぐ軽快な短編から、悠貴の過去と危険ドラッグ「天使の繭」の謎を扱うダークな長編まで、さまざまなタイプの作品から構成される連作であったが、後者にまつわる伏線を見事に回収して堂々完結した。

谷川流《ながる》『涼宮ハルヒ』シリーズは二〇〇三年開始で、第十二巻『涼宮ハルヒの直観』（角川スニーカー文庫）は実に九年半ぶりの新刊である。無意識に超常現象を引き起こす涼宮ハルヒと、彼女が率いるSOS団の破天荒な日常＝非日常を描く。収録作は三編で、短編「あてずっぽナンバーズ」は冒頭に登場する数字「七十七万五千二百四十九」の意味を探る暗号ミステリ（というかクイズ？）。ヒントこそちりばめられているものの、正答はあえて作中に記さないという意地悪な仕様。中編「七不思議オーバータイム」は、SOS団が自校をめぐる「学校の七不思議」を自ら考案するという、「謎解き」ならぬ「謎づくり」の物語である。長編「鶴屋さんの挑戦」は谷川流新本格といえる作品で、カー、バークリー、クイーン、北村薫、法月綸太郎、氷川透、有栖川有栖、石崎幸二、二階堂黎人、深水黎一郎などなど、何かと引用過多である。

一方、二〇二〇年に連作を開始したばかりで、順調に巻を重ねているのが、竹《たけ》町《まち》『スパイ教室』（富士見ファンタジア文庫）と二語十《にごじゅう》『探偵はもう、死んでいる。』（MF文庫J）だ。

『スパイ教室』は、第四巻「《夢語》のティア」、第五巻「《愚人》のエルナ」、第六巻「《百鬼》のジビア」が刊行された。さらに第一短編集として「花嫁ロワイヤル」も出ている。ディン共和国のスパイ養成学校を落ちこぼれた少女たちと、ボスの凄腕クラウスで構成されるスパイチーム「灯」が、死亡率九割の不可能任務に挑む。特に第六巻の結末は衝撃的で、次巻でどうひっくり返すかが楽しみだ。

『探偵はもう、死んでいる。』は第四・五巻が出たほか、TVアニメ化もされた。探偵が戦う敵が、人造人間を製造して世界平和を乱す秘密組織だというSF仕立てのミステリ。美貌の探偵シエスタと探偵助手の君塚君彦の出会いと別れと再会と別れの物語である……意味不明と感じる向きもあろうが、新設定が続々投入されるうち、誰が敵／味方で、誰が生きて／死んでいるかが段々曖昧になっていく、不思議な風合いの連作だ。

　他にSFミステリとしては、早坂吝「探偵AIのリアル・ディープラーニング」シリーズ第三巻『四元館《よんげんかん》の殺人』（新潮文庫ｎｅｘ）が出た。最初「四次元館」と読み間違えたのだが、「四元」とは、地水火風の四大元素《エレメンツ》を意味するものだった。内容も科学版『黒死館殺人事件』といった趣の怪作である。

　菊石まれほのデビュー作『ユア・フォルマ』（電撃文庫）は「電索官エチカと機械仕掛けの相棒」「電索官エチカと女王の三つ子」の二冊が刊行されている。人類が脳内に情報デバイス「ユア・フォルマ」を埋めこみ、機械に直接アクセスできるようになった社会。ユーザーの感情を記録する「機憶」に潜り犯罪捜査を行う電索官《ダイバー》エチカの新たな相棒は、ヒト型ロボット《アミクス》のハロルドだった。過去のトラウマからアミクスを嫌う彼女とハロルドの凸凹バディが、世界を脅かす電子犯罪に挑む。

　人外《アウトサイダー》とのバディものは他にもある。桜川ヒロ『吸血鬼にご用心』（マイナビ出版ファン文庫）はタイトルのとおり、名探偵志望の青年と吸血鬼の執事のバディ。青木杏樹『純黒の執行者』（MW文庫）では、惨殺された妻子の復讐に燃える刑事が、悪魔ベル《ベルゼブブ》とコンビを組む。田中三五《さんじゅうご》『EAT　悪魔捜査顧問ティモシー・デイモン』（富士見L文庫）でF

メディアワークス文庫

角川スニーカー文庫

富士見ファンタジア文庫

電撃文庫

ＢＩ捜査官が組むのはウェンディゴ……吸血鬼や悪魔に比べてマイナーだが、北米伝承の食人鬼《マンイーター》だ。

バディというより探偵&助手の関係に近いのが、峰守ひろかず『学芸員・西紋寺唱真の呪術蒐集録』（ＭＷ文庫）。アンティーク博物館でなぜか呪術研究に勤しむ西紋寺と、不幸にも彼のもとで博物館実習をする羽目になった大学生・宇河琴美の怪事件簿で、期間中に第二巻が出た。『破滅の刑死者』（同）でデビューした吹《ふく》井賢《いけん》の新作『犯罪社会学者・梛辻霖雨《なぎつじりんう》の憂鬱』（同）には、死者を見ることができる少女・梛辻姫子が登場する。はとこの霖雨は、京都の大学に勤める犯罪社会学者で、上から下まで黒一色の服装に身を包む……教え子に「如何にも探偵キャラー、って感じですよ」と揶揄されるあたり、某・名探偵を思わせるが如何。水沢あきと『ＣＥＯ生駒永久《とわ》の「検索してはいけない」ネット怪異譚～ＩＴ社長はデータで怪異の謎を解く～』（同）では、進学で上京した女子大生の梓が、巫女としての霊能を見込まれ、親戚のＩＴベンチャー社長にこき使われる。

魑魅魍魎・異能者ならぬ普通のバディものとしては、久住四季『異常心理犯罪捜査官・氷膳莉花《ひぜんりか》』（ＭＷ文庫）の第二巻「剝皮《はくひ》の獣」や、吉岡梅『探偵はサウナで謎をととのえる』（富士見Ｌ文庫）がある。前者では新米の婦人警官が、猟奇犯罪を教唆した罪で収監中の犯罪心理学者とバディを組む……前言撤回、普通ではなく十分に異常だった。後者では刑事が、元上司でもある義父に連れられ訪れたサウナで、捜査中の事件を語るうち「謎が全てととのう」……こちらはバディというより安楽椅子探偵の銭湯バージョンと評すべきか。

「剣と魔法」の異世界ファンタジー路線として、川石折夫《おりお》『犯罪迷宮アンヘルの難題騎士』（電撃文庫）を挙げておこう。迷宮《ダンジョン》内の犯罪を取り締まるベテラン騎士と新米女騎士が、冒険者を狙った連続殺人事件の謎に挑む。紅玉ふくろう『チヨダク王国ジャッジメント　姉と俺とで異世界最高裁判所』（ＭＦ文庫Ｊ）の異世界は、元は西洋中世風だったが、日本のオタク文化が近年、大量流入したという珍妙な社会である。召喚された裁判官と高校生の姉弟が、殺人罪の被告となった勇者を裁くという、法廷ミステリの要素まで加わった異色作。

ファンタジーな世界観に学園ミステリまでぶちこんだ作品もある。野宮有『嘘と詐欺《ペテン》と異能学園』（電撃文庫）や、依《い》空《そら》まつり『サイレント・ウィッチ　沈黙の魔女の隠しごと』（カドカワＢＯＯＫＳ）だ。前者は、新型爆弾の投下で特異能力者が生み出された帝国で、特務機関に入るエリート異能力者を育成する教育機関が舞台。無能力者にもかかわらず、天才的な演技で周囲を騙して入学したジンとニーナが出会うことで物語の幕が上がる。期間中に第二巻まで出た後者のヒロインは、史上最年少でリディル王国の七賢人の一柱に選ばれた天才少女モニカ・エヴァレット。「沈黙の魔女」の異名を持つ彼女は、王国でただ一人、呪文を唱えずに力を駆使できる無詠唱魔術の使い手である……が、彼女がその術を習得した理由は、人見知りのあがり症で、人前でまともに口を利くことができないからという超絶ポンコツなものだった。コメディ調ながら基本路線は王道ファンタジーの本書だが、王国の第二王子を隠密警護するため潜りこんだ名門校で、王子の周囲に起きる不審な事件をモニカが解決する学園ミステリでもある。

ファンタジーでこそないが「魔女」の登場する学園ミステリといえば、小林一星『シュレディンガーの猫探し』（ガガガ文庫）である。期間中に第二・三巻が刊行されて完結した。第三巻では、迷宮落としの魔女・焔螺《ほむら》が学園を出て、因習的な村落へと赴く伝奇ミステリにチャレンジしていたので、打ち切りは残念至極。

辻室翔の学園ミステリ『ナゾトキ女とモノカキ男。未来を写すカメラと人体消失』（富士見ファンタジア文庫）には、世界の理を超えた道具「超理具」なるものが登場する。「運命《さだめ》カメラ」「懐旧時計」「修復手袋」……ほとんどドラえもんのひみつ道具である。

異世界設定抜きの学園ミステリには、紙城境介『僕が答える君の謎解き』（星海社FICTIONS）がある。期間中に第一巻「明神凛音《あけがみりんね》は間違えない」、第二巻「その肩を抱く覚悟」が出た。女子高生の明神凛音はどんな事件の犯人も神の啓示でも受けたかのように解ってしまうが、その結論に至った筋道を他人に伝えることができない。結果、同級生の伊《い》呂波《ろは》透矢《とうや》が、彼女の推理過程を推理する羽目に陥る。古宮九時《ふるみやくじ》『彼女は僕の「顔」を知らない。』（MW文庫）で、高校生の新塚良は、クラスに転入してきた葛城静葉《しずは》を見て驚く。十年前、ともにキャンプ場放火事件に巻きこまれた少女であったからだ。彼女は、人の顔を認知できない失貌症を病んでいた……。

天才的グラフィティライターのブーディシアと相棒の日本人ヨシをめぐる物語、池田明季哉《あきや》『オーバーライト』（電撃文庫）は、第三巻「ロンドン・インベイジョン」で一区切りを迎えた。二人の住む英国都市ブリストルに、ロンドンのライターたちが襲来し、街の壁に描かれたグラフィティを次々と上書き《オーバーライト》していく。彼らの侵略に、彼女たちはどう立ち向かうのか。グラフィティといえば日本でも近時、「バンクシー展　天才か反逆者か」（二〇二〇）、「バンクシーって誰？展」（二〇二一）が相次ぎ開かれ、グラフィティの芸術性はストリートアーティスト・バンクシーの名まえとともに広く知られるようになった。彼の故郷ブリストルを舞台にした本作は、たいへん時宜を得たミステリといえる。

富士見Ｌ文庫

カドカワ BOOKS

星海社 FICTIONS

電撃文庫

ミステリコミック事情

コナンワールドの拡大、短編集にも収穫あり

廣澤吉泰

青山剛昌『名探偵コナン』（小学館少年サンデーコミックス。以下「コミックス」はCと略記）は節目の一〇〇巻に到達した（十月末現在。以下現在と略記）。かつては一〇〇巻で完結との噂もあったが、それを跳ね除けるように物語は盛り上がる。本巻ではコナンと敵対する黒の組織との戦いがメインだ。双方の知略を尽くした頭脳戦は手に汗を握る。また、一〇〇巻刊行に合わせ、名脇役・安室透が主役の『名探偵コナン ゼロの日常』（原案協力：青山剛昌、漫画：新井隆広／小学館少年サンデーC／現在五巻）、『コナン』に頻繁に顔を出す黒装束の「犯人」を主人公にした『名探偵コナン 犯人の犯沢さん』（原案：青山剛昌、漫画：かんばまゆこ／小学館少年サンデーC／現在六巻）といったスピンオフ作品の最新刊も発売された。この二作品に安室の警察学校時代を描いた『名探偵コナン 警察学校編 Wild Police Story』（原案協力：青山剛昌、漫画：新井隆広／小学館少年サンデーCスペシャル／上下巻）を加えた「三大スピンオフ」が全てアニメ化される予定。コナンワールドの拡大はとどまるところを知らない。

巻数絡みの話題としては、さいとう・たかを『ゴルゴ13』（小学館ビックC）が本年「最も発行巻数が多い単一漫画シリーズ」としてギネス世界記録に認定された。さいとうは本年九月二十四日に膵臓癌のため八十四歳で逝去したが、その遺志を受け『ゴルゴ』の連載は継続されることとなり、九月に最新刊の二〇二巻が上梓された。ギネス世界記録はまだまだ更新されそうである。

　昨年五月に急逝した野間美由紀の《パズルゲーム☆はいすくーる》シリーズの最終作『パズルゲーム☆サクシード』（白

泉社HLCシルキー）第六巻が刊行された。『サクシード』は押上大地と三輪香月が結婚して、私立探偵事務所を開業したという設定。第六巻には『サクシード』が三話と「月刊ミステリーボニータ」（秋田書店）で連載開始したが、急逝により一話で終了した「パズルゲーム☆ミステール」（このシリーズでの香月は喫茶店の店長）が収録されている。こうした出版社の垣根を超えた試みは嬉しい。なお、本書の発売日は十二月四日（奥付は十日）。野間の誕生日に合わせた配慮であった。

　花村えい子が、昨年十二月三日に多臓器不全で逝去した。花村は、耽美的な画風で、現在の少女漫画のキャラクターの原型を創り出したと位置づけられているが、ミステリファンには泡坂妻夫、内田康夫、小池真理子、土屋隆夫、夏樹静子、連城三紀彦らのコミカライズの書き手として親しまれてきた。享年九十一。

　ここからは対象期間中に完結した作品や短編集を紹介していく。

　松坂桃李の主演により映画化もされた『不能犯』（原作：宮月新、漫画：神崎裕也／集英社ヤングジャンプC）は全十二巻で完結した。人は毒を飲まされたと思い込めば、ただの水を飲んでも死んでしまう。宇相吹正《うそぶきただし》はこうした「思い込み」を利用して殺人を犯す。不能犯・宇相吹と、彼の力が通じない多田刑事との対決は、意外な形で決着を迎えた。

　久園亀代『代闘士ハイコの事件簿』（原作：伊勢ともか／講談社モーニングKC）は、剣と魔法の世界を舞台に「決闘裁判」の代理人、代闘士のハイコ・スモッグスを探偵役とした特殊設定物である。決闘裁判とは、神々は正しい者に味方する、との信仰の下、原告・被告の主張が食い違い、それを裏付ける証拠がない場合には、両者が決闘し、勝者の証言を「真実」とする制度である。決闘に勝てば真実は我が物なのだが、ハイコは常に「必ず真実を明かしてから決闘に臨む」との誓いを立てている。ハイコは「石像を魔法で浮かせて圧殺？」「魔法で人を操って殺人？」といった、剣と魔法の世界ならではの謎に挑む。完成度の高いミステリ漫画なのだが、全二巻で完結となってしまったのは残念である。

　小畑健『DEATH NOTE』（原作：大場つぐみ／全十三巻）は名前が書かれるとその人間は死ぬという「デスノート」が登場する作品。二〇〇六年の本編完結

小学館

小学館

秋田書店

講談社

から十五年ぶりに『DEATH NOTE短編集』（いずれも集英社ジャンプC）が刊行された。収録作の中では二〇二〇年代を舞台に、ネットが発達した現代ならではの「デスノート」の奇抜な使い方を示した「aキラ編」が出色だ。

『約束のネバーランド』（全二十巻）の原作・作画コンビによる『白井カイウ×出水ぽすか短編集』（いずれも集英社ジャンプC）では『約ネバ』の番外編「Dreams Come True」も良いが、本誌の読者には「心霊写真師 鴻野三郎」がお薦めだ。霊がやり残したことを見抜き、それを実現して成仏させる鴻野三郎は名探偵とも言える。シリーズ化を希望したい。

山本和音『夏を知らない子供たち』（KADOKAWAハルタC）は、表題作や「太陽からの手紙」などSF、ファンタジーが主だがミステリ好きを唸らせる作品もある。「100ドルは安すぎる」は捕らえたら百ドルを取られる「マイナス100ドルの賞金首」の謎を「推理屋」のバーテンダーが解決する。賞金設定の意外な真意には驚き、かつ首肯させられる。

ここからは現在も継続中の作品を取り上げていくが、まずはドラマ化で話題となった泰三子『ハコヅメ〜交番女子の逆襲〜』（講談社モーニングKC／現在十八巻）となろうか。地方都市岡島県警の交番勤務の女性警察官が主人公の警察物で、閉鎖社会である警察組織の特異性、そして男社会での女性警察官の生きづらさがリアルにユーモアをまじえて描かれる。本格っぽくないと誤解される向きもあろうが『名探偵コナン』のように遠大な伏線回収を行ったりするのである。ちなみに、『ハコヅメ』は本年一月に二〇二〇年度の小学館漫画賞（一般向け部門）を受賞している。出版社の枠を超え、顕彰されるだけの作品だということだ。

ドラマつながりでは、毎年のようにマンガ関連のランキングに登場する『ミステリと言う勿れ』（漫画：田村由美／小学館flowersフラワーCα／現在九巻）も連続TVドラマ化が決定した。二〇二二年一月からフジテレビ系月曜九時での放送である。主演は菅田将暉。若手実力派の菅田が独特なキャラクターの久能整をどのように演じるのか楽しみである。

加藤元浩の新シリーズが始動した。『空のグリフターズ〜一兆円の詐欺師たち〜』（講談社C月刊少年マガジン／現在二巻）である。故郷の島を買い戻す資金、百億円を求める女子高生・神入空。そんな彼女が、謎の天才少年・秋山風月の誘いに乗って、同級生の蒼海路と三人で頭を使った大金奪取に乗り出す、という壮大なコンゲーム物である。加藤のもう一つのシリーズ『Q.E.D. iff―証明終了―』（講談社C月刊少年マガジン／現在二十巻）は相変わらずの高水準を保っている。

了子『ウソツキ皐月は死が視える』（小学館裏少年サンデーC／現在二巻）は、厄介な能力を持つ女子高生が奮闘する学園物。皆月皐月は、その人が死ぬ一日前から死体が見えてしまう。しかし、ストレートに警告しても気味悪く思われ逆効果。そこで皐月は「死体」を観察し、何が起こったかを逆算して、不幸な結末を回避すべく体を張るのだ。そうした皐月の状況も徐々に変わってゆく……今後が気になる作品だ。

天野明『鴨乃橋ロンの禁断推理』（集

英社ジャンプC／現在三巻）の主人公・鴨乃橋ロンは、探偵養成学校BLUEで天才と評されたが、開業すると事件解決率一〇〇%だが、ある理由から犯人検挙率は〇%となり、欠陥探偵の烙印を押されてしまう。欠陥のため探偵行為を禁じられたロンだが、警視庁捜査一課の刑事に「探偵」を演じさせ、再び事件に挑む。検挙率〇%の名探偵、というキャラは興味深いが、それに加えてロンの出自には、とある気になる設定があるのだ。

　コミカライズでは、ホームズ物とルパン物に収穫があった。

　嶋星光壱『漱石と倫敦ミイラ殺人事件』（秋田書店チャンピオンREDC／全四巻）は、島田荘司の同題の長編の漫画化作品。英国留学中の夏目漱石がホームズと事件に挑むという虚実を織り交ぜた歴史ミステリ。ワトスンと夏目漱石、各々の視点で描かれるホームズ像のギャップが原作の魅力だが、その差異の面白さが嶋星の作画により際立っている。

　モーリス・ルブランのルパン物については、森田崇とさいとうちほが異なるアプローチでコミカライズを行っている。森田はルパンシリーズを発表順に漫画化する「完全漫画化」を目指し、さいとうは選集的にエピソードを抜き出し、作品化していく。森田は、前作『奇巌城』の完結から五年ぶりに『怪盗ルパン伝［アバンチュリエ］８１３』上巻を上梓した。版元が講談社、ヒーローズと代わり今回はぴあからの発行となる。一方、二〇一四年からコンスタントに巻を重ねている、さいとうの『VSルパン』（小学館 flowers フラワーCα）の五巻は『緑の目の令嬢』（偕成社他）を漫画化している。

　喜国雅彦『今宵は誰と』（双葉社／全二巻）は、小説に登場する女性をテーマにした短編漫画集。退屈しのぎに安部公房『砂の女』を手に取った青年は、読書の楽しさに目覚める。一冊読み終えるごとに作中の個性的なヒロインが夢の中に登場して……というもの。夏目漱石『草枕』やツルゲーネフ『はつ恋』といった東西の文学作品にまじってW・アイリッシュ『幻の女』などミステリが登場するのは著者らしい。喜国はまた『ラストシーンは崖のうえ』（講談社／全一巻）も上梓。サスペンスドラマでの告白の定番といえる「崖のうえ」を題材にしたギャグマンガ。一つの舞台で様々な笑いを産み出す技巧には驚嘆させられる。

KADOKAWA

講談社

秋田書店

ぴあ

interview

MAN OF THE YEAR 2021

今村昌弘

IMAMURA Masahiro

聞き手＝円堂都司昭

鮎川賞応募でミステリを勉強

円堂◆ 作家となった今から振り返った時、デビュー前に読んだこれが糧になっているなと思える本はなんですか。

今村◆ ミステリ関係ではやはり有栖川有栖さん、綾辻行人さんの作品の影響が強いと、自分でも思っています。最初、僕はミステリなんか難しくて、どう書けばいいかわからないよと思っていたんです。だから勉強しようと、いろんな形の作品を読んだ時期に面白いと感じて一番しっくりきたのがお二方の作品だった。

それで思い出したのは、小学生の頃にマンガで読んだ『金田一少年の事件簿』です。これなら自分にも考えやすい。事件全体の構造としては、館みたいなところへいって、第一の殺人、第二の殺人が起こり、最後に名探偵が謎解きをすればいい。こういう形式の小説が当時は数が落ち着いてきたというか、あまりたくさん出てこなくなっていた時期だったので、それ以前の新本格世代の作品を読んで自分にもチャレンジできそうだなと思って書き始めました。それがデビュー作になった『屍人荘の殺人』です。

　自分が小説家になることすら想像しなかった学生時代を振り返ってみますと、例えば米澤穂信さんの『古典部』シリーズなど、ライトノベルに近いものをたくさん読んでいました。そこから派生して『Fate』シリーズで有名なTYPE-MOONやニトロプラスのパソコンゲームを好きになって。これらのゲームは絵付きの小説がどんどん展開していく形のノベルゲームなんですよ。僕は今まで任天堂のゲーム機は買ったことがありません。パソコンやソニーの小さなゲーム機で遊ぶのが主で、みんなでやるようなパーティゲームはやらずノベルゲームにのめり込んでいました。

　虚淵玄さん原作の物語が非常に好きで、自分で分析すると、決められた物語のルールというか制約が、誰に対しても平等に降りかかるところに魅かれたんです。主人公補正というか、主人公だけがハッピーエンドを迎えるのは少なくて、何かをきっかけに困難な状況を打破したら、同じ理屈は自分にも返ってくるという厳しさが表れている作品が目立つ。ラストはこっちの方向へいくのかと、うならされることが多かったんです。これまで僕が書いてきた作品でも、自分が決めたルールに対しては厳格でなければならないという意識は、強く残っているんじゃないかと思います。

円堂◆『屍人荘の殺人』から始まる剣崎比留子シリーズは特殊設定ミステリといわれますけど、クローズドサークルでもあります。今名前があがった中で綾辻さんの館シリーズはクローズドサークルですけど、有栖川さんに関しても初期のクローズドサークルものを読んでいたんですか。

今村◆そうです。どちらかというと学生アリスシリーズに影響を受けました。『屍人荘』を書くと決めてから鮎川哲也賞の締切まで期間が短くて、本格ミステリを勉強する時間があまりなかったのでそのシリーズを集中的に読みました。

円堂◆『屍人荘』を書くと決めてから読んだんですか。

今村◆本を読んで新たなトリックが思いつかないかなと思ったんです。前年にミステリーズ！新人賞に応募して最終候補に残ったんですけど、発表が八月の頭でした。そこで落ちて次にどうしようかと思ったら、一〇月末締切の鮎川賞があった。三カ月くらいしかなかったので、アイデアをどう練ろうかと本格ミステリを勉強した感じです。

円堂◆ミステリーズ！新人賞は短編の賞ですし、鮎川賞だと長編だからかなり違うのでは。

今村◆それまで公募ガイドなどを見て小説新人賞に応募していたんですけど、最終選考まで残ったことがなかったから、初めて残していただいた出版社に相性のよさを感じたんです。ガイドには鮎川賞は本格ミステリを求めていると書かれていて、なんだこの厳しそうな言葉は、と怖じ気づいたところもありましたけど、本格ミステリを調べてみたところ、実は自分で読んでいて一番楽しいことに気づけたんです。

円堂◆デビュー前は、ミステリ研とか文芸部とか、発表した作品を語り合う環境にはいなかったんですか。

今村◆そうです。書いた作品を知り合いに読んでもらったこともありませんでした。

円堂◆　東京創元社への応募より前、投稿サイトにショートショートを年間一五〇本くらいあげていたということですが、当時の読者の反応は。

今村◆　「小説家になろう」というサイトだったんですけど、一本書いて五〇人が見てくれるかどうか。その頃、全ての投稿に感想を書いてくださる方がいて、感想を聞かせてくれたのはその人だけでした。ショートショートは物語の起承転結がしっかりしているものが多い。星新一さんもそうですけど、何かとっかかりをつくって、物語が進行して動き始めて、どんでん返しが起きる。そこでミステリの基本形というか、やるべき起承転結を身につけたかなという感覚があります。

円堂◆　ミステリでは米澤さんの『古典部』シリーズも読んでいたということですが、そちらは日常の謎ですよね。とはいえ、米澤さんは後に特殊設定ものも書かれたわけですが。

今村◆　もちろんその後も米澤さんの作品を追っかけていて、例えば『インシテミル』は、館ものといえば館ものに入る。でも、それを読んだ自分はミステリを読んでいると感じていなかったんです。ただ、米澤さんの面白い本を読んでいるという感覚でいたので。いざ、自分でミステリを書こうとすると、日常で何が起きたらいいのか、不思議な出来事や魅力的な解決をどうにも思いつかない苦手意識がずっとあったんです。逆にコテコテの殺人事件とかを扱った本格ミステリを読むことで、原点に立ち返れたというか、昔読んでいた『古典部』シリーズのように人が死ななくてもミステリは成り立つと気づいた、という感じです。

円堂◆　読書歴では三雲岳斗さんとの出会いも大きかったようですね。

今村◆　三雲さんの作品はSF的なライトノベルですけど、世界観の設定が面白い。ロボットものマンガとかを見ると、ロボットや戦っている軍の設定ありきになっちゃうんですけど、三雲さんの作品の場合、どんな時代か、どんな状況かが最初にあって、地球の内部の空洞内に世界ができていてあたりはマグマの火の海で包まれているとか、一度地球が滅びたあとの世界で大砂漠が広がっていて、厳しい環境で人類は細々と生きている、科学の力でもかなわない巨大なドラゴンがいるとか、壮大な世界観がまずある。大好きでしたね。

『屍人荘の殺人』のヒット

円堂◆　鮎川賞受賞の『屍人荘の殺人』は各種ランキング上位になり、本格ミステリ大賞を受賞しましたし、ベストセラーとなり映画化されて、デビュー作としては破格の反響でした。ご本人は、どのように受けとめていたんですか。

今村◆　今考えると本当に恐ろしい状況でしたけど、当時の僕があまりにもミステリの世界について知らなかったばかりに、逆に緊張していなかったんだと思うんです。何が話題で、売れているかどうかをどこで知ったらいいかという知識を持っていなかったんです。担当編集さんから聞かないと状況がわからない。僕は神戸に住んでいて、本が入ってくる地域ではありますけど、東京や大阪に比べれば本の動きは鈍い。書店に行けば新刊コーナーに自分の本が表紙を前にして置かれている。ありがたいと思いながら過ごしていましたけど、まず耳に入ってきたのは、いろんなミステリ作家さんが喜んでくれていますということ。そこから重版がかかりました、いろんな取材がきました、ランキングに入りました、書店でこんなコーナーをつくってもらっています、と広がっていった。だから、大ヒットした要因とか成功した秘訣みたいなのを聞かれた時、同業者の人が広げてくれたというのが最初にあります。

　新人賞の受賞者の一人なので、それだけで世間から大注目をあびるわけはない。すでに人気を獲得してらっしゃる先輩作家の方々が「この本は面白いよ」っていってくださるから、ミステリファンの方々がそれを信頼して「買ってみよう」となり、書店員さんも噂を聞きつけ読んでくれて書店にたくさん並べられ、お客さんがそれに気づく。そういう連鎖反応を、目の当たりにした気分でした。

　刊行の二〜三カ月後に各種ランキングが出て「すごいです、今村さん、一位です」って担当者から連絡をもらったんですけど、ランキング本をあまり知らないから「そうなんですか」と。ほかの人なら「ありがとうございます」と返すでしょうけど「それはすごいですね」という感じ。年末のランキングからいろんな人の目につくようになり『王様のブランチ』とか関東圏の番組で取り上げられ、さらに話題になって広がっていく波を観測できたというか、そういう思い出があります。だから、自分が世の中の流れを見て狙って作品を書くなんて無理じゃないかという気はしています。攻略法みたいなものは見つからない。ミステリを好きな人がミステリを読んでミステリを広げていく世界だなと強く感じました。

　あとあと勉強してわかったことですけど、新本格と呼ばれるものが出てきた時代もなかなか苦しくて、今流の言葉でいえば、本格ミステリはもうオワコンなんじゃないか、といわれた時期も好きな人たちは流れを途切らせないために続けてきた世界でもある。自分としては、評価されることを考えるだけじゃなく、自身がミステリの世界を愛し続けるというか、読んだ人がほかの人にも読ませたくなるような面白いミステリを書いていくしかないと思っています。

円堂◆『屍人荘の殺人』はシリーズ化されることになったわけですが、大ヒットしたことでハードルがあがった状況だったでしょう。デビュー作には特殊設定とクローズドサークルの両面がありましたけど、二作目の『魔眼の匣の殺人』も三作目の『兇人邸の殺人』も両方を受け継いでいます。シリーズはこの形でいくと方針を立てたんですか。

今村◆『屍人荘の殺人』で手応えがあったのは、オカルト的な設定を使っての本格ミステリというところと、クローズドサークルにいる人たちがルールを見つけ推理を展開していくところだったので、警察とかの関与はまだ入れたくなかった。事件に巻き込まれた人たちの中での物語にしたかったので、クローズドサークルの設定も継続しようと考えました。「これだけ大ヒットして二作目どうしますか」とよく聞かれたんですけど、当時から自分の状況に関しては、狙っていっちゃダメだという感覚がありました。今後、自分の作品の幅を狭めないためにも、第二作はあまりパニックものにはしないようにと考えていたんですよ。
ミステリファンも読んでくださいましたけど、話題を聞きつけて読んでくださった方もたくさんいたのはわかっていました。「途中でとんでもない展開になって、びっくりだよ」とかそういう感想がたくさん並んでいたのは、なんというか一発芸にびっくりした方があげてくださったものなので、そこに寄せるのはよくないと思ったんです。それよりも最初に話題を作ってくれたミステリ好きの人たちが、本格ミステリとしてちゃんと成り立っていると評価してくださっていたので、そこを大事にしようと考えました。
パニック映画的な展開から少し離れて、ロジカルな方向に物語をもっていこうとして、そこで予言という要素を使った。だから、一作目ほどのびっくりはないという感想をもった方も多かったでしょうけど、本格ミステリとしての論理部分をきちんと自分の中で整理できたかなと思いましたし、その完成度を保証するために時間をかけようと思ったので、版元から一年で一冊出しましょうといわれていたんですけど、一年後の時点では出来に納得いっていなかったので、もう少し練らせてくださいと、一年半くらいかけて二作目は丁寧に書きました。

『魔眼の匣』『兇人邸』の着想

円堂◆　二作目のテーマは最初から予言だったんですか。他の選択肢は。

今村◆　一応、いろんなものを使えないかと検討してはみたんですけど、本格ミステリである以上、ある程度の縛りが能力にないと扱いづらい。例えば幽霊が出るとして、幽霊の行動をどれだけ狭めていいか難しい。超能力だとしてもサイコキネシスみたいに何かを動かせる能力だと、いろいろ絞らなければならないことが出てきてしまう。それで、予言というのはミステリ的にも面白い論理をいくつか使えそうだし、ものすごく便利なものでもないのでは、と思いました。予言して口にだすなり、絵に描くなりしてしまうと、それを知った人たちが結果を覆すために何か行動を起こすんじゃないか、という道筋が一つ立てられたんです。それなら物語の動きもさまざまな形が期待できそうかなと考えました。

円堂◆　予言というモチーフで『魔眼の匣の殺人』を書く際、先行作品や現実の事件で意識したものはありましたか。

今村◆　具体的な作品はなかったと思います。でも、例えば『ＴＲＩＣＫ』というテレビドラマだとインチキ霊媒師が予言して、それが的中したかのように見せるトリックを使う展開でしょう。だから、その逆をやろうと思ったんです。予言自体は、トリックを弄さずとも本当に起こってしまう。じゃあ、それを使ったミステリはどうしようという風に考えました。

円堂◆　動機の扱いなど面白かったですし、一作目と色合いが違う感じで『２０２０本格ミステリ・ベスト10』でも国内2位と高い評価でした。今回の『兇人邸の殺人』の題材はどう選んだんですか。

今村◆　『屍人荘』ではよくあるホラー映画のテイストをミステリと組みあわせようとしたんですけど、今回は別のホラー映画のパターンでスラッシュホラーというか、大量殺人鬼みたいな化け物が一人出てきて、逃げ惑いながら展開する作品を本格ミステリと融合させられるか、という着想をまず得ました。最初に思いついたのが、初日の夜にワトソン役の葉村譲が暖炉に隠れているシーンです。みんなが、一人の殺人鬼から逃げまわっている。葉村は息を潜め、すぐそばを殺人鬼が通り過ぎたりして非常に怖い思いをするシーンです。ホラーに見せかけて、登場人物の行動を描写する中にミステリとしてヒントがちりばめられているというのが面白いかなと思いまして。

　これでできそうだなとその時は思ったんですけど、殺人鬼を扱うと決めてプロットづくりに取りかかったら、けっこう難しい。殺人鬼が本当に自由に動けたら、全ての事件や事象が偶然性に頼ったものになってしまうから本格ミステリになりづらい。だから、日が昇ると出てこれないという制限をつけざるをえなかった。事件の起きる夜と捜査パートに近い昼という形にしなければならないと思ったんです。ただ、そうしてしまうと、意外と登場人物たちが安全になる。この人たちが脱出する手段を考えられるとなったので、逆に外へ出られない理由をいろいろ考えなきゃいけなくなって、外に出たら被害が広がってしまうとか、外に出たくない人も仲間の中にはいるとか、いろいろ制限を考えて物語をまとめる方向に舵を切りました。その意味では当初、自分の中で目ざした完全なスラッシュホラーと本格ミステリの融合はちょっと難しかった。そこは、一つの反省点です。

円堂◆　今村さんは過去のインタビューで『屍人荘の殺人』についてサバイバルホラーの中でミステリをやりたかったと発言されていて、今回の作品もそういえなくもないと思いますが、『屍人荘』の場合、特殊設定のアレの認知度が高くて、読者がそれに関する知識をわりと共有していた。それに対し今回は、カバーの帯に書かれている「異形」がどういう存在か説明しなきゃならないし、『屍人荘』と書き方が違うものになっていますし、物語の構成も異なっていますね。

今村◆　一作目の極限状況や二作目の予言は、その一言だけでみんながぱっと想像できるんですけどね。三作目に登場させる化け物として幽霊のほか吸血鬼も考えたんですけど、果たしてそれは二十人力もってるのか、こうもりに化けられるのか、説明を一つ一つしていたら、結局は吸血鬼も強いだけの怪力男にならないかとか扱いが難しい。その意味で『兇人邸』の「異形」も、考えてみたらさほど特殊設定ではない。力が強くて普通の人では手がつけられない、暴れまわるという程度なんですけど、それを物語の中にどう生かすかという点で殺人鬼側の過去のドラマもとり入れつつ、探偵役の比留子とワトソン役の葉村のドラマがどう関わっていくか。それをきれいにまとめて着地させようとして苦労しました。

円堂◆　脱出に向けた小道具の扱いが、この設定だからできることになっているのが面白かったです。

今村◆　それが最後にならないと実行できない理由は何か、縛りをどうするかという課題がありましたし、葉村と比留子だからなしとげられた、それが犯人の物語にもつながる形にしたかったのですごく難しかったです。あと、館の間取り図が自分の中でごちゃごちゃになって、ここに通路をつくったら、ほかの時にも使えちゃうぞとか思って。自分ではいちばん間取りに苦労した作品です。

円堂◆　館の図面は、物語を書くうちに最初のものを修正したりしたんですか。

今村◆　そうですね、最初ぼんやりと大ざっぱに図面を引いて決めていたんですけど、いざ精密な間取り図を書いてみると、都合が悪いことが出てきてしまった。担当さんから「二階から上はないんですか」とか突っ込まれたり。「必要なのは地下だけだからいいんだよ、そんなものはコンクリートでふさいでしまえ」とかいいながら。人の動きも大人数がいたらいろんな行動を取る人が出てきそうだし、こうしたら逃げられるんじゃないかとか、案も次々に出てきてしまうから、終盤まで動きの点では調整を続けました。

僕は毎回なんですけど、物語に自分自身が入れこんでつくりすぎて、書きあがる頃には、面白いんだかどうかわかんなくなっちゃうんです。だから宣伝の時もあまり派手なことはいわず、とりあえず読んでくださいとしかいえないという。

特殊設定ミステリの三パターン

円堂◆　「小説現代」九月号の特殊設定ミステリ座談会に参加された際、特殊な能力をもった探偵役、特殊な世界設定、登場人物の扱いをめぐって三つのパターンがあると話されていましたが、長編三作を執筆する過程で自分の考えを整理されたんですか。

今村◆　一つ目は主人公が何か超能力をもっていて、その人だけが特殊なパターン。二つ目は特殊設定を含んだ世界にいる登場人物たちが、その世界を何も不思議に思わないパターン。三つ目は僕が書く作品のように、普通の世界の中で特殊なものや状況が出てきてしまい、登場人物たちが特殊な存在に対するルールを自分たちで解明しながら進まなきゃならないパターンです。

僕は特殊設定がどんなルールに縛られているのかを読者に説明する段取りで、毎回ものすごく悩むんです。登場人物は自分の命がかかっているから、いろんなパターンを想像しなくちゃいけない。もしかしたら殺人鬼はあれもできるんじゃないか、これもできるんじゃないか、と考え出すときりがないので、なんとかうまいエピソードとくっつけて説明しないといけない。そういう時にほかの方の作品を読んでみると、最初から特殊設定ありきの世界の物語だったりするんですよ。それぞれのパターンに長所と短所があるでしょうが、これはうらやましいなと思って。要するにその世界では、吸血鬼が生きています、こういう生態ですと地の文で説明しちゃえば嘘にならない。どんなに突拍子もないことでも、読者はそれを信じて受け入れるし、登場人物はあたりまえの常識として行動している。

けれど読者にとっては特殊な価値観の世界での出来事だから、目から鱗の動機があったり、読者だけが気づけないことがある。僕が書いている三つ目のパターンの場合、うまくルールの説明をしないとアンフェアになってしまう。登場人物たちが気づかなかっただけで、実はもっと特殊な能力がありましたというのでは、読者が納得しない。そこは気をつけなきゃいけない。

『兇人邸』でも、殺人鬼がどういう能力をもっているのか、エピソードに盛り込まなきゃいけないと思っていたので表現の方法や書き方に気を使いました。

円堂◆ほかの作家の特殊設定ミステリは、けっこう読まれているんですか。

今村◆読んでいる方だと思います。

円堂◆先の座談会で相沢沙呼さんが『medium 霊媒探偵城塚翡翠』を書けたのは、ミステリファン以外にも届いた『屍人荘』のヒットがあったからだとご本人が話題にしていました。そのように自身の作品がきっかけになって、特殊設定ミステリが盛り上がりを見せていることをどう感じていますか。

今村◆『屍人荘』でミステリを初めて読みましたという読者がいるのが空恐ろしく思えるんですけど、同時に『屍人荘』以降に書かれた作品で影響を与えているのかもしれないという箇所を見つけたりするとうれしいというか。些細なことですけど、登場人物の名前が、すごく覚えやすいものになっていたりすると『屍人荘』の影響かなって思います。みんなどうにかしたかったんだけど、できなかったところにうまい方法を考えついたのが僕だったというのはうれしいです。館ものや「なんとかの殺人」とかが増えてきたのも、『屍人荘』が話題になったからみんな書き始めたのだというのではなく、書きたい人はたぶんたくさんいたと思うんですよ。でも、やっぱり時代の流れや読者のニーズの点で、編集者と打ち合わせをしても「もうちょっと違う形にしませんか」といわれた人もいるはず。そういう意味で、堂々と館ものやクローズドサークルものを書ける時代を引き寄せることができた点は、ちょっと自分を誇らしく思います。

　僕が読者だった頃、日常の謎をたくさん書いていた作家さんたちが今、こうしてバリバリの本格ミステリを出してきたことは、そういう方たちにとってもいい流れをつくることができたのかなと思えます。非常にうれしいです。

探偵役とワトソン役の関係性

円堂◆剣崎比留子シリーズ以外の仕事として、ドラマ『ネメシス』の脚本協力と小説がありましたけど、どういう形で作業をされたんですか。

今村◆お話をいただいた当初は、主演の広瀬すずさんと櫻井翔さんくらいしかキャストがわかっていなくて、ただ、この人たちを中心とした探偵事務所の物語である、終盤にかけてどんでん返しがあるけれども、それまで伏線をちりばめつつ、一話一話を作家さんにお任せしてつくっていただきたいといわれました。

円堂◆主要キャラクターや舞台は決まっていて、あとは物語をつくってくださいという感じですか。

今村◆そうです。あとは、各話で一名くらいずつサポートキャラクターが出てくるので、それをうまく書いてくださいという話でした。僕の場合、女医さんを一人出すのは決まっていました。僕はこれまで館ミステリの色合いが強かった作家ですから、まずは第一話でいかにも探偵事務所が関わりそうな金持ちの館でのミステリがいいので、ここをお願いしますということでした。第一話ですし、突拍子もない展開をする必要もない。探偵事務所の顔見せみたいな感じでやればいいのかなと思って、だいたいの物語の動きや、映像的に色とりどりの女性が出てくるシーンを撮りたいというイメージだけいただいて、こういう話にしようかと打ち合わせてから小説を書きました。

円堂◆　デビュー前に二次創作をしたことはあったんですか。

今村◆　いえ、まったくないですね。

円堂◆　別人が設定したキャラクターを書いたのは、これが初めてですか。

今村◆　そうですね。ただ、『屍人荘』の映画化の時に一話だけ、同作に出てくる明智恭介の短編を書いています。その時はすでに撮影は始まっていて、中村倫也さんが演じる明智恭介を僕はもう見ていて、葉村役の神木隆之介さんと中村倫也さんのかけあいというか、二人の関係性が強烈に頭に残っていたんでしょう。書いた短編を読んだ編集さんたちが「中村倫也にしか見えない」と。『屍人荘』を出した時はそうじゃなかった明智恭介が、役者さんを見たあとにそうとしか思えないふるまいを物語の中でしているのが自分でも面白いと思いました。その時に、モデルがいてその人たちならどういう台詞をいうだろうとか、こういうかけあいをするんじゃないかとイメージしながら書くのは面白いと思いました。だから『ネメシス』の話をいただいた時は、読んだ人たちが、頭の中で櫻井さんや広瀬さんを思い描けるように意識して書いたんです。『屍人荘』のシリーズとはテイストが違いますが、そのへんはかなり意識しました。

円堂◆　『ネメシス』の場合、ポンコツ探偵と天才すぎる助手という、通常の探偵役とワトソン役をひっくり返した関係性がポイントですけど、そもそも今村さんのこれまでの長編三作が、名探偵の剣崎比留子とよきワトソン役であろうとする葉村譲の関係性をシリーズで描いていました。ドラマで別パターンの組み合わせを書いてみて、探偵役とワトソン役の関係についてあらためて考えることはありましたか。

今村◆　映像と小説でやれること、得意なことが全然違うと感じました。自分が小説で書きたい探偵とワトソンの関係性をあまりくどくど映像でやり過ぎるとよくない。映像ではキャラクター性の方をしっかり描くべきだと思いますし、小説の『屍人荘』シリーズでの探偵役とワトソン役、比留子と葉村の関係性はキャラクターだけでは描けない要素がほしいと強く思っています。ワトソン役が探偵役をどう思っているから助け続けるんだという感情面だけではなく、どうしてその必要があるのかという必然性。二人が支え合わなければいけない必然性をうまく描きだしたいと思いました。

　比留子と葉村は性別が違いますから、どうしても二人でいる必要性を強烈に書こうとすると、恋愛要素が出てしまいそうになるんですけど、そばにいたいからだけではなく、ワトソン役がいなければ事件が解決しないというところまで、『兇人邸』では強く打ち出したかった。じゃあ二人の関係性がどうならなきゃいけないのか、どういう言葉を伝え合って、事件に挑まなければいけないのか。そこをはっきりさせるために、逆にそれを伝えられなかった人たちも書かなきゃいけないということで、複数のペアを『兇人邸』では出したんです。

　彼らが人生の中で後悔することがあっ

たから、それを目の当たりにした比留子はこの先どういう行動を選ぶか、どういう姿勢で事件に打ち込んでいくかをうまく伝えられたらと思って書きました。

円堂◆　今村さんがミステリの理想的な映像化だと思う作品はどれですか。

今村◆　二つのパターンがあって、みんながイメージするミステリだと、海外の作品『ナイブズ・アウト　名探偵と刃の館の秘密』ですかね。物語の途中で見える景色ががらっとかわる。ある種の特殊設定をオチまでうまく使っています。また、コメディタッチのドラマだと、東川篤哉さん原作の『謎解きはディナーのあとで』。もともとの短編の質が高いし、必要な要素の全てを押さえられているからこそ、映像化した時にうまく機能している。人間関係だけでなくミステリとしていいものができていると感じました。

円堂◆　今村さんは、短編は明智恭介ものの一本しか書いていないんですか。

今村◆　はい。東京創元社からいずれはという話はいただいているんですけど、僕の場合、やりたいことを詰め込みすぎるので、短編にならないというか。何か足りないんじゃないかと思って、つくっていくので、なかなか短い話がつくれない。つくる勇気が出ないんですよね。長編でためて、ためて、フルスイングすることしかやっていないので、手頃に楽しめるくらいの短編を書く術をもちあわせていないんです。肩の力を抜いて書ければいいんですけど、やれたことがない。

円堂◆　デビュー前にショートショートを一五〇本書いた話から、短編を書きたい欲があるのかなと思ったんですが。

今村◆　ミステリじゃなかったら書けると思うんです。自分の土俵じゃないし、このくらいのどんでん返しでという感じで書くなら書けますが、ミステリとなったら力が入ってしまう。

円堂◆　ミステリ以外を書く気は。

今村◆　今のところないですね。なかなか短編のアイデアがわいてこない。なんでもいいから物語にまとめてくださいというのだったら得意なんですけど。

円堂◆　最後に今後の予定を。

今村◆　東京創元社の剣崎比留子シリーズは今後も続きますが、いくつかの出版社さんと話をさせてもらいまして、シリーズ新作の前にそちらの仕事をはさむつもりです。そちらはシリーズになる可能性があるものと、おそらく単発のものと両方あります。雰囲気の違うものにしようと思っていて、片方は少し肩の力を抜いてどんどん読んでいけるもの、もう一つは完全な殺人事件の謎解きという感じではなく、子どもたちを主人公にしたちょっと冒険色の強いもの。ただ、どちらもミステリというところで、面白いロジックや謎解きを残していけるようにしようと考えています。

（十月四日　オンライン）

COLUMN

変格ミステリ作家クラブ事始

竹本健治

　2020年の8月13日、ツイッターで倉野憲比古さんが「『変格探偵作家クラブ』を立ち上げて、会長兼唯一の会員になるかな」とツイートしているのを見つけたのがすべての始まりだった。かねてから本格ミステリのメインストリームから遠く離れたところを歩いているのを自覚していた僕は、すかさず、では僕も加えてもらえませんか、ついては本格のほうにあわせて名称は「変格ミステリ作家クラブ」でどうでしょうと持ちかけ、了承を得て、めでたく創立あいなったのだった。

　以前から「いろは」の創作者ユニットの世話係をやっている僕は、同じ要領で要項も考えた。自作のアレって多分変格だよな、気がついたらついつい変なもの書いてるな、変なものが大好きだな、自分、もしかしたら変態だな、などの自覚症状をひとつでも持つ（いちおうプロの）物書きによる、当面何のノルマもない、メンバーを名乗れることだけが特典のユニット、である。ただ親睦を深めるだけでもいいけれど、何か目標があったほうがなおよかろうということで、ひとまずパノラマ島の建設を目指す、とした。どのみちお遊びなんだから、それくらいのことブチあげてもいいよね。

　するとすぐに積木鏡介さんが加わり、次に清水朔さん、そして篠田真由美さん……と、こちらからお誘いをかけたり、自ら参加希望があったりして、どんどんメンバーがふえていった。

　そうこうするうちに編集者の方がたからも協力したいという声があがり、とりわけ行舟文化の菊池篤さんから、変格ミステリのアンソロジーを編みませんか、という話を戴いたのは全く瓢箪から駒のなりゆきだった。クラブメンバーの方がたに偏愛する変格ミステリ短編を投票してもらうイベントを行なったりして、21年8月末に無事に『変格ミステリ傑作選【戦前篇】』を上梓できた。好評につき、戦後篇の準備も進行中で、その際、同じ投票イベントでクラブメンバーの方がたに協力を仰ぐ予定である。

　かくして21年11月現在、メンバー数は227名で、本格ミステリ作家クラブの会員数を超えているかと思う。会費無料の敷居の低さはあるにしても、少なくともみんな乱歩が好きだし、かつての変格探偵小説にほのかな郷愁を抱いている作家さんが多いことのあらわれではないだろうか。ということで、加入希望の方は是非お気軽にお声がけを。

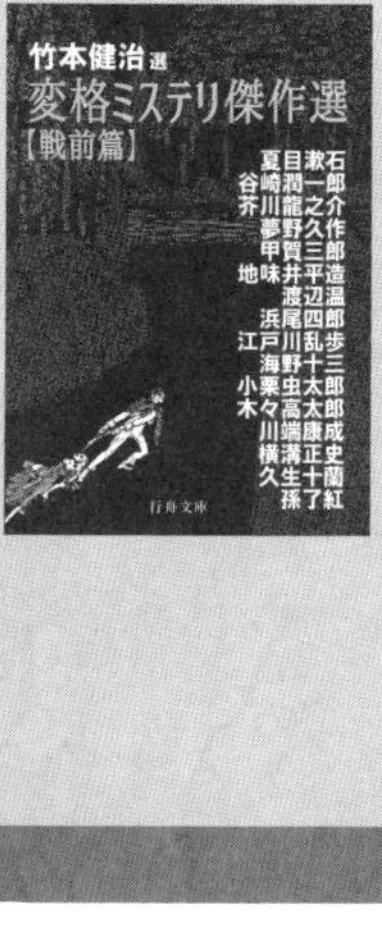

特集

「本格」の真髄は短編にあり！

探偵小説研究会によるテーマ別厳選「本格」短編ガイド

『2012本格本格ミステリ・ベスト10』で「新世紀本格短編オールベスト・ランキング」と銘打ちアンケート特集を行った。それから十年が経過。本格ミステリの定点観測を使命とする本書として、二〇一一年から二〇二〇年の期間の秀作短編を選定すべし、という機運が高まったのは当然のことといえよう。

この十年を振り返るにあたり、前回と同様にアンケートという手法が妥当かどうか議論となった。「新世紀」の際のベスト3は法月綸太郎「都市伝説パズル」、有栖川有栖「スイス時計の謎」、梓崎優「砂漠を走る船の道」。十年経った今でも記憶に残る短編であるわけだが、そこまで存在感のある短編が、この十年にあったか？　票が散るとランキングにならないという危惧もあり、今回はアンケートではなく、会員各位がテーマに沿って、この十年の本格短編を紹介する手法を取った（たとえ票割れとなっても、投票者の個性を楽しめるのでアンケートもありでは、との意見もあったことは付記しておく）。

当初は、「本格ミステリー・ワールド」（南雲堂）での「読者に勧める黄金の本格ミステリー」のような座談会形式で、十年間の作品を語り、十作ほどのベスト作品を選ぶことも考えたが、そこまで語れる者が残念ながらおらず、研究会員の衆知で乗り切ることとした。

まずは、本格ミステリ作家クラブの選集『ベスト本格ミステリ』（講談社）と『本格王』（講談社文庫）を手掛りに、この十年間の傾向を大づかみした（同選集収録作には書名の末尾二桁［12～21］を記した）。さらに漏れがないように、本書のランキングに入選した短編集や、日本推理作家協会編『ザ・ベストミステリーズ 推理小説年鑑』（講談社）にも目配りをしながら候補を選定した。そこから浮き出た十個のテーマに対して、各担当者が作品を選んで執筆した。「こんなテーマがあったのでは？」「なぜこの作品がない？」などご意見も出ようが、議論が盛り上がることは大歓迎。探偵小説研究会選の百編、ご評価願いたい。（廣澤）

フーダニット、ホワイダニット、ホワットダニット

論理遊戯ミステリ10選

　本稿ではロジックを主軸とした本格作品を紹介したい。消去法による犯人の推定や、推理の過程でなんらかの飛躍を見せる論理のアクロバットと呼ばれるもの。ダイイングメッセージもの。それに推論を積み重ねることで事件の様相が変化していくタイプなどだ。部分的にハウダニットが組み込まれることも多く、厳密な線引きは難しいことは承知の上で、論理遊戯の傾向が強い作品を選出した。

　まずは消去法による犯人あて。王道のようだが、簡単すぎては意味がないし、推論の過程に少しでも無理があれば納得感が薄れる。フェアネスと意外性の両立は並大抵の難しさではない。

　麻耶雄嵩「**紅葉の錦**」（『あなたも名探偵』所収）はその困難に挑戦した作品で、「ミステリーズ！」誌上における読者参加型の犯人あてミステリ競作企画の一編。先に被害者を消去法で絞り込まなければ犯人が判明しないというひねり方もさることながら、被害者特定の過程で別の消去法を割り込ませてロジックを複雑にする凝った構成が好ましい。それでいて物語に大きな罠を仕掛け、かつとんでもないオチをさらりと決めてみせるのには脱帽だ。

　天野暁月「**何かが足りない方程式**」（17）も、ロジックの面白さを堪能できる一作。和歌山のホテルに逗留を続けている推理作家の朝野のもとに、千年万年探偵事務所の丹町亀弥と名乗る奇妙な男があらわれる。やがて支配人の不倫相手が殺され、調査に乗り出した丹町の口から濃密な推理が繰り広げられる。犯行計画は極めて入り組んでおり、大方の読者の想像を超えるはずだ。全貌が明らかになったときには啞然とせざるを得ない。シリーズの単行本化が待たれる。

　続いて、大山誠一郎「**時計屋探偵と多すぎる証人のアリバイ**」（20）を紹介しよう。河川敷で見つかった、灯油で焼かれた死体。被害者は衆議院議員秘書だった。彼に弱みを握られ、脅されていたらしい議員が容疑者として浮かぶ。だが、容疑者は犯行があったと思われる日時に政治資金パーティーに出席していた。会場にいた五百人が証言する鉄壁のアリバイはいかに崩されるのか。トリックを中心に組み立てられた作品だが、優れた着眼点から複雑な犯行計画を解き明かしていく過程が見事で、論理遊戯の歓びを大いに満たしてくれる。

　櫻田智也「**彼方の甲虫**」は、ある青年の死を巡って、周到に配置された手がかりから繰り広げられる逆説的なロジックが見物。事象の切り取り方により読者の前に複数の解釈が入れ替わりあらわれるのは、亜愛一郎の系譜に連なる茫洋とした名探偵魞沢泉の面目躍如たるものがある。ひいては人間の解釈は一様のものではあり得ないという奥深さをも感じさせる豊かな筆致で、本作を含む『蟬かえる』が、第74回日本推理作家協会賞長編および連作短編集部門と第21回本格ミステリ

大賞をダブル受賞したのも納得だ。収録作いずれも極めてレベルが高く、一冊を通して読むことでさらに味わいは深まる。

白井智之「**ちびまんとジャンボ**」(『ミステリー・オーバードーズ』所収、19)はひねりの効いた論理が読みどころの好短編。大日本フナムシ食い王決定戦の会場で、フードファイターちびまんが死亡した。誰かがフナムシのバケツに毒を入れたのだ。イベントを主催したもぐもぐ興業の役員三兄弟は殺人、食人なんでもござれの怪人物。彼らに脅されたイベント司会者肉汁すすむはいやいや殺人の謎を解く任に就く。全編ゲロにまみれた露悪的な筆致は好き嫌いが分かれるかもしれないが、本格としての骨格は揺るぎない。

青崎有吾の「**髪の短くなった死体**」(『ノッキンオン・ロックドドア』所収、15)も、ロジックの用い方に工夫が見られて楽しい。不可能と不可解、それぞれの解明を専門とする探偵二人組が謎に挑むシリーズで、本作で取り上げられるのは「なぜ犯人は死体の髪を切り、それを現場から持ち去ったか」という謎。HOWとWHYを二人の探偵に分担させて時にそれぞれのキャラクターの主客を転じることで謎と解決を多面的に見せる構造が優れている。

方丈貴恵「**アミュレット・ホテル**」(21)も、たくらみに満ちた作品だ。全室がスイート、一般客は立ち入り不可というアミュレット・ホテル別館で殺人事件が発生した。被害者は悪名高い強請屋で、遺体はホテルの上客にして詐欺グループのボスの部屋で発見された。事件を内々に処理するため、ホテル探偵桐生が立ち上がる。推理を進めていくうち、事件の様相が大きく変化していく凝った構成が魅力だ。

さて、ダイイングメッセージものは、飛躍した論理の代表格とみなせるだろう。深木章子「**犯人は私だ!**」(『交換殺人はいかが?』所収、14)が凝っているのは、ダイイングメッセージが犯人を示すパターンを採用していないことだ。犯人はすぐに逮捕されるのだが、残された血文字との関連はわからないままなのである。語り手の老刑事の疑問を解消するのは、小学生である彼の孫。不可解な血文字の自然な解釈から隠された事実が浮かび上がる様にはうならされる。

西澤保彦「**恋文**」(『さよならは明日の約束』所収)は、わずかな手がかりからディスカッションによって推理を広げていくタイプのミステリ。ロジックを重視する点では同じでも、消去法とは対極にあると言えるのではないだろうか。本に挟まれていた古い手紙を巡って二転三転する物語の綾が秀逸な一作で、第67回日本推理作家協会賞短編部門候補となった。シリーズ続編の『夢の迷い路』もおすすめ。

城平京「**虚構推理　ヌシの大蛇は聞いていた**」(『虚構推理短編集 岩永琴子の出現』所収、18)も、ディスカッション型。幼いころに人とあやかしをつなぐ知恵の神となる運命を背負った少女、岩永琴子は、山奥に数百年棲まう大蛇から相談を持ちかけられる。山奥の沼で他殺死体が発見され、早々に身元も判明、犯人も逮捕されるに至った。だが、どうも犯人に死体隠蔽の意図があったようには思えない。その行動理由は何か。想定外の結論に至るまで、論理の空中楼閣を築いてみせる筆運びは圧巻だ。(松本)

とりどりの花ありてこそ野は楽し

技巧派ミステリ作品10選

ミステリでは読者を欺くため様々な技巧が用いられる。その代表例としては叙述トリックがあろうが、これなどは明かして紹介できないものだ。そこでそうした仕掛けのあるものや、思わず「うまい！」と膝を打つものまで含めて幅広く「技巧派」として取り上げることとした。

紹介の難しさを考えさせられるのが澤村伊智**「笛を吹く家」**（「小説現代」二〇二〇年九月号）である。本編は『本格王二〇二一』（講談社文庫）に採録されたが、同書の「Message From Author」で澤村は、本編は掲載誌で「数ある物件怪談の一つと思わせることでサプライズの効果を上げる意図」だったので選集に採られるのは「『ブチ壊し』に近い」と嘆いている。それでも澤村は「読まれる機会が増えた方がいい」と考えて掲載を快諾。その言葉に甘えて筆者も本企画で取り上げた。作者が夫婦と息子の三人で近所を散歩した体験を元にした作品を玩味して頂きたい（可能であれば掲載誌を探し、作者本来の狙いを実感して欲しい）。

そう考えると米澤穂信**「死人宿」**は語りやすい作品といえようか。拾われた遺書を解読して、温泉宿の宿泊客の中から自殺志願者を捜し出す。遺書の言葉から書き手を炙り出すのは米澤の自家薬籠中の手法である。本編は二〇一四年のミステリランキングを総ナメした短編集『満願』の収録作。表題作が語られがちだが、本編はじめ各編粒ぞろいである。

長岡弘樹は、各種選集の常連である。その数ある佳品の中から今回は**「最後の良薬」**（『白衣の嘘』所収、15）を選んだが、時間を経ると別のものになるかもしれない。それだけ各編のレベルが高いのである。終末期医療患者のケアに初めて取り組む主人公に対して、ベテラン医師が「同じような不安を体験したという仲間意識はとても患者に効く良薬なんだ」と助言を与える。アドバイスが奏功したのか、患者は安らかに死を迎えることが出来たが……結末にあたって、医師の言葉が全く別の意味を持っていたことが分かり、驚かされるのである。

短編の場合、5W1Hの中で「ホワイ」がメインになることが多いのは限られた枚数の中で切れ味鋭く語るのに適したテーマだからだろう。**「掟上今日子の乗車券 第二枚 山麓オーベルジュ『ゆきどけ』」**（『掟上今日子の乗車券』所収、18）では、一日ごとに記憶がリセットされる忘却探偵・掟上今日子が、大学受験を控えた兄が最愛の妹を殺したという「動機マイナスの殺人」に挑む。兄は、最初大学を受験していたと主張するが、それが替え玉受験だったことが露見して、アリバイは崩れる。動機を解き明かす今日子の逆説的な論理は鮮やかである。

意外な動機、という点では西澤保彦**「もう誰も使わない」**（「小説幻冬」二〇一六年十一月号、17）も印象深い。駐車した車の中から絞殺死体が発見されるという、無差別連続殺人犯の意外な動機に驚かされる一方、その動機に説得力を持たせるため、具体的なエピソードを積み重ねて読者を納得させる西澤の手腕にも注目である（それは泡坂妻夫が亜愛一郎シリーズ等で用いた技巧を想起させる）。

泡坂妻夫と同じ雑誌「幻影城」出身作家である連城三紀彦を連想させるのが芦沢央「**許されようとは思いません**」（同題の短編集所収、15）である。本編の主人公の祖母は殺人犯であった。周囲に迷惑をかける曾祖父を殺害した祖母は、集落での付き合いを断たれ、死した後も墓におさめられた骨壺が掘り返されて放置される仕打ちにあった。改めて骨をおさめるべく恋人と集落を訪れた主人公は殺人について「許されようとは思いません」と供述した祖母の真意に気づく。連城の短編を思わせる「構図の反転」と「驚天動地のホワイダニット」（いずれもby浅木原忍）を兼ね備えた逸品である。

若竹七海「**静かな炎天**」（同題の短編集所収）は、5W1Hでいえば「ホワット」がメインの作品。女性私立探偵葉村晶のシリーズの一編。葉村は人の監視を依頼され、それがあっさり片付いたかと思うと、次の依頼が飛び込んでくる。それが解決すると、さらに次が。葉村は不運が売り物（？）のキャラだが、それが嘘のような幸運ぶりだ。しかし、葉村は依頼の連鎖にひとつの意思を感じ取り、黒幕と思われる人物に問いかける。その一言が衝撃的なのである。

不運という意味では、深水黎一郎の中編「**ストラディヴァリウスを上手に盗む方法**」（『最高の盗難』所収）は四〇〇字詰原稿用紙換算で百枚を超える分量が妨げとなり、選集等で目に触れることがなかったことから、今回取り上げた。深水が生み出した芸術探偵・神泉寺瞬一郎がコンサート会場から消えたヴァイオリンの名器ストラディヴァリウスの行方を追う。神泉寺が語る蘊蓄が芸術探偵シリーズの魅力であるが、その発言は消失トリックの伏線として機能している。物語は、主に探偵側の視点で描かれるが、時々犯人側に視点が切り替わる。これが効果的で、犯人がいかに上手に盗んだかがじっくりと描かれ、読者もその場面に手に汗を握るのである。

岡崎琢磨「**夜《よ》半《わ》のちぎり**」（『新鮮THEどんでん返し』所収、18）では、新婚旅行でシンガポールへ出た主人公は、同じようにハネムーン中の元カノと遭遇する。昔の恋人との逢瀬を楽しむ間に、妻は殺害され、その右の耳たぶは噛みちぎられていた。「どんでん返し」をテーマとした依頼を受けて執筆されたものだけに意外性は抜群。舞台をシンガポールとした作者の真意はラストで明らかになる。

歌野晶午「**舞姫**」（15）は、パリで働く日本人男性がパリジャンと恋愛して、という森鷗外「舞姫」を意識させる物語が展開する。鷗外作品を想起させる題名やヒロインのフランソワーズというネーミングが読者を巧みにあるイメージへと誤導していく。本編は、その後『ずっとあなたが好きだった』に収録されるが、この短編集は恋愛小説集と誤解されたかランキング等には登場しなかったのだが、良質のミステリ短編集なので未読であれば手に取って欲しい。（廣澤）

神様から透明人間まで

特殊設定ミステリ10選

ここ十年間の本格ミステリ界の状況を俯瞰する上で、欠かせないのが「特殊設定ミステリ」の流行だ。『本格ミステリ・ベスト10』の読者に詳しく説明する必要はないだろうが、幽霊や宇宙人やゾンビの存在を前提にしたり、現実にはまだ存在していない科学技術が登場するなど、スーパーナチュラルな要素を謎解きの前提とするタイプのミステリであり、ＳＦやホラーやファンタジーなどのジャンルとの融合形態を取ることが多い。

ただ、ひとくちに特殊設定といっても、全く現実世界から乖離したメルヘン的、ファンタジー的な異世界を舞台にしたものと、ある程度までは現実の世界を背景としつつ、そこにさまざまなスーパーナチュラルな要素を同居させたものとがある。今回選んだ十作品のうち、前者に属するものは二作ある。

北山猛邦「**終《つい》の童話**」（『私たちが星座を盗んだ理由』所収）は、突然「石喰い」という怪物に襲撃されるようになった村が舞台。それに捕まった村人は石像になってしまう。石喰いは退治されたが、本当の悲劇はその後に始まった……。石像を何のために破壊するのかというホワイダニットの興味を軸に、胸を抉るような悲痛な物語が繰り広げられる。

もう一作、明神しじま「**あれは子どものための歌**」（同題短編集所収予定、14）も異世界が舞台だ。自分の父親を救うため、声を失うことと引き替えに、謎の老女からどんな賭けにも絶対負けない力を授かったエミリア。彼女の前にフェイという男が現れ、ある賭けを申し出る。悲哀に満ちた作品世界と、謎解きによって齎《もたら》されるカタルシスとが印象的だ。

この二作に対し、鳥飼否宇「**墓守ラクパ・ギャルポの誉れ**」（『死と砂時計』所収、13）は一応は私たちが住む現実と地続きではあるものの、世界中から死刑囚が集められた「終末監獄」が舞台となっている。その囚人たちの中でも特に変人として知られるギャルポは墓掘りを担当していたが、その彼に、死刑囚の遺体を食べているのではという噂が立つ。ギャルポの奇妙な振る舞いがすべて筋道立って説明される謎解きが圧巻だ。本作を含む連作短編集『死と砂時計』は本格ミステリ大賞を受賞している。

もう一作、本格ミステリ大賞を受賞した連作短編集の中から選んだのが麻耶雄嵩「**バレンタイン昔語り**」（『さよなら神様』所収、13）であり、連作の第四話にあたる。桑町淳のクラスに転校してきた鈴木は、自ら全能の唯一神と称し、周囲で起きた殺人事件の犯人を推理もなしに言い当ててきた。だが今回、二年前に変死したクラスメイトを殺した犯人の名を桑町が尋ねたところ、鈴木の託宣に出てきた犯人の名は聞いたこともない人物のものだった……。鈴木は神であり、従って彼が告げる犯人は絶対外れない……という前提で繰り広げられるねじれたロジックはもはや邪悪ですらあり、著者の本領発揮の一編となっている。

　山白朝子「**世界で一番、みじかい小説**」（『私の頭が正常であったなら』所収）に登場するのは幽霊である。ある夫婦が住むマンションに見知らぬ男の幽霊が現れた。夫は、理系の合理主義者である妻は幽霊の存在など認めないだろうと考えるが、意外にも妻は、幽霊の実在を前提とした上で調査を開始した……。最後に明かされる「幽霊が主人公夫婦に憑依した理由」がとにかく衝撃的だ。幽霊が登場する本格ミステリとしては最高レヴェルと言えるのではないか。

　榊林銘「**十五秒**」（『あと十五秒で死ぬ』所収）では、ある薬剤師が背後から何者かに銃撃される。絶命の直前、彼女はいきなり現れた死神から十五秒の余命を与えられた。その十五秒を使って、彼女は犯人にどう反撃するのか？　被害者と犯人の緻密かつ風変わりな頭脳戦を描いたこの作品は、ドラマ化もされるほどの人気作となった。

　こうして神様、幽霊、死神……と並べてみると、一応は世間で信仰されていたり畏怖されていたりする対象が特殊設定に組み込まれているわけだが、白井智之「**少女が町に降ってくる**」（『少女を殺す100の方法』所収）で描かれるような怪現象は、世界中どこを探しても存在しないだろう。その集落では一年に一度、空から裸の少女たちが降ってくる。もちろん地面に激突してみんな死んでしまうのだが、ある時、その中にいた生存者が、運び込まれた病院で何者かに殺され、右腕を切断されていた。あまりにもアクの強い作品世界と、ロジカルな謎解きのギャップに驚かされる一編だ。

　二〇〇〇～二〇一〇年代にはデスゲーム系のフィクションが流行ったけれども、乾くるみ「**ラッキーセブン**」（『セブン』および『ジグソーパズル48』所収、13）もその系譜に属する作品だ。女子高で七人の生徒たちが、七枚のトランプのカードを用いたゲームに興じていた。ところが、七人のうちの一人が悪魔と契約したせいで、その中の一人しか生き残れないデスゲームに突入してしまう。一見シンプルなゲームを、裏の裏を読まなければならない緊迫した心理戦へと変貌させる手際が読みどころである。

　最後に、特殊設定を犯行計画に組み込んだ変則的倒叙ミステリを二作並べてみた。まず阿津川辰海「**透明人間は密室に潜む**」（同題短編集所収）は、人間が透明になる「透明人間病」が流行っている世界を舞台に、その病に冒された女性が殺人を決行する。しかしその直後、部屋の扉の外に人が現れ、彼女は密室状態の現場に閉じ込められてしまった……。透明人間になったら何が可能で何が不可能かを徹底的に追求した点がユニークであり、思いがけない角度からのどんでん返しも冴えている。

　もう一編の青柳碧人「**消せない指紋**」（日本文藝家協会・編『現代の小説２０２１　短篇ベストコレクション』所収）は、人工皮膚や動物の皮膚を人間に移植可能とする「アップリケ細胞」が発明された近未来を舞台とした作品。この技術を悪用して殺人を犯したと思しき男のもとに、被害者の妹が現れて罪を暴こうとするが、相手は隙を見せず……。完全犯罪計画の綻びはどこに存在したのか？　切れ味鋭いラストに至るまで間然するところのない逸品である。（千街）

学園は謎だらけ

学園・青春ミステリ10選

学校は画一的なイメージがあるが、実際は様々な価値観を持った人間がひしめく場でもある。このような場を本格ミステリが見逃すはずはない。本稿では学校に関わる場所を舞台にして、生徒や教師が活躍するタイプの作品を紹介しよう。

学園ものではいじめ問題が描かれることが多いが、中でも中田永一「**宗像くんと万年筆事件**」は（乙一ほか『メアリー・スーを殺して』所収、13）その推理の見事さで魅せる。小学校で万年筆を盗んだ疑いをかけられていじめに遭う児童を、同級生の宗像くんが論理の力で救おうとする。宗像くん自身も問題を抱えていることが明らかになっていくが、同調圧力に屈することなく、客観的な証拠から推理を組み上げていく姿は感動的だ。

相沢沙呼「**狼少女の帰還**」（『卯月の雪のレター・レター』所収、14）にも嘘つき呼ばわりされて苦しい立場に立たされる小学生が登場する。ただし、こちらで真相を突き止めようとするのは教育実習生。実習生は児童でも教師でもない立場にあるが、本作ではその不安定さが謎解きと最後の決断を一層鮮明にしており、爽やかな印象を残す。

澤村伊智「**学校は死の匂い**」（『などらきの首』所収）は学校の怪談もの。雨の日になると体育館に現れ、キャットウォークから転落して消える白い少女。うわさでは、かつて自殺した生徒の幽霊だといわれていたが、転落を繰り返す幽霊の行動にはどこか違和感があった。ホラー色が強いが、冒頭から綿密に書き込まれた伏線が次々とロジックに組み込まれ、少女の死の真相に至る過程は本格ミステリの醍醐味を感じさせる。

芦沢央「**埋め合わせ**」（『汚れた手をそこで拭かない』所収）は、小学校教師を主役とする倒叙もの。不注意でプールの排水バルブを閉め忘れた教師がミスを隠蔽すべく策を練る。別の小学校で同種のミスが起きた際の損害額から、今回の損害額を約十三万円と割り出すなど、なかなかにせせこましい姿が描かれていくが、最後の展開も予想以上にせせこましいため、妙な一貫性と納得感がある。

ここからは高校を舞台にした作品を紹介しよう。初野晴「**理由ありの旧校舎**」（『惑星カロン』所収、15）は〈ハルチカ〉シリーズの一作。本作の舞台は、文系部活動の部室として使われている旧校舎。ある日、どういうわけか旧校舎の窓や扉が一つ残らず全開になっていた。その後、校舎内には荒らされた形跡もなく、何かが盗まれたということもないことが判明し、誰が、何の目的でこのようなことを起こしたのかが謎となる。真相が明かされたとき、これもある意味で青春の一形態だということが理解されるだろう。

米澤穂信の学園ものといえば〈古典部〉シリーズがあるが、ここでは同著者の〈小市民シリーズ〉から「**伯林あげぱんの謎**」（『巴里マカロンの謎』所収）をおすすめしたい。新聞部では、ドイツパン店の記事の担当者を、現地で実際におこなわれているというゲームで決めようとしていた。通常のあげぱんとマスタード入りのあげぱんを混ぜておき、ロシアン・ルーレットにするというものである。しかし、部員全員が「おいしい」という事態が発生、偶然居合わせた小鳩常悟郎が謎解きを依頼される。短編としては長めだが、その分、多くの角度から検証がなされ、その都度意外な展開になるのが上手い。読了後、実際に何が起きたのかを想像するのも楽しい一作である。

長沢樹「**恋ヶ窪スワントーン・ラブ**」（『上石神井さよならレボリューション』所収）は、高校生探偵が大学の学園祭で起きた事件に挑む少し変わった一作。野鳥観察が趣味の女子高生が、「これも鳥の一種」と入れ込んでいる学生プロレスラー「ワイルド・スワン」。スワンが所属するサークルは、安全を最優先に、ギャラリーを楽しませることをモットーとしていた。しかし、学園祭での試合後、スワンが負傷してしまう。本人は階段から転落したと言うが、それにしては現場の状況がおかしかった。学生サークルならではのドタバタが楽しいが、その間にしっかりと伏線が描き込まれているので油断は禁物。状況を上手く使った工夫が随所に光る作品である。

通学路にも謎はある。青崎有吾「**早朝始発の殺風景**」（『早朝始発の殺風景』所収、17）は、通学途中の電車内というワンシチュエーションで展開する切れ味のよい一作。五時三十五分発の始発列車に乗り込んだところ、クラスメイトが一人ぽつんと座っていた。彼女はなぜこんな早い電車に乗っているのだろうか。疑問を感じていると、彼女の方から声をかけてきた。「ワイシャツの首の裏側、見せて」。ここから二人の推理合戦が始まる。電車内で派手な事件が起こるわけではないが、些細な言動から推理が展開されていき、予想外の光景が描かれていく過程は読んでいて心地よい。

降田天「**顔**」（21）も通学途中での謎を扱っている。水王高校ではテニス部のエース・池渕亮を取材したドキュメンタリーが作られていた。その内容は、インターハイ出場の立役者となった池渕が、実は下校途中に地下鉄内で殺傷事件に巻き込まれ、選手生命に関わる怪我をしていたという内容である。ドキュメンタリーは生徒にも評判だったが、しかし、そこには大きな嘘があった。ドキュメンタリーの「嘘」をめぐって展開されるストーリーは、登場人物たちの心理のゆらぎとも密接に関わりながら進んでいく。ひどくビターでありながらも明るさを感じさせるエンディングが忘れ難い。

井上真偽「**青い告白**」（「小説推理」二〇一九年二月号）もビターな味わいがあるが、それだけに止まらないところが見どころ。岬から投身自殺をしたとされる生徒の謎に二人の高校生が挑む。推理の密度は紹介した十作品のなかで随一で、その間の二人のやりとりもスムーズだが、謎解き以外の部分になると途端にコミュニケーションがたどたどしくなるのがもどかしくもあり、微笑ましくもある。ラストシーンでタイトルの謎が回収されたとき、本作が良質な本格ミステリであると同時に不器用な恋愛を描いた青春小説でもあることに気付かされるだろう。（諸岡）

ギャグで笑い、奇想に笑い、お約束を笑え

ユーモアミステリ10選

本格ミステリには、人の死を遊戯的に扱っているという倫理的な批判が昔からつきまとう。その批判の是非はさておき、本格ミステリもやはりシリアスな作風の作品に評価が集まりがちだが、さりとてバカミスというジャンルが確立されているように、シリアスな本格ミステリがあればこそ、笑える本格ミステリの存在も際立つというものだ。

ユーモアの中に伏線を隠す油断のならない作品もあれば、本格ミステリのお約束を弄り倒すギャグもあり。シリアスな作品であっても、明かされた真相に思わず笑ってしまったという経験は誰しもあるだろう。

本稿では「ユーモアミステリ」の幅を広めに取って、ユーモラスな作風の正統派、トンデモない発想に笑ってしまう奇想系、お約束弄りのメタ系の三種に分け、十編を紹介していこう。

まずは正統派のユーモア系から。本邦ユーモア本格のトップランナーが東川篤哉であることに異論を挟む者はいないだろう。殊に『謎解きはディナーのあとで』のメガヒット以降、作品の大半が短編連作であるため、その中から短編一作を選ぶのは至難の業。なので、ここは素直に日本推理作家協会賞候補作「**ゆるキャラはなぜ殺される**」（『探偵さえいなければ』所収）を挙げておこう。着ぐるみの特性を活かした二転三転のロジックとトリック、鮮烈なオチまでお手本のようなパズラーである。「烏賊神家の一族の殺人」（『私の嫌いな探偵』所収）に登場したイカの着ぐるみ・剣崎マイカが再登場し、事件を解決する探偵役が作品によって変わるという烏賊川市シリーズの魅力も味わえマイカ？

東川作品からはもう一作、熱烈な広島東洋カープファンである著者のプロ野球愛が炸裂する「**カープレッドよりも真っ赤な嘘**」（『野球が好きすぎて』所収、18）も取り上げたい。野球ファンなら思わず笑ってしまう小ネタをフィーチャーした謎解きもさることながら、そこから不意打ちのように現れるサプライズが見事だ。同書収録の「パットン見立て殺人」は発表が二〇二一年だったため本企画の対象外だったが、こちらもプロ野球ファンなら笑わずにいられない傑作。

意外なユーモアミステリの書き手といえば貴志祐介。『悪の教典』の殺戮パートでの笑うに笑えないギャグが示すように、ときどきびっくりするような脱力系ギャグを放ってくるので油断ならない。「**密室劇場**」（『鍵のかかった部屋』所収、12）は「犬のみぞ知る」（『狐火の家』所収）に続く《防犯探偵・榎本》シリーズのギャグ枠短編。密室状況からの脱出トリックも意表を突いたものだが、それに映像で説得力を持たせてみせたテレビドラマ版が素晴らしい出来だった。

ユーモアはただ笑わせるだけが芸ではない。第二短編集『蟬かえる』で日本推理作家協会賞と本格ミステリ大賞をダブ

ル受賞した櫻田智也の本領は、切実な動機がやるせない余韻を残す作風にあるだろうが、デビュー作「**サーチライトと誘蛾灯**」（同題短編集所収）の泡坂妻夫リスペクトに溢れたユーモアセンスも忘れてはならない。名探偵・魞沢泉《えりさわせん》のすっとぼけたキャラクターは、後に開花する切ない作風を効果的に引き立てている。

　続いては「なんじゃそりゃ！」という奇想に思わず笑ってしまう作品三連発。田中啓文「**怪獣惑星キンゴジ**」（『宇宙探偵ノーグレイ』所収）は、怪獣を展示する怪獣ランドで起きた殺怪獣事件を捜査する、『２０１０年代ＳＦ傑作選』（ハヤカワ文庫ＪＡ）にも採られたＳＦミステリ。バカな設定で大真面目にミステリをやる展開に笑い、連作シリーズのはずなのにあり得ない衝撃のオチに唖然としてほしい。

　今年、第一短編集『あと十五秒で死ぬ』で衝撃の単行本デビューを果たした榊林銘の単行本未収録作「**たのしい学習麻雀**」（「ミステリーズ！Ｖｏｌ．86」掲載）は、「麻雀のルールを全て忘れてしまった男は、対局中にルールを全て推理できるのか――」というあらすじで笑ってしまった人なら、中身はそれ以上に爆笑必至の大傑作。見慣れた麻雀が謎のゲームに変貌する認識異化効果が素晴らしい。

　笑いは笑いでも引き攣った笑いが漏れる、ブラックというかブラウンというべきか、とにかく想像するだに嫌すぎるのが、白井智之「**げろがげり、げりがげろ**」（『ミステリー・オーバードーズ』所収）。タイトルからして嫌な予感しかしないと思った貴方は正解である。このアイデアをここまで具体的に描かれてしまっては、もう笑う以外にどうしろというのか。特殊設定ミステリとして収録短編集内でもベストを争う傑作なのが余計に嫌すぎる逸品。

　最後はメタ系三連発。深水黎一郎「**現場の見取り図**」（『大癋見《おおべしみ》警部の事件簿』所収）は、ミステリのお約束を弄り倒して本格ミステリ大賞の「評論・研究部門」にノミネートされた大癋見警部シリーズの記念すべき（？）発表順の第一作。見取り図がついているとテンションが上がる、という本格ファンは多いだろうが、そんなテンションを鼻で笑うようなトリックが炸裂する。こんなバカなネタにきっちりと丁寧な伏線が張られていること自体に脱力しながら笑うしかない。

　宮内悠介「**法則**」（『超動く家にて』所収）は、アンソロジー『20の短編小説』（朝日文庫）初出の、ヴァン・ダインの二十則をネタにした爆笑作。ある法則が支配する世界をシミュレートするというＳＦらしいアイデアをミステリのお約束と組み合わせることで生まれる、異様なロジックを堪能してほしい。

　最後は鬼才・野﨑まどの超絶クローズドサークルミステリ「**首狩島容疑者十七万人殺人事件**」（『独創短編シリーズ 野﨑まど劇場』所収）。過剰なミステリガジェットが生み出す逆説的なロジックから導き出された意外性溢れる動機が、本格ミステリの様式美の必然性に対する高度な批評性を持つという豪腕が云々などという評言を読んでいる暇があったらさっさと読みにいくべきである。このバカミス史に特記されるべき大傑作がなぜ没作品なのか理解に苦しむ。ミステリファンならこの一作のために収録短編集を買って損はしないと保証しよう。（浅木原）

新本格と社会派の関係をめぐって

社会派本格ミステリ10選

綾辻行人『十角館の殺人』（一九八七）で登場人物の一人エラリィが、自分にとってミステリは「あくまで知的な遊びの一つ」であり「小説という形式を使った、読者対名探偵、読者対作者の刺激的な論理の遊び《ゲーム》——それ以上でもそれ以下でもない」と高らかに宣言している。これは、いわゆる新本格派のマニフェストと見なされ、たびたび引用されてきた。エラリィは続けて「〝社会派〟式のリアリズム云々は、もうまっぴら」だと主張する。これはアンチ社会派宣言として捉えられ、新本格と社会派は相容れないものという共通認識が成立した。

エラリィの言葉は、作中の登場人物の台詞であり、それがそのまま作者の認識と同じということにはならない。ただ、初期の新本格ミステリはエラリィの言う「名探偵、大邸宅、怪しげな住人たち、血みどろの惨劇、不可能犯罪、破天荒な大トリック」などのガジェットを多用してきたことに加え、新本格対社会派という二項対立は分かりやすいこともあって、新本格のマニュフェストという認識が定着したように思う。

かつての、いわゆる社会派は巨悪の告発や社会制度の構造的矛盾を告発することが、主要なモチーフだったといえるだろう。『十角館の殺人』が登場して以降、ガジェットに囚われたかのようなマニエリスム作品が書かれるのと並行して、いわゆる日常の謎を主軸に据えた作品が書かれ始めた。〈日常の謎〉派は、社会的矛盾が巨悪の問題としてではなく、私たち自身の問題として捉えることを可能にする契機を作った。社会的弱者をあぶり出すことで社会を告発しているかのような作品が見られるようになった。社会的弱者という〈見えない人〉を推理によって見えるようにした功績は大きい。社会派の登場は動機の社会性を重視する流れを生み出したが、新本格以降の、中でも〈日常の謎〉派と呼ばれる作風は、それを引き継いでいる。

こうした傾向が二〇一一年以降の十年の間に増えたかどうかという点については、いまだ検証の必要がある。ここでは年鑑アンソロジーに収録された作品を中心に、社会派と見なせるような作品、社会派的な要素がプロットと骨がらみとなっている作品を、主としてピックアップしている。もっとも、その時々の社会的事象や風俗を取り上げただけなら紹介も容易なのだが、本格の手法で社会的事象をあぶり出していく／事象があぶり出されていくタイプの作品になると、どのような社会的問題が絡んでくるかを書いただけで、ネタバレになってしまうのが悩ましい（東野圭吾『容疑者Xの献身』における〈見えない人〉問題を思い出してほしい）。というわけで以下の記述は、隔靴掻痒の感があるかもしれないが、ご容赦いただければ幸いである。

現代社会における家族関係を問題と

して剔抉しているものとして天祢涼「**父の葬式**」（『葬式組曲』所収）、里見蘭「**絆のふたり**」（13）、加納朋子「**座敷童と兎と亀と**」（『トオリヌケ キンシ』所収）、友井羊「**琵琶の種**」（『特選THEどんでん返し』所収、19）などがある。もっとも「琵琶の種」は社会的スティグマと共同体復帰という問題も内在させているし、「座敷童と兎と亀と」は独居老人や認知症などの高齢者問題とも絡んでくる。『葬式組曲』に描かれる直葬（架空の葬儀法）などは、コロナ禍における葬式のありようによって、現実がフィクションに追いついてしまった感があり、作者にとっても読者にとっても予想外ではなかったか。

ＪＲ福知山線脱線事故を扱った青崎有吾「**加速してゆく**」（『平成ストライク』所収）は、脱線事故だけでなく、近年ますます前景化してきたある社会的トピックがミステリ的驚きと結びついている。ハリイ・ケメルマン「九マイルは遠すぎる」を思わせる米澤穂信「**真実の10メートル手前**」も、最近問題となったある事件を見出さずにはいられない。ちなみに太刀洗万智の短編をまとめた同題作品集は、社会派的要素の強い秀作揃い。同じことは、井上真偽の作品集『ベーシックインカム』にもいえる。そこから『ベスト本格ミステリ２０１７』に採られた「**言の葉《コトノハ》の子ら**」をあげておこう。言葉による謎解きという点では「真実の10メートル手前」と共通しているが、ここでは明記できないある社会的なトピックを扱っている点でも見逃せない。

無認可保育所を事件の舞台とする櫛木理宇「**夜に落ちる**」（20）や、助産婦が出張先で出会った事件を描く青井夏海「**払ってください**」（『赤ちゃんはまだ夢の中』所収、12）は、ともに少子化時代、育児難民時代を象徴する作品。前者が、事件の舞台と真相とにそれなりの関連性が見られるのに対し、少子化対策を背景とする出産援助金が絡む後者は、社会性が後景にとどまっている嫌いがなくもない。青井作品は家族問題を剔抉している作品に入れた方が据わりが良かったかもしれない。

そして、今日における社会問題としては避けて通ることのできないネット監視社会における炎上や集団極性化《グループ・ポラリゼーション》現象、ポスト・トゥルースなどが重要な要素となってくるのが一田和樹「**サイバー空間はミステリを殺す**」（15）は、城平京『虚構推理』（二〇一一）に始まるこの十年間の本格ミステリ界における最大のトピックを象徴する短編としても、落とすわけにはいかない。

取り上げた十作はそれぞれ、ひとつのトピックだけが強調され、告発されているわけでもない。いくつかの作品については複数のトピックが絡み合っているだけでなく、複数のトピックの絡まり合いの中から意外な結末が浮上してくる作品もある。また読み手の認識によってはトピックが導き難いものも存在する。本格ミステリは読み手の社会的偏見や思い込みを前景化する（『十角館の殺人』から、笠井潔が犯人の動機の背景に社会問題を見出していたことを思い出してほしい）。今後も、社会問題は本格ミステリの論理に繰り込まれ、またそれによって問題として前景化されていくだろう。そこに社会派本格の可能性が見出されるのである。

（横井）

ハウダニットは短編の華

密室・不可能犯罪もの10選

短編ミステリで特に印象に残りやすいのが「豪快なトリック一発！」というタイプのもの。中でも密室ミステリは謎の提示に華があり、本格ミステリ以外の何者でもないという分類上のわかりやすさもあって、いつの時代でも作例に不足はないように思う。

この十年間で密室ものの短編と言ったときに、個人的にまず最初に思い浮かんだのが、大山誠一郎の短編集『密室蒐集家』だった。ただし五編中二編は期間外に発表されているので、残りの三編から代表として冒頭の「**柳の園**」を、ここでは選ぶことにしよう。舞台は戦前の女学園。夜の音楽室で起きた銃殺事件を、主人公の女学生が窓の外から目撃していたという内容で、雰囲気は満点である。目撃者の存在もそうだが、犯人にとって想定外の事態が重なり、密室の謎が生じている。それを解きほぐすのは難事にあたるのだが、偶然性の高い事象に関してもちゃんと伏線が張られていて、読者にも推理が可能な造りになっているのは見事と言うしかない。

密室ものの短編に拘っている作家といえば、貴志祐介も忘れてはならない。防犯探偵・榎本径シリーズには力作・傑作が多いが、個人的な好みで「**コロッサスの鉤爪**」（『コロッサスの鉤爪』所収）を選ばせてもらおう。被害者はゴムボートに乗っているところを水中に引きずり込まれ、サメに噛まれるなどして絶命した。現場は夜の海の上。視界は利かないが、現場海域はソナーで探査されていたため、海上を近づく者がいなかったことは明らかであり、逆に海中から気泡とともに急上昇してきた何物かの存在を捉えていた。よもや伝説の巨大イカの仕業なのか——という事件の派手さと、飽和潜水やらROVやらといった深海ものの小説に付き物の単語の数々が、話を盛り上げてくれる。一方、青柳碧人の「**密室龍宮城**」（『むかしむかしあるところに、死体がありました。』所収）も現場は深海だが、おとぎ話がベースなので、浦島太郎は飽和潜水も加圧室も関係なく、助けた亀に連れられて龍宮城へと無事に辿り着く。しかし城内の一室で密室殺人事件が起きてしまう。浦島太郎といえば玉手箱。元となった物語の特性が密室トリックに活かされている点が見事である。

蒼井碧《べき》の「**十三髑髏の謎**」（『オーパーツ　死を招く至宝』所収）では、至って普通の邸宅内で起きた密室殺人の謎が提示される。内側から施錠されたドア。だが死体の周りには十三個の水晶髑髏が等間隔に並べられていた。オカルトめいた現場の装飾も印象的だが、この短編は最後に明かされるトリックが絵的に素晴らしい。まさに「トリック一発！」というタイプで読者の印象に残りやすい。その意味で好編と言えるだろう。

青崎有吾「**ノッキンオン・ロックドドア**」（『ノッキンオン・ロックドドア』所収）で現場のドアに取り付けられていた

のは、トイレのドアなどによく使われている回転式の掛け金。ドアの隙間に定規を入れて、密室を開けるのは簡単だったが、外から施錠するのは案外難しい。さらに画家である被害者の作品が汚損されていたという。ＨＯＷとＷＨＹのダブル探偵の活躍はこの一編から始まった。押さえておくべき作品である。

山本弘「**少女は壁に消える**」では密室殺人ではなく、人間消失の謎が扱われている。しかも少女は主人公の目の前で壁の中に消えていくのだ。『僕の光輝く世界』の第二話であり、第一話をこれから読む人もいるかもしれないから詳述はしないが、主人公はある意味、信頼できない語り手である。しかしそれとは別に姉という証人がいる。少女はたしかに不可解な状況下で姿を消したのだ。この謎の真相は衝撃的だった。まったく想像もしていなかったが、言われてみれば、人の行動としてありえそうな事だと思える。こういう心理の綾をついた謎を創造できる作家は本当に素晴らしいと思う。

さらに人間消失ものを二つ。松尾由美の「**袋小路の猫探偵**」（『ニャン氏の童心』所収、18）では、窃盗犯とそれを追いかける警官が登場。警官は最終的に窃盗犯を逮捕したらしいのだが、実はその直前、主人公が目を離した隙に、袋小路に入ったままどこかへ消えてしまったのだ。いったい何が起きていたのか。真相は「ニャニャニャーニャニャー」とのこと。実に鮮やかである。三津田信三「**顔無の如き攫うもの**」（『生霊《いきだま》の如き重《だぶ》るもの』所収）で刀城言耶が聞いたのは、戦前の大阪で七歳の少年が体験した失踪事件の謎である。友人が消えた広場の先には、袋小路の通路しか無かった。不可能状況下で少年を攫ったのは、白い布を顔に垂らした顔無の魔物だったのだろうか。言耶が最終的に思い至った解答は、下手な怪談を上回る恐ろしいものであった。同じ人間消失の謎を扱っていても、書き手によって、こうも読み味が違うものなのか。

次は密室でもアリバイでもない変化球の不可能犯罪ものを。倉知淳「**ドッペルゲンガーの銃**」（『ドッペルゲンガーの銃』所収）で読者が直面するのは、ほぼ同時刻に足立区と大田区で同じ拳銃による銃撃事件が発生したという、ちょっと変わった謎である。大田区でコンビニ強盗が残した弾丸と、足立区で恐喝者を銃殺した弾丸は、同じ銃から発射されたものと断定される。いや、そもそも犯人がなぜそうした謎を世間に提示しようとしたのかがわからない。そのＨＯＷとＷＨＹの二つの謎が鮮やかに解かれているのが良い。

最後に再び大山誠一郎に登場を願う。「**時計屋探偵と凶器のアリバイ**」（『アリバイ崩し承ります』所収）でも銃殺事件が扱われている。先に郵便ポストに投函された状態の拳銃が見つかり、翌日に銃殺死体が見つかったという事件で、しかし最有力容疑者にはアリバイがあったというもの。もし彼が犯人だとしたら、警察が銃を発見した後に、その銃を使って被害者を殺害したとしか思えない。大山誠一郎には密室とアリバイ、二つの代表的短編集から一編ずつ、この項目に登場願う形となったが、それも短編を中心にトリッキーな話をコツコツと書き続けてきたからこそである。不可能犯罪ものの短編の未来に光あれ！（市川）

時代小説作家の発見と東京創元社無双

時代ミステリ10選

戦前の横溝正史、久生十蘭、城昌幸、戦後の山田風太郎、高木彬光、松本清張、都筑道夫、泡坂妻夫など、ミステリと捕物帳を含む時代小説の両方を手掛ける作家は珍しくなかった。だがジャンルの細分化が進んだ一九八〇年代の半ば頃から、宮部みゆきなどの例外を除き時代小説を書くミステリ作家は減っていた。この状況が変わるのは、逢坂剛、志水辰夫、真保裕一らが時代小説に参入し、山本一力、翔田寛、岡田秀文、誉田龍一らミステリとしても質が高い時代小説を書く作家が登場した二〇〇〇年以降ではないか。

ジャンルのクロスが進んだこの一〇年の時代ミステリの状況は、時代小説作家のミステリが発見されたのが前半、時代ミステリでデビューする新鋭が増えたのが後半の動向とまとめられるだろう。

本格ミステリ作家クラブ編『本格ミステリ06』に「刀盗人」が収録された岩井三四二「**内藤新宿偽の分散**」は、現代でいえば無資格の凄腕弁護士・時次郎が、江戸の民事事件を解決する『むつかしきこと承り候』の一編。今回、時次郎が依頼されたのは、偽装分散（破産）した商家からの債権取り立て。現在でも見破るのが難しい隠し資産を、時次郎がどのように突き止めるのかが眼目となる。

再編集版『夢裡庵先生捕物帳』の解説に、泡坂妻夫のファンであると書いた澤田瞳子は、〈京都鷹ヶ峰御薬園日録〉シリーズなどの時代ミステリを発表している。化け物騒動が起きた奈良時代の内裏で、漢詩コンテストの優勝者に贈られる高価な染め絹が消えた謎に、地方から上京し後宮に入った采女たちが挑む少女探偵ものの「**綵一端**《あやいったん》」（『夢も定かに』所収）は、不可能犯罪が合理的に解明される澤田の最初期の時代ミステリである。

無役から徒目付になった片岡直人が、身分を相続させられない一代御目見《いちだいおめみえ》（別名・半席）を脱し代々の旗本になるため上司の命令で奇妙な事件を追う青山文平「**真桑瓜**」（15）は、二〇一七年版『このミステリがすごい！』で四位、『本格ミステリ・ベスト10』で一四位になった『半席』の一編。現役で働く老人だけが入れる白傘会の会合で、山脇藤九郎が仲のよかった岩谷庄右衛門に刃傷に及んだ事件のホワイダニットは、老いても忘れられない若き日の後悔とされており、中年以上の読者は心に染みるように思えた。

〈月輪龍太郎〉シリーズでミステリファンにも注目された岡田秀文の「**月輪先生と高楼閣の失踪**」は、帝大で犯罪捜査を教えることになった月輪が、学生たちと推理合戦を行う『月輪先生の犯罪捜査学教室』の一編。高層建築の共同経営者・高梨と村雨が展望室へ向かうが、高梨が五階で絵葉書を選んでいる間に先へ行った村雨が、隠れる場所がない六階から忽然と消え、二日後、死体で見つかる本作は、多重解決ものとしても面白い。

高井忍「**新陰流〝水月〟**」（16）は、実在する流派の秘剣がからむ事件を描く

『柳生十兵衛秘剣考　水月之抄』の一編で、根岸兎角と岩間小熊が戦った常盤橋の決闘の後日談。師匠を見捨て道場を開いた同門の兎角を討った小熊だが、入浴中に兎角の門弟に殺されたとされる。高井は有名な逸話を、油断が大敵の剣客である小熊は、入口がつっかい棒で閉ざされ、湯殿の周辺の雪に足跡がない密室状態で殺されたとの謎を作る。密室を作るハウダニットもさることながら、流派の繁栄に命をかける剣客の情念から生み出されたホワイダニットが圧巻である。

　第七回ミステリーズ！新人賞の佳作となった表題作など、様々な国と時代を舞台にした『オーブランの少女』でデビューした深緑野分の「**ノルマンディー降下作戦**」は、アメリカ陸軍の兵士兼コックのティムが第二次世界大戦末期の最前線で起こる事件に巻き込まれる『戦場のコックたち』の一編。ノルマンディー上陸作戦に参加したティムが、パラシュートを大量に集めている兵士の謎に挑む本作は、多くの命が奪われる前線で日常の謎を解き明かす矛盾を通して、戦争の悲劇に切り込むテーマの設定も鮮やかである。

　第一九回本格ミステリ大賞を受賞した『刀と傘　明治京洛推理帖』に収録された伊吹亜門「**監獄舎の殺人**」（16）は、第一二回ミステリーズ！新人賞の受賞作。明治維新に貢献したが、その後の待遇に不満を持ち反政府活動に走った元長州藩士の平針が死罪になった。夕方に行われる斬首は、平針に父を殺された円理が担当することになっていたが、その前に平針が毒殺された事件は、当時の政治状況を踏まえたトリックが面白く、同じシチュエーションの法月綸太郎「死刑囚パズル」と読み比べてみるのも一興だ。

　第二七回鮎川哲也賞の最終候補作で、「八丁堀の鷹」の異名を持つ北町奉行所同心の戸田惣左衛門が活躍する戸田義長『恋牡丹』の一編「**願い笹**」（19）は、吉原の見世の主人が、衝立と用心棒の惣左衛門が監視する密室状態で刺殺される不可能犯罪が描かれる。完全犯罪を計画する犯人の独白という倒叙ミステリ風の発端が、江戸時代らしい道具立てで実行されたハウダニットを際立たせていた。

　第一五回ミステリーズ！新人賞を受賞した「屍実盛《かばねさねもり》」を含む羽生飛鳥の連作短編集『蝶として死す　平家物語推理抄』の一編「**弔千手**《とむらいせんじゅ》」（21）は、娘の大姫の婚約者で木曾義仲の息子・義高を殺した源頼朝が、義仲の話をすると聞こえるはずがない場所にいた大姫が現れるため怨霊の仕業と恐れる謎を、平家一門ながら乱世を生き延びた平頼盛が解明する。真相が浮かび上がるにつれ、乱世に翻弄された弱者を守ろうとした人々の想いが浮かび上がり、それも強く印象に残る。

　米澤穂信の初の戦国ミステリ『黒牢城』の一編「**花影手柄**」は、織田信長に叛き有岡城に籠城した荒木村重が、夜襲で得た四つの兜首の中から、どれが信長の重臣・大津伝十郎のものかを当てるフーダニットである。迫力の合戦シーンの中に隠された伏線や、兜首は二つをキリシタンの高槻衆、二つを一向宗の雑賀衆があげたため、誤った首を伝十郎とすると両派が対立する危険もある難しい政治状況が、謎解きをスリリングにしていた。なお伝十郎は実在の武将で、村重謀叛の渦中に病死している。武士の不名誉な死は病死とされるだけに、虚実の皮膜を操る手腕にも驚かされた。（末國）

北村薫エコールの現在

日常の謎・お仕事ミステリ10選

本稿で真っ先に取り上げたい短編が福田栄一「**春の駒**」（『春の駒　鷺澤家四季』所収）である。物語の序盤から描かれるのは普通の高校生の日常であり、将棋部の新入部員勧誘のために駒の形をした被りものを作る話と、父親の趣味であるウルトラマラソンの話が、六人家族の鷺澤家にちょっとした謎をもたらす。どこにでもありそうな話なのに謎の強度が意外とあり、しかもいったん解き方がわかると見事なくらい綺麗に解けるのが、どこか北村薫の初期作品を思わせる。日常の謎カテゴリーにおける近年の個人的なお気に入り作品なのだ。

では日常の謎派の開祖（?）である北村薫の近年の作風はどうかというと、文学・芸能の歴史に関する個人的研究を読み物として書いたような作品が多いように思われる。「**闇の吉原**」（『中野のお父さん』所収）がその典型で、ミステリファンにも馴染みのある（作中では泡坂妻夫の名前が出てくるが、戸田義長『恋牡丹』等でも言及されている）其角の句を、文学全集や事典といった紙の資料のみならず、個人的に録画していたテレビの浪曲や落語までも使って縦横無尽に読み解いているのは、圧巻と言うべきか。ジョセフィン・テイや高木彬光を例に出すまでもなく、資料を駆使して歴史の謎に挑むミステリも、本格ミステリというジャンルでは受け容れており、これも立派な本格短編なのである。

岩下悠子の「**鬼面と厄神**」（「水底の鬼」改題。『水底は京の朝』所収、14）も歴史ミステリの趣があるが、研究対象である鬼面とそれにともなう口伝が（おそらく）物語のために用意された架空の存在なので、そのぶん最後に提示される仮説が「これが真相に違いない」と思わせる説得力を持っている。本業の脚本の仕事では卜書きで済まされるので、あまり必要とはされないであろう地の文の上手さも、小説では存分に実力を発揮することができていて、作者も読者も幸せになれるのがまた良い。これこそ初期の日常の謎派が強みとしていた部分だったと思い起こさせる。

さて、原型を重んじるのも良いが、発展した現状にもここで目を向けよう。日常の謎派は「お仕事ミステリ」という分派を生み出したと言われている。深山亮「**紙一重**」（『ゼロワン　陸の孤島の司法書士事件簿』所収、14）はその一例として挙げるにふさわしい短編であろう。主人公の司法書士が不動産の相続登記に使用した遺言書をたしかに返却したのだが、依頼人の家族がそれを失くしたという、実際にありそうな話が、専門知識のない読者にもわかりやすく平易に描かれている。さらに現役司法書士ならではの発想で、最後に意外な真相を用意しており、専門職の人しか出会わないであろう「人の業」を読者に疑似体験させることに成功している。

弁護士を主人公にした織守きょうやの

「**三橋春人は花束を捨てない**」(『少女は鳥籠で眠らない』所収、15)でも、扱われるのはどこにでもありそうな離婚案件である。妻の不倫の証拠を得た依頼人は協議離婚を想定しているが、一人娘の親権だけはどうしても欲しい、という依頼内容は普通すぎて、謎を見出すことすら困難に思えるのだが、作者はそこから見事な謎と解答のセットを取り出してみせる。こういう作品があるからお仕事ミステリも侮れない(当然のことです!)と思わせる逸品。

似鳥鶏「**極彩色を越えて**」(『鼠でも天才でもなく』改稿改題。『彼女の色に届くまで』所収、17)は、画廊経営者の息子である高校生が主人公という点がやや変わっているが、親の手伝いをしているときに謎に出会うので、学園ものではなく、お仕事ミステリとして扱うべきであろう。美術展を控えた美術館の一室が床一面、色とりどりのペンキで汚され、さらに不可能としか思えない事件が起こるという、WHYとHOWの両方が味わえるお得な一品である。

両方が味わえてお得と言えば、青崎有吾「**もう一色選べる丼**」(『風ヶ丘五十円玉祭りの謎』所収)に出てくる二色丼を連想する(それを言い換えたタイトルが何よりグッド。短編ミステリはタイトルのインパクトが意外と重要だったりする)。高校生が主人公の、こちらは紛れもない学園ミステリである。日常の謎は学園ものとの相性も良いのだ。学食のメニューを題材にした日常の謎は、どう工夫しても小さな謎にならざるを得ないが、あるいはそこに一種の競技性を逆に見出すこともできるかもしれない。今村昌弘の『屍人荘の殺人』のツカミでも扱われていて、いつかは学園ミステリの規定種目に昇格する可能性がある。

日常の謎にとっての「規定種目」と言えば、ハリイ・ケメルマン「九マイルは遠すぎる」をお題とした作品群があり、すでにアンソロジーが編めるだけの作例が揃っているが、古野まほろ「**『あとは両替にでも入るしかないか』**」(『天帝のみはるかす桜火』所収)もそこに追加すべき作品である。

さらに言うと、日常の謎は安楽椅子探偵ものとの相性も良い。松尾由美の「**不透明なロックグラスの問題**」(『ハートブレイク・レストランふたたび』所収、16)では、バーの店主に相場より安くブランド品のグラスを卸してくれる客の隠された意図を、探偵役のお婆さん(見える人にだけしか見えない!)が話を聞いただけで見事に解き明かす。といっても裏付けは取れていないので想像でしかないのだが、それしかないという鮮やかさがあり、あまりに納得させられたので、ここでオススメしている次第。

最後に似鳥鶏「**貧乏荘の怪事件**」を紹介させてもらおう。舞台は外国人が多く住む築五十五年のおんぼろアパートで、扱われている事件は、住人の一人(中国人)が押入れに仕舞っておいた食料を甕ごと盗まれた(らしい)というもの。まさに日常の謎である。『叙述トリック短編集』に収録された作品なので、ネタの方向性は隠しようもないのだが、意外と「日常の謎×叙述トリック」の組み合わせは珍しいのかもしれない。作者がこの短編のために用意したネタは笑撃的で、ぜひ読んでいただきたい。(市川)

継承と発展

オマージュ・リスペクト作品10選

本格ミステリの世界では、過去の名作へのオマージュやリスペクトを捧げた作品が、他ジャンルよりも多く書かれる傾向にある。中でもエラリー・クイーンの諸作は捧げられる側の筆頭に挙げられよう（日本特有の傾向かもしれないが）。

有栖川有栖の国名シリーズは短編（短編集の表題作）でもＯＫというカジュアルさゆえか、**「カナダ金貨の謎」**（『カナダ金貨の謎』所収）で本家超えの十作目となった。シリーズ初の倒叙スタイルが採用されているが、犯人が被害者の首からメイプルリーフ金貨のペンダントを持ち去った理由は、火村英生の推理が披露されるまで読者には伏せられており、真相の意外性は担保されている。

有栖川が本家クイーンの使わなかった国名・アイテムをモチーフにしているのとは逆に、柄刀一はクイーンが使った国名・アイテムをそのまま踏襲するという縛りで独自の国名シリーズを開始した。探偵役は以前から柄刀作品で活躍していた南美希風で、法医学者のエリザベス・キッドリッジが相手役を務めている。第一短編集という形でまとめられたローマからエジプトまでの四編はどれも甲乙つけがたいが、ここでは表題作の**「或るエジプト十字架の謎」**（『或るエジプト十字架の謎』所収）をピックアップする。本家と同様、首を切断され磔にされた死体が登場する同作では、まるでジグソーパズルのピースがピタッと嵌るように、死体を玩弄した理由のみならず、他の様々な謎についてもただひとつの着手で説明できているのが見事。

十字架つながりで東川篤哉の**「春の十字架」**（『喫茶店「一服堂」の四季』所収）も取り上げよう。といってもエジプトではなく、国名シリーズの別作品との関連をここでは指摘したい。あらすじに某ワードを入れたら犯人がわかってしまう点や（でも入れたくなるのもわかる）磔状態の死体をモノとして活用する点など（作者が意識していたかどうかはともかく）某作との関連性が指摘できる。とにかく犯人の計画がよく出来ていてオススメ！

早坂吝**「シンボルグラウンディング問題」**は連作短編集『探偵ＡＩのリアル・ディープラーニング』の第二話で、国名シリーズとは別の某作をモチーフにしている。凶器が過去に例のない意外なもので強烈な印象を残す。他のエピソードでも「後期クイーン問題」や「中国」などといった単語がＡＩに絡めて登場しており、一冊まるまるクイーンを（クイーンだけを、というわけではないが）意識して書かれている。あるいはクイーンの論理的な作風がそれだけＡＩとの親和性が高いということなのか。

黄金期のミステリの世界で「中国」といえば個人的に、国名シリーズで同国を採用したクイーンと一対で、「中国人を登場させてはならない」という戒律を含む十戒を著したロナルド・ノックスが思い浮かぶ（『チャイナ橙の謎』には中国人そのものは登場していなかったはずなので、対立的な存在というわけはないのだが）。白井智之「**『少女』殺人事件**」（『少女を殺す100の方法』所収）は作中作形式でノックスの十戒をいじり倒した怪作で、一読の価値あり。続いて法月綸太郎の「ノックス・マシン」にも触れようと思ったが期間外だったので、代わりに同作者の《犯罪ホロスコープ》の一編「**引き裂かれた双魚**」を取り上げよう（ここから再びクイーンに戻る）。クイーンの《犯罪カレンダー》を意識した短編十二作からなる連作の掉尾を飾る一編で、スピリチュアルな世界を信じている人物が事件に関わった結果、常識が通用しなくなっており、そこから派生した論理の異様さが記憶に残る。

柄刀一が短編集で国名シリーズを一気に四作消化したのと同様、倉知淳は『片桐大三郎とXYZの悲劇』でクイーンのドルリー・レーン四部作へのリスペクトを一冊にまとめてしてしまった。「**ぎゅうぎゅう詰めの死体**」では本家『Xの悲劇』と同様、電車内でニコチン毒を使った殺人が行われる。探偵役の大三郎が謎解きの取っ掛かりとして指摘した矛盾点は目から鱗で印象に残る（海外ドラマで似たような着眼のものがあったが、あれは銃殺だった）。

海外ドラマの話題が出たところでいったん小説から離れよう。有栖川の「カナダ金貨」を例に挙げるまでもなく、倒叙ミステリも新本格では一定の位置を占めてきたが、古典からの直接の流れというよりは「刑事コロンボ」などのドラマの影響を受けたもののように思う。大倉崇裕の「**東京駅発6時00分のぞみ1号博多行き**」（『福家警部補の考察』所収）は「刑事コロンボ」にリスペクトを捧げた福家警部補シリーズ中の一編。高い水準の作品が並ぶ中、同作は警部補と犯人の対決を新幹線の車内に限定したため非常にスピーディな展開となり、映像作品のノベライズを読んでいるような独特の感覚が印象深かった（このシリーズに限っては誉め言葉になるはず）。

山口雅也の「**謎の連続殺人鬼リドル**」は、いわゆるリドル・ストーリーをテーマにした短編集『謎《リドル》の謎《ミステリ》その他の謎《リドル》』所収の一編で、作中にコロンボならぬコロンビイ警部補が出てくるのでここで紹介したい。英文で書かれたものを訳したという体裁の作中作は、えっ、ここで？という感じで唐突に終わるのだが、賢明な読者なら最後の謎は解けるはずだと翻訳家が外枠で保証する形で、リドル・ストーリーでありながら本格ミステリ的な謎解きも実装した異色作である。

その山口は過去にエッセイで、クリスチアナ・ブランドが『緑は危険』の地の文で「犯人は言った」式の洒落た一文を入れていたことを指摘していたが（山口本人も自作で一回やっている）、それをさらに拡張してみせたのが、倉井眉介の「**犯人は言った**」（21）であると言えよう。叙述の不自由さをどう処理するか、また読者を騙すネタとどう絡めるか、書き手の苦労が随所に感じられる。本格ミステリは過去の名作の形式にこだわりつつも、同時に倒叙ものやリドル・ストーリー、叙述トリックなど、その時代ごとに実験的な手法に常に挑戦し続けてきた歴史があり、こういった作品は今後も積極的に評価していきたい。（市川）

ミステリ演劇2021

祝・舞台版「刑事コロンボ」初上演！

羽住典子

昨年度のコロナ禍以降の相次ぐ上演中止を巻き返すかのように、今年度のミステリ演劇は豊作だった。

　まずはアガサ・クリスティ原作作品から。『オリエント急行殺人事件』（演出／河原雅彦）は、横長の列車を二階建てで表す、高さを使った演出が印象的だった。乗客の人数を減らしたぶん、まさにはまり役の椎名桔平演じるポアロをはじめ、各役者の個性が際立つ作品となっていた。J@NOME DROPS Produce vol.1公演『蜘蛛の巣』＆『雪中の狩人（原作：ねずみとり）』（脚色／藤森一朗、演出／橋本浩太郎）は舞台を日本に移したオリジナル版。世界観が共通していて、事件の起きる軽井沢の別荘も同じセットを使っているため、二本あわせて観るとより楽しめる。後者では宿泊客の一人に横溝正史がいて、エンディング間際には金田一耕助映画の主題歌も流れた。今年度はほかには新翻訳、新演出で『検察側の証人』（翻訳・演出／小川絵梨子）も上演されている。

　次に、江戸川乱歩原作。オープンロードが主催する『心理試験～Special Edition』（脚本・演出／藤原新太）は韓国キャスト版もあり、日本とオンラインでつないだ試みが斬新な朗読劇である。国内のみの初演では幕間に登場人物からクイズが出され、舞台と客席を一体化させていた。モボ朗読劇『二十面相～遠藤平吉って誰？』（上演台本・演出／鈴木勝秀）は『サーカスの怪人』を主軸に明智小五郎と怪人二十面相の、ライバルでありながらも強い絆の二人を描き、歌と踊りを加えたバディもの。劇団鹿殺しによる『少年探偵団』（脚本／丸尾丸一郎、演出／菜月チョビ）は、大半の男性キャストの衣装が肩パッド一枚の前貼りのみという異色作だ。「キッズシアター　ボクとキミの秘密基地」による少年探偵団シリーズ『大金塊』『青銅の魔人』（脚色／斉藤祐一、演出／所奏）は推理の面白さを伝え、観客の冒険心をくすぐる力作である。子供向け作品でありながら大人にも通じる笑いが光り、オリジナルの主題歌はしばらく耳に残るだろう。

　ミステリ演劇でもっとも人気が高いキャラクターは、やはりアーサー・コナン・ドイル原作のシャーロック・ホームズではないか。宝塚歌劇団宙組による『シャーロック・ホームズ―The Game Is Afoot!―』（作・演出／生田大和）は、千秋楽のコミカルなアドリブに加え、各出演者たちの類を見ない美貌と華麗さに観客の心を虜にした。朗読で描くミステリー『シャーロック・ホームズ　～特別なあの人～』（上演台本・演出／土城温美）はテレビ東京の「あにてれ」にてライブ配信も開催。配信が増えたのもコロナ禍からの特徴だ。同シリーズではモーリス・ルブラン原作の『アルセーヌ・ルパン　ああ、哀しき怪盗紳士』も公演された。ノサカラボによる音楽朗読劇『シャーロック・ホームズ#1』（脚本・構成・演出／野坂実）は生演奏のもと、「ボヘミアの醜聞」「花婿の失踪」「緑柱石の宝冠」を上演。ベテラン声優の山寺宏一と水島裕が、互いの顔を見ずにセリフだけでホームズとワトソンの信頼関係を演じきり、ベテラン声優の力量を堪能できた。

　そのほかの小説原作作品に触れていく。有栖川有栖『幽霊刑事』は宝塚歌劇団月組によって「～サヨナラする、その前に～」と副題を付けて上演された。主人公の「幽霊刑事」と幽霊が見える「霊媒刑事」のコンビのキャラクター性を強く押し出しているが、幽霊であることを生かした伏線が見事だ。神永学『怪盗探偵山猫 the Stage』（脚本／神永学、演出／私オム）は、アクションと主役の北村諒演じる山猫の色気に圧倒され、犯人役の演技がひっくり返る瞬間に息を呑んだ。シリーズものでは志駕晃『スマホを落としただけなのに 戦慄するメガロポリス』（脚本／正岡謙一郎、演出／菅沼尚宏）も朗読劇として上演された。

　ホリプロの役者たちの演技が映える藤井清美『#ある朝殺人犯になっていた』（脚本・演出／藤井清美）は、ネットの恐ろしさを朗読で表す正統派ミステリ。同じく朗読劇の恩田陸『木洩れ日に泳ぐ魚』（演出／小野寺修二、脚本／長田育恵）

オリエント急行殺人事件

青銅の魔神

幽霊刑事

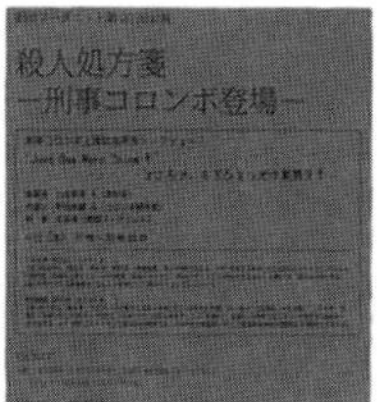

殺人処方箋

は、双子の兄妹の真実を探る内容で、主役の倉科カナと浅利陽介の息のあった心理戦が見ものだった。

東野圭吾『容疑者Xの献身』（脚本・演出／成井豊）は三度目の再演で、殺人の発生時に隣室の様子を同時進行で知ることができる。登場人物のイメージも含めて原作に忠実だったのが好印象だ。他の東野作品は『虚像の道化師〜演技る〜』原作にしたオリジナル音楽劇『ガリレオ★CV』（脚本・演出／堤泰之）が舞台化されたが、福山雅治演じるドラマ版湯川学のオマージュ作という印象だった。

夢野久作『ドグラ・マグラ』はPSYCHOSISにより幻魔怪奇劇『DGURA MAGRA―ドグラ・マグラ―』（脚本／高取英、演出／森永理科）に形を変えた。観客も精神病院の患者として扱われる一体型で、あの擬態音は実際の音で表現し、暗闇と強力な光も加えて狂気の世界を作り上げていた。

映像原作では、ミステリ劇専門の劇団フーダニットによってウイリアム・リンク&リチャード・レビンソン『刑事コロンボ』が日本で初上演された。作品は第一作の『殺人処方箋』（訳・演出／松坂晴恵）。ある人物の心情が原作と異なることによって、主役のコロンボの影が若干薄れたが、逆に犯人の魅力が増し、倒叙の魅力がより深く伝わってきた。

吉田鋼太郎と柿澤勇人による二人芝居のアンソニー・シェーファー『スルース〜探偵〜』（演出／吉田鋼太郎）は、妻の不倫相手との一騎打ちで着地点がつかめず、最後の最後まで目を釘付けにさせられた。妻をめぐる同様の心理戦は、俳優座劇場プロデュースのロベール・トマ『罠』（翻訳／小田島恒志・小田島規子、演出／松本祐子）も推奨したい。

レジナルド・ローズ『十二人の怒れる男』は、ナイスコンプレックス（脚色・演出／キムラ真）、東京芸術座（訳／額田やえ子、演出／杉本孝司）、江古田のガールズ（訳／額田やえ子、演出／山崎洋平）の三団体が上演。なかでも江古田のガールズによる全員女性たちで繰り広げられる『12人の怒れる女』は、脚本はほぼ同じでありながらも衣装や髪型にバリエーションがあり、華やかな論戦となった。劇場の窓を開け放った演出は、コロナ禍でないと経験できなかっただろう。

戯曲原作ものに移る。秋元康が企画・原作を担当した『スタンディングオベーション』（演出／ウォーリー木下、脚本／粟島瑞丸）は、逃亡中の殺人犯が舞台に紛れ込んでいるという設定の意欲作。王家の父と子の葛藤を描いた駄作すぎる劇中劇と、劇より面白い舞台裏の人間ドラマの両方を楽しめる。同じく劇中劇を用いたトム・ストッパード『ほんとうのハウンド警部』（翻訳／徐賀世子、演出／小川絵梨子）は、現実と虚構の世界が絡み合うリドルストーリーで、真相は不透明ながらの面白さがある。

配信のみのREADING MUSEUM『池袋シャーロック、最初で最後の事件』（脚本／斜線堂有紀）は、電子書籍も同時に販売していた六編の物語。犯罪社会学を専門とする大学教授の主人公などキャラクターの設定は同じであるが、トリック・犯人・環境・被害者が各話で異なる斬新な作品で、第三話の構成が格別に良い。

続いてオリジナル作品。お笑い芸人・空気階段の鈴木もぐらが殺害される吉本新喜劇『笑えないクリスマス〜もぐら殺

スルース

12人の怒れる女

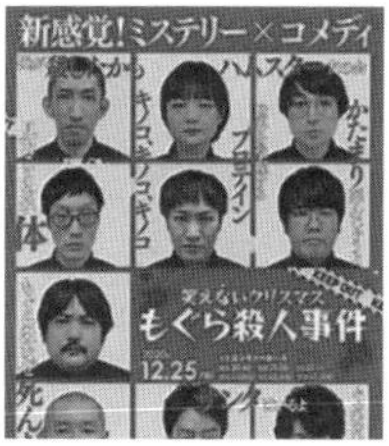

もぐら殺人事件

三つ鱗の手紙

人事件～』（脚本／やさしいズ タイ、脚本協力／水谷健吾、氏田雄介）は、相方の水川かたまりが探偵となり死因から犯人を探っていく。意外な伏線もさることながら、クリスマスでしか実現できないラストシーンが印象深い。Nana Produce『追憶』（脚本／坂口佳澄、脚色・演出／浜谷康幸）は、妻が夫を殺した動機を探る展開で、前代未聞の真相に連城三紀彦作品を想起させられた。シザーブリッツによって再演された『まわれ！無敵のマーダーケース‼』（演出／野坂実）は、スランプに陥った作家が別荘で嘘の殺人事件を企てるシチュエーションコメディ。本物の殺人鬼が現れるところまでは定番だが、伏線の張り方が絶妙で声をあげるほど驚く場面がある。

奇術×謎解き×演劇『4D―imetor―』（作・演出／池田純矢）はタイムスリップとテレポーテーションを組み合わせた特殊設定もので、タイムパラドックスに首をかしげる部分はあるが、複雑な設定に挑んだことを評価したい。「この世に一匹しかいない魚の名前を知ることができれば、たった一回だけ過去を振り返ることができる」という設定の『RUST RAIN FISH』（作・演出／西田大輔）は、冤罪をかけられた経験を持つ十四人の男女が別荘に集まってくる、犯罪者当て作品。全体像を知る観客には構図が分かりやすい。横溝正史が登場して金田一耕助を生み出すというミステリファンサービスがあった。HeySayJUMPの知念侑李が探偵役を演じた、そこそこ本格ミステリ『照くん、カミってる！～宇曾月家の一族殺人事件～』（作／須貝英、演出／河原雅彦）はコロナ禍により公演中止が相次いだので、ぜひとも再演してほしい作品である。

　その他として。俳優たちがプレイしている姿を視聴するマーダーミステリーシアター『演技の代償』（総合演出／三木康一郎、ゲーム原作／秋口すぐる）は、本格ミステリの推理とは若干異なるものの、役者たちのアドリブを楽しめる画期的な試みであった。G・フォレスタによる「洋館ミステリ劇場」は、大正十年に建築された洋館で行われる、各回六名限定のツアー型演劇。今年度は甲賀三郎『三つ鱗の手紙』（構成・演出／丸尾拓）が上演された。ミステリー専門劇団回路Rは「黒手組」原作の朗読劇『名探偵明智小五郎と暗闇の誘拐魔』などを有料配信している。

interview

注目の気鋭2021

浅倉秋成

ASAKURA Akinari

聞き手＝羽住典子

ジャンル意識はなかった

羽住◆　まずは読書歴を教えていただけますか。

浅倉◆　ファーストタッチは小学五年生で、夏休みの読書感想文を書くために図書館で借りてきた夏目漱石『吾輩は猫である』が最初の読書体験でした。それが見事に挫折しまして、しばらく小説アレルギーになりました。トラウマにもなり、ほかに読んだ小説といえば、司馬遼太郎『竜馬がゆく』の全八巻くらいですね。高校時代の三年間を費やしてようやく読了できました。

羽住◆　ミステリに触れられたのは、かなり経ってからなのでしょうか。

浅倉◆　大学生のときですね。ひょんなことから東野圭吾『容疑者Xの献身』を手に取って、小説って読みやすいんだなと思いました。僕は文章を読めない読書アレルギーだと思っていましたが、おかげで脱却できました。でも、当時は、ミステリを読もうとは意識していませんでした。

羽住◆ ジャンルで作品を選ぶというわけではなかったのですね。

浅倉◆ そうですね。こだわりもなくて。改めて一ジャンルとして向き合ったのは、二〇一二年に作家デビューした後、他社の編集さんから「ミステリを書きませんか」とお声がけいただいてからです。なおかつ、この作品でミステリの虜になりましたという経験も、実はないのです。

羽住◆ 小説以外ではいかがでしたか。

浅倉◆ 本《もと》を正せば、小さい頃に観たアニメ『名探偵コナン』になります。ですが、怪しげな薬を飲まされてちっちゃい体になったコナンくんが、黒の組織と戦いながら元の姿を取り戻すサスペンス作品だと思っていて、一話一話ミステリをかみしめるものだと分かっていなかったのです。扉絵で「なんとか殺人事件」と言われると、今週は本筋に進まず、話の尺を伸ばすためのおまけ回なんだなと捉えていました。「ネクスト・コナンズ・ヒント」をやる意味も分からず、謎を解こうともしなかったので、漠然とした苦手意識があったのだと思います。同床異夢で、妹は熱心に謎解きをしていました。

余所者・若者・馬鹿者マインド

羽住◆ 今ではすっかりミステリ作家ですよ。

浅倉◆ そんな馬鹿な（笑）。講談社BOXから刊行されたデビュー作の『ノワール・レヴナント』も、ジャンルを意識していませんでしたし。それでも「広義のミステリ作品だ」と言われたことがあって、非常に衝撃を受けました。「僕が今までご飯として食べていたものが、実は和食と中華料理に分かれていたなんて知らなかった！」みたいな驚きでしたね。

羽住◆ ミステリ業界に対する印象はいかがでしたか。

浅倉◆ 職人さんみたいな人がいっぱいいる中に飛び込んでいく恐怖感がありました。余所者・若者・馬鹿者（笑）の精神で、無鉄砲でもできることを精一杯やろうと思っていました。プロパーから見たら、ミステリとは違うと思われたとしても、しょうがないかなって。勉強のためにガイドブックで紹介されている作品はある程度読みました。

羽住◆ 面白かった作品を教えていただけますか。

浅倉◆ 綾辻行人『十角館の殺人』、我孫子武丸『殺戮に至る病』、東野圭吾『仮面山荘殺人事件』、筒井康隆『ロートレック荘事件』、歌野晶午『葉桜の季節に君を想うということ』が好きでしたね。ミステリに限らず、大きな驚きがあるのはフィクションにおいてすごく大事なことだと思いました。

羽住◆ 影響を受ける作品って、どの時代も同じなのかもしれないですね。

浅倉◆ ちょっとずつ更新されていくにつれて古臭く感じる人も出てくるかもしれませんが、僕は新鮮に楽しめました。高校時代に漫画の『リベロ革命!!』を『スラムダンク』の前に読んだことによって、オマージュ作だと気づかなかった経験があるのですよ。そのことからも、古典から読む作業はジャンルに対する入り口として正しい姿勢だと思っています。新作たちが持っている驚きって、過去のいろんな人たちが積み上げてきたものの上に成り立っていますから。

アニメから得た特殊設定発想

羽住◆　浅倉さんの描くミステリは、トリックメーカーというよりもストーリーテラーという印象を受けます。

浅倉◆　トリックにこだわりがあると言えるほど根を張れておりませんし、トリックの華麗さや緻密さではなく、物語の総体としての楽しさを担保したいという発想があります。こう思うのは、僕のフィクションの原点がアニメや漫画だったからかもしれません。一時期、深夜アニメを全作品全話、片っ端から観ていたのですよ。

羽住◆　特にお好きな作品は？

浅倉◆　『コードギアス 反逆のルルーシュ』、『攻殻機動隊』、あと一番好きなのは『プラネテス』です。あちこちで激賞しまくっています。『GOSICK -ゴシック-』も面白かったですが、やはりジャンルは意識しておらず、作品単体で好きかそうでないかを判断していました。

羽住◆　特殊設定の作品が多いのは、アニメから創作の世界に入られたからでしょうか。

浅倉◆　間違いないです。自分が今まで観てきたアニメにはごく普通に魔法が在ったので、その流れですね。ひょっとしたらミステリ作家は、物語を立ち上げるときに特殊設定にするかいなかみたいなところからスタートするのかもしれないなと思っています。

羽住◆　第五作『九度目の十八歳を迎えた君と』では、高校時代に好きだった女の子をプラットフォームの向こうで見かけるといった状況もさることながら、少女が十八歳のまま変わっていないという設定に引きつけられました。

浅倉◆　シチュエーションにある程度の引きがないと自分でも面白いと思えないから、そこはこだわっています。

キャラクターについて

羽住◆　逆にキャラクターは現実にいそうな、普通の人たちですよね。

浅倉◆　明日からこの世界に行けと言われても生きていける世界にするのが、僕の理想なのです。キャラクターづくりにもいろいろなアプローチがありまして、『ワンピース』のルフィだと魅力的でもこんな人いないよなあとなりますが、華はなくてもこういう人って実際にいるよねという作り方もあります。僕は後者をやりがちです。

羽住◆　ノンシリーズ長編を多く発表されていらっしゃいますが、キャラクターを主軸にしたシリーズものを書かれるご予定はありますか。

浅倉◆　僕にはまだ難しいです。悲しいかな、第三作『失恋の準備をお願いします』（『失恋覚悟のラウンドアウト』を改題）の担当さんから当時好きなキャラクターを聞かれても、一人も答えられなかったくらい、キャラクターに思い入れがないのですよ。結局、人間って得体が知れないし。究極的には信頼することもできないですよね。かといって、僕は誰とでもお友達になることはできるのですが。推すまではいたらない人生なんですよね。

羽住◆　第四作『教室が、ひとりになるまで』からはすごく強く感じられます。

浅倉◆　自分が物語を書くときも、良い意味でどこか俯瞰しています。愛を注ぎすぎないからこそ、ドライに書けるといったらいいのでしょうか。みんながみんな完全な人にはならないというところを目指しているというよりは、自ずとそうなっていますね。執着もなくて、アニメのフィギュアとかを買う気が起きなかったように、キャラクターよりは綺麗に終わる物語そのものを好んできました。それと関連して、トリックを思いついて物語を肉付けしていくという発想にもあまりならないです。

伏線の名手

羽住◆「伏線の名手」と謳われますが、伏線についてお話しいただけますか。

浅倉◆伏線は最高のラストシーンを描くために必要な要素なので、どうしても箇所は増えます。草の中に隠すくらい、なるべく自然に見せるようには意識していますね。みんなをドッカンドッカン驚かせる手品的なこととしてやりたいわけではなく、ドラマを盛り上げるために張った結果、作品に厚みも出てくるので、そこがすごいと言われると嬉しいです。

羽住◆だから隙がないのですね。

浅倉◆言い訳がましい性格も相混じるかなと思います。もともとアニメを観ていても、突っ込んじゃう人なんですよね。この能力があるのだったらこういうこともできるだろう、みたいな。自分の作品を作る際に置き換えると、もともと徹底してツッコミどころを潰す作業はしていますね。

話題作『六人の嘘つきな大学生』

羽住◆第六作『六人の嘘つきな大学生』は現実寄りの物語ですが、方向転換を意識されたのでしょうか。

浅倉◆就活のデスゲーム・ミステリって、超常現象を使わずとも、どう落ちが付くのか分からない、自分の好んでいた作品にアプローチできる設定だと思って書きました。特殊なシチュエーションという根本のところでは通底していますよね。だから、そんなに思い切り舵を切ったという感覚にはなっていないのです

羽住◆ものすごい心理戦でしたよね。生々しいというか。

浅倉◆少しずれますが、大量の数のアニメを観てきた結果、同じような言い回しがたくさんあることに気がついたのですよ。「僕ら友達だろ」とか、「みんな仲良くしよう」とか、「これが人を信じるという強い力だ」みたいな。小学校の道徳で習うようなことを強化して言い直しているような表現に飽きていたからこそ、逆に、観たことないものに対する喜びは格別でしたので、そこは意識しました。

羽住◆途中の展開に愕然としました。

浅倉◆就活を題材にした密室の会話劇なら、いくつかのピースをこのように組み合わせたらこういう話になるかなと思ったのが一つありますね。あとは、就活ものには朝井リョウさんの『何者』という成功例があるから、今さら焼き直しみたいなことを僕がしてもしょうがないなという思いもありました。新たにもう一つ何かをぶつけるとしたら、「何者」だった人たちだけではなく、「何者」たちを見ていた採用側の視点も入れるべきだなという思いが、あの構成の始まりです。その中で、ロジカルにどうしたら驚きが生まれるのかと、ひたすら図にして、グ

ラフにして、システマティックに作っていきました。

羽住◆ 手応えはいかがでしたか。

浅倉◆ 実は、今までの作品で一番自信がなかったのです。与えられた材料の中でできる自分のベストは尽くしたつもりでも、マタニティー・ブルーのようになっていました。

羽住◆ それが過去一年間で最も「面白い」と評価されたエンタテインメント小説に贈られる山田風太郎賞候補ですよ。

浅倉◆ びっくりです。ありがたいです。ほかの作家さんがどうなのかは分からないですが、小説に対する評価って、良くも悪くもいつも遅れてやってきますよね。めちゃくちゃ嬉しい気持ちがありますが、とはいえ、感覚的には去年の自分が書いたものなのです。なので、褒められれば褒められるほどドキドキしている自分がいるんですよ。「今の俺は出がらしだから、あんなことできないかもしれないのに」という恐怖心もあります。それから、常に目の前に僕がいながら「去年の浅倉さんはイケメンだったよね」と言われているような気分にもなりますね。決して嬉しくなくはないです。

人間心理と本格ミステリ

羽住◆ 浅倉さんという作家をご自身の目で客観的に見たら、どういう方なのでしょうか。

浅倉◆ 良くも悪くも客観視できる人だと思います。常にこれが正しいっていう意見を言うのではなく、ＡとＢという意見があって、この間にはすごく複雑なものが流れているから、どうしようもないよねというところまで、自分のことも常々客観的に見ています。誰に対しても感情移入しつつ、逆に距離を取りつつというところが自分の強みなのかなと思います。

羽住◆ 冷静ですよね。

浅倉◆ ネットニュースとか何かを見た時に、すぐに怒りにつながる方は多いですが、僕はあまりそうならないのです。その出来事の中でどういうバッググラウンドだったら俺は許せるかなと考えるのが趣味でもあります。頑張って妄想して、「これだったらまあ、いいか」というところまで持っていけると、心が落ち着いていくのですよね。

羽住◆ 作品にも影響していますよね。

浅倉◆ もちろん作品の中ですから登場人物の感情は描きますが、周辺状況とかを全部俯瞰的に見てしまうのは、時に弱点だと思っています。僕は現実で自分がひどい目に遭っても、しょうがないよなと諦めちゃう人なんです。だから、いずれにしても、「俺の意見を聞け」というより、「この世界のどうしようもなさを描いていこう」という気持ちがあります。

羽住◆ ミステリと人間の心理行動の親和性をどのように捉えていらっしゃいますか。

浅倉◆ ミステリに対する造詣が深くないので、あまり大上段に構えられないですが。理由がないところにミステリは発生しないと考えていて、そこに人間の心理は外せないとは思います。でも、時に人間って、本当にわけの分からないことをやっちゃうのですよね。それも含めて書きたいです。網羅的に読んできた人間ではない僕からすると、みんなものすごく洗練された人殺しができるなと思います。

羽住◆ 犯人ってマメですよね。よくもまあこんなトリックを使ってとか。

浅倉◆ それも含めて楽しむ世界ですよね。でも、よそから来た人間から見ると、ミステリって時に滑稽ですらある状況があるわけです。トリックを成立させるために必要なアイテムをいかに効率よくやるのかと同時に、いざ犯罪を行う時、異常な心理状態になる狭間を描きたいです。

羽住◆ もう少し具体的にお聞かせいただけますか。

浅倉◆ 少し前に、生のホタテを大量にもらったことがありました。貝柱を剝がそうとして隙間に包丁を刺していたら、危機感を覚えたホタテが、人間の手ではどうにもならないくらいの力で口を閉じたのです。なのに、一定のところまで行き着いた瞬間、ふわっと開きました。そのとき、生物を殺したという実感が生々しく手に伝わってきて、ものすごく嫌な気持ちになったのです。人を殺すことはホタテを殺すどころの作業ではないわけですが、この小さな機微を作品に入れたいという思いはあります。

羽住◆ 犯人側の心理も味わったのですね。

浅倉◆ 普通の人間にはできないようなことをする冷酷な犯罪者でも、「これができない」ということはあると思います。僕はそこにリアリティを感じていて、その狭間を絶対にオミットしたくないというか、見逃したくはありません。犯罪と心理、トリックと心理として、僕なりに細部を常に見つめ続けていきたいです。

心情の変化と今後の予定

羽住◆ 現在の心情をお聞かせいただけますか。

浅倉◆ 『教室が、ひとりになるまで』が話題になる前は、もう本は出せないだろうな、辞めざるを得ないなと就活アポを取ったり、ＴＯＥＩＣを受けに行ったりしていました。それが、急激に好転したので戸惑っています。今まではなにくそと下剋上の精神で頑張っていたのですが、急に認められるようになったら、人生の目標を見失いがちになってしまいました。アニメから入った人間なので、文学賞に憧れはあっても、気持ち的にはスケート選手が下半身強化のために自転車を練習していたら、こっちでいい成績を残したみたいな戸惑いもあります。何か楽しいことを見つけたいですね。

羽住◆ 今後の予定を教えてください。

浅倉◆ 月刊漫画雑誌「ジャンプスクエア」で連載されている『ショーハショーテン！』の原作を担当しています。新作は双葉社さんから近々出版される予定です。

（十月八日　於・リモート）

COLUMN

北海道ミステリークロスマッチ

諸岡卓真

柄刀一が発案し、二〇一九年にスタートした北海道ミステリークロスマッチ。年に一回、北海道に何かしらつながりのある作家・評論家・漫画家が集まって自作のコンテストを行う企画である。立ち上げの経緯については、昨年度の本コラムを確認していただきたい。

今年度はメンバーの快挙が次々と届いた。まずは立原透耶が中華圏SF作品の翻訳・紹介の業績で第四十一回日本SF大賞特別賞を受賞。訳者として関わった劉慈欣『三体Ⅱ 暗黒森林』も第五十二回星雲賞（海外長編小説部門）を受賞した。SF大賞受賞に際して、中国のSF関係者たちがお祝いのコメントをYouTubeにアップロードしたが、それを見ると立原の長年の貢献が実感できる。

櫻田智也は二〇二〇年発表の『蟬かえる』で、第二十一回本格ミステリ大賞（小説部門）と第七十四回日本推理作家協会賞（長編および連作短編部門）をダブル受賞した。東京創元社から新創刊された雑誌『紙魚の手帖』の創刊の辞によれば、タイトルを考えるにあたって櫻田作品を意識したとのことである（本人は知らなかったらしい）。

台湾では、既晴が執行首席となって台湾犯罪作家聯会（Crime Writers of Taiwan）が立ち上げられた。台湾犯罪文学の研究と年刊誌「crimystery」の企画・編集が主な活動である。

歴史に残る快挙を成し遂げた二人のコメントと既晴へのインタビュー（本邦初！）は、北海道ミステリークロスマッチのnote（https://note.com/crossmatch/）にも掲載されている。また、過去のコンテスト投稿作をはじめとする様々なコンテンツが掲載されているので、ぜひアクセスしていただきたい。

さて、今年実施された第三回のコンテストには、柄刀一、新麻聡《あらまそう》、深津十一、既晴、和久井清水、松本寛大、千澤のり子の小説作品が投稿された（応募順）。このうち、新麻聡は、九〇年代に鮎川哲也を編者として刊行されていた公募アンソロジー『本格推理』の採用経験があり（「マグリットの幻影」が『本格推理3』に、「十円銅貨」が『本格推理9』に収録）、創元推理短編賞、ミステリーズ！新人賞の最終選考にも残った実力者である。

投票には執筆者も含め十三名が参加し、新麻聡「巨人の国へ」と松本寛大「わたしはもう死んでいる」が同票で大賞となった。両者とも初の戴冠であり、新麻は初参加でいきなりの受賞である。柄刀の「代表の言葉」にある通り、二作同時受賞もすべての投稿作に票が入ったことも初めてのことで、どの作品もクオリティが高かったことがわかる結果である。

本来であれば盛大な授賞式（という名の懇親会）を対面で開きたいところだが、コロナ禍ゆえ今年度も自粛。次回こそは必ず、と計画を練っている最中である。

（文中、敬称は略しました）

歴史・時代ミステリ2021

戦国ミステリ繚乱

末國善己

やはり今年は、この作品を最初に取り上げなければならないだろう。米澤穂信『黒牢城』（KADOKAWA）は、織田信長に叛いた荒木村重が籠城した有岡城をクローズド・サークルに、村重の説得に行き土牢に幽閉された小寺官兵衛（後の黒田官兵衛）を安楽椅子探偵にしている。

父親が寝返った人質の少年が殺される「雪夜灯籠」は、雪の密室もの。「花影手柄」は、夜襲で得た四つの兜首の中から信長の側近の首を探すフーダニット。村重が和平交渉を依頼した僧が殺される「遠雷念仏」は、被害者を訪ねた人物の動向から真相を導くロジックが圧巻だ。

戦国大名と国衆の関係、武器や防具の使い方などを徹底した時代考証で掘り下げ、それを伏線にも利用しており歴史小説とミステリの融合が鮮やかである。

クリスティー『そして誰もいなくなった』にオマージュを捧げた田中啓文『信長島の惨劇』（ハヤカワ時代ミステリ文庫）は、本能寺で死んだ織田信長を名乗る手紙で孤島に集められた武将たちが、童謡に沿って一人また一人と殺されていく。実在の武将を被害者にしながら史実と矛盾しない物語を組み立て、著者らしいオチを用意したところが楽しい。

山本巧次『鷹の城』（光文社）は、現代人ではなく、江戸南町奉行所の同心・瀬波新九郎が戦国時代にタイムスリップし、毛利攻めをしている羽柴秀吉に包囲された青野城で起きた殺人の謎を追う異色作である。断片的なエピソードがまとまり、事件の真相だけでなく、新九郎がタイムスリップした理由までが収まるべきところに収まるので、爽快感がある。

獅子宮敏彦『豊臣探偵奇譚』（ハヤカワ文庫）は、豊臣秀吉の甥の秀保を探偵役にしている。夜空に巨大な手が現れて人間を攫いバラバラにした体を空からまく、朝鮮出兵の拠点・名護屋に全身を防具で覆った刺客団が現れ、その後を追うと密室状態の曲輪の中から首を切断された死体が見つかるなど、奇怪な事件も、トリックも派手で、スケールが大きい。

　青山文平『泳ぐ者』（新潮社）は、ミステリとしても高く評価された『半席』の続編で初の長編。三年半前に離縁された妻が、重病で寝たきりの老いた元夫を殺した理由を調べ挫折した片岡直人は、初冬の大川を泳いで渡る男の真意に迫ることになる。二つの事件は直人に人の心に潜む「鬼」の存在を突き付けていくので、ホワイダニットの妙は前作以上だ。

　伊吹亜門『雨と短銃』（東京創元社）は、第一九回本格ミステリ大賞の小説部門を受賞した『刀と傘　明治京洛推理帖』の続編。坂本龍馬の依頼を受けた鹿野師光が、ダイイングメッセージ、密室状態からの人間消失などの謎を、幕末の政治状況も踏まえたロジックで解明するのだが、前作より歴史小説色が濃かった。

　汀こるもの『鳴かぬ螢が身を焦がす』（講談社タイガ）は、検非違使別当の佑高が持ち込む謎を、正妻の忍が解明する平安の安楽椅子探偵もの『探偵は御簾の中』の続編で、朽ちた女の死体が鏡を抱いていた謎、佑高と忍が駆け落ちごっこをした時に殺人が発生し、佑高が容疑者にされるなどの事件が描かれている。

　志坂圭『未練づくし』（ハヤカワ時代ミステリ文庫）は、元花魁の七尾を探偵役にした〈姉さま河岸見世相談処〉の続編。日本堤の下で手足に磔にされたかのような跡が残る老人の死体が見つかる、妓楼の一室で男が首を捥ぎ取られ殺されるといった猟奇的な事件が、江戸時代らしい道具立てを用いたシンプルかつ効果的なトリックで解明されるのが面白い。

　倉本由布『風待ちのふたり』（ハヤカワ時代ミステリ文庫）は、少女二人を相棒にした〈薫の芽衣の事件帖〉の続編。前作に比べ人情味が強いが、その分だけ青春小説パートの輝きが増している。

　若だんなが赤ん坊の姿になる畠中恵『もういちど』（新潮社）は、〈しゃばけ〉シリーズの第二〇弾。あさのあつこの〈弥勒〉シリーズはハードボイルド系の作品もあるが、驚愕の表情をした口入屋の隠居と若女房の死体が見つかる第一〇弾『花下に舞う』（光文社）は本格である。京極夏彦『遠巷説百物語』（KADOKAWA）は、妖怪の仕業に見せかけて悪

ハヤカワ時代ミステリ文庫

ハヤカワ文庫

光文社

新潮社

人を始末する京極版〈必殺〉シリーズの一一年ぶりの第六弾。著者が敬愛する柳田国男の『遠野物語』と同じ遠野が舞台だけに民俗学の情報も読みどころである。

〈使用人探偵シズカ〉シリーズ第五弾の月原渉『炎舞館の殺人』（新潮文庫ｎｅｘ）は、館もので、陶芸の窯からバラバラ死体が発見される本格だが、明治らしさがないのは前作を踏襲している。

由比正雪が反乱を計画した慶安の変を斬新な解釈で描く真保裕一『真・慶安太平記』（講談社）、徳川吉宗の生涯を謀略戦の結果として捉え直す谷津矢車『吉宗の星』（実業之日本社）、実在の情報屋・由蔵が、シーボルト事件の真相を暴く梶よう子『噂を売る男　藤岡屋由蔵』（ＰＨＰ研究所）は、時代ミステリと歴史ミステリの両方の要素が詰まっていた。

山田正紀の短編集『開城賭博』（光文社）は、すべてが本格ではないが、咸臨丸で船酔いに苦しむ勝海舟が、寝台で聞いた三つの怪談を合理的に説明する「咸臨丸ベッド・ディテクティブ」は、本格好きなら興味を引かれる趣向が満載だ。

戸南浩平『サムライ・シェリフ』（ハヤカワ時代ミステリ文庫）は、アクション満載のハードボイルドとして進むが、結末はしっかり本格になっている。

神生島を舞台に明治から令和に至る日本の歴史をたどる貫井徳郎『邯鄲の島遥かなり』（新潮社）は、どんでん返しが鮮やかな「ご落胤騒動始末」、ロジカルな展開の先に驚愕の結末が待ち受けている「超能力対科学」などに、ミステリ出身の著者の持ち味が発揮されていた。

大正末を舞台に、子爵邸に莫大な借金の取り立てにきたサーカス出身の少女ユリ子と、子爵の令嬢・鞠子が、借金を返済するため宝探しを始めると、ある未解決事件との関連が浮かび上がる夕木春央『サーカスから来た執達吏』（講談社）は、江戸川乱歩や横溝正史の戦前の長編本格ミステリを彷彿させる作品である。

華族探偵の黛と、父殺しを黛に解決してもらった心太郎が活躍する堀川アサコ『伯爵と成金』（新潮文庫ｎｅｘ）は、令嬢と交際した男が次々と死ぬ、文通の代筆をしていた少女が消えるなどの事件を縦糸に、犯罪者を始末し顔を赤く塗る黒影法師の追跡を横糸に進む。昭和初期の東京の描写も魅力で、ラストは続編を期待させるので次作を楽しみに待ちたい。

柳広司『アンブレイカブル』（KADOKAWA）は、作家の小林多喜二、軍人で川柳作家の鶴彬、哲学者の三木清らが非業の最期を遂げた裏には内務省の暗躍があったとしており、謀略小説と本格が融合したところは〈ジョーカー・ゲーム〉シリーズのファンなら絶対に満足できる。

満洲国を舞台にした伊吹亜門『幻月と探偵』（KADOKAWA）は、私立探偵の月寒が、岸信介の依頼で元陸軍中将宅で開かれた晩餐会後に秘書が急死した事件を調べることになる。月寒は秘書の婚約者で元中将の孫娘・千代子と事件を追うが、第二、第三の殺人が起こる。この時代の満洲国でしか成立しない謎解きが絶妙で、ホワイダニットは特に秀逸だ。

モダン都市の輝きを失った大戦末期の大阪を舞台にした芦辺拓『大鞠家殺人事件』（東京創元社）は、商売は傾き、軍医の長男は上海、次男は出征した商家で連続殺人事件が起こる。探偵小説の手法を用い、日本の社会と歴史が抱える問題点を浮き彫りにしており考えさせられる。

辻真先『二十面相暁に死す』（光文社）は、江戸川乱歩〈少年探偵団〉シリーズのパスティーシュ『焼跡の二十面相』の続編。不可能犯罪が連続するが、前作より冒険活劇のエッセンスが多い。

先の大戦後、ブラジルに移民した日本人が、祖国の敗戦を認めない勝ち組と事実を受け入れた負け組に分かれ争った史実を題材にした葉真中顕『灼熱』（新潮社）には、混乱を利用した詐欺師が誰かを探るフーダニットの要素がある。

平家一門ながら異母兄の清盛に疎まれていた頼盛を探偵役にした羽生飛鳥のデビュー作『蝶として死す　平家物語推理抄』（東京創元社）は、第一五回ミステリーズ！新人賞を受賞した「屍実盛《かばねさねもり》」を含む連作短編集。頼盛が、高倉天皇の寵姫が毒殺される「葵前哀れ」、首のない五つの死体の中から斎藤実盛を捜す「屍実盛」などの事件に挑むのは、一族郎党の生活を守るためなので、その悲哀が身近に感じられる読者もいるだろう。

第六七回江戸川乱歩賞を受賞した桃野雑派『老虎残夢』（講談社）は、宋代の中国を舞台にした時代ミステリにして、秘術が実在する武侠の世界で不可能犯罪が起こる特殊設定ミステリでもある。虚構の殺人事件を実際の歴史的な事件に結び付けた手並みは新人離れしていた。

第六回角川文庫キャラクター小説大賞の大賞と読者賞を受賞した小野はるかの中華ファンタジー『後宮の検屍女官』（角川文庫）は、特殊な検屍の情報を使うのは犯行方法に限り、犯人と動機の解明は論理的なのでアンフェアさはない。

マリー・アントワネットの元総女官長マリー＝アメリーと陸軍大尉ボーフランシュが、ヴェルサイユ宮で起きた密室殺人とダイイングメッセージの謎を追う宮園ありあ『ヴェルサイユ宮の聖殺人』（早川書房）は、第一〇回アガサ・クリスティー賞の優秀賞受賞作。当時の科学捜査、宮廷陰謀劇、革命の機運、芸術運動などを丹念な考証で描き二転三転するミステリを構築したのが見事で、今後も西洋歴史ミステリを書き続けて欲しい。

最後はエドワード・ターナー三部作の完結編となる皆川博子『インタヴュー・ウィズ・ザ・プリズナー』（早川書房）で締めたい。エドが独立戦争中のアメリカで先住民族の血をひく青年を殺した疑惑を軸に進み、歴史の残酷さを直視して現代と通底する社会問題を浮かび上がらせた重厚さは、掉尾を飾るに相応しい。

KADOKAWA

新潮社

講談社

早川書房

復刊ミステリ2021

文庫の復刊新レーベルが続々創刊、新復刊ブーム到来か?

嵩平何

近年復刊に力を入れていた徳間文庫が、トクマの特選!という復刊専門叢書を打ち出した。その第一弾としては『有栖川有栖選 必読! Selection 1笹沢左保 招かれざる客』や『山田正紀・超絶ミステリコレクション1 妖鳥《ハルピュイア》』などが目に付く。以降も充実した布陣が揃っており、大々的な復刊が期待出来そうだ。山田作品は竹書房文庫からも日下三蔵編の単行本未収録短編集『フェイス・ゼロ』が出たほか、改題復刊の『灰色の柩』も祥伝社文庫から刊行された。

連城三紀彦の再評価は完全に定着し、『敗北への凱旋』(創元推理文庫)や『私という名の変奏曲』(河出文庫)に加え、伊坂幸太郎推薦で双葉文庫から『暗色コメディ』と新装版の『人間動物園』『流れ星と遊んだころ』が改めてお目見え。

都筑道夫復刊祭りは今年も継続で、ちくま文庫からは『妖精悪女解剖図 増補版』『哀愁新宿円舞曲 増補版』が、河出文庫からは『絶対惨酷博覧会 都筑道夫短篇コレクション』が出た。いずれも短編集で、後ろの二冊は初の文庫化である。他にも講談社文庫からは『なめくじに聞いてみろ 新装版』が、そして創元推理文庫からは日本ハードボイルド全集という叢書も誕生し、日下責任編集の第六巻は都筑集である。同全集からは北上次郎責任編集の生島治郎集(一巻)と、杉江松恋責任編集の大藪春彦集(二巻)も出ている。なお生島は異色短篇傑作シリーズの『頭の中の昏い唄』(竹書房文庫)も刊行され、作風の広さが窺える。

文豪のミステリを纏めた、日下編の探偵くらぶ(光文社文庫)という叢書創設も好い試みだ。谷崎潤一郎『白昼鬼語』と芥川龍之介『黒衣聖母』が刊行済み。

東雅夫編の文豪怪奇コレクション(双

徳間文庫

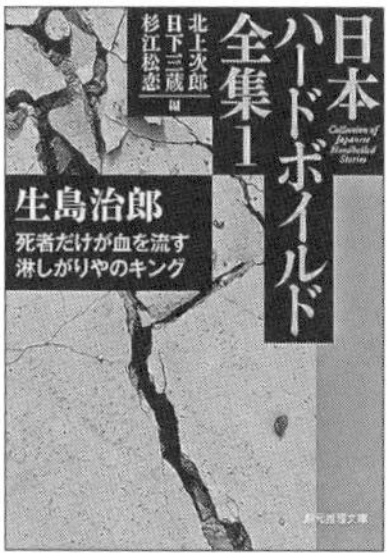

創元推理文庫

柏書房

幻戯書房

葉文庫）は、漱石・百閒・鏡花に加え、『猟奇と妖美の江戸川乱歩』も刊行。小鳥遊書房刊の長山靖生編乱歩集『白昼夢　妖異幻想傑作集』『人間椅子　背徳幻想傑作集』は関連随筆も収録。集英社文庫の『明智小五郎事件簿 戦後編Ⅰ』も出た。

横溝正史は『完本 人形佐七捕物帳』（春陽堂書店）が七〜十巻で完結。改変以前の横溝の文章収録を主眼とした、日下編による横溝正史少年小説コレクション（柏書房）の刊行が始まり、四巻まで発行された。資料の充実に加え、三巻には未発表作まで収録。今後は単行本未収録長編が控えている。横溝は角川文庫から金田一もの三冊の改版も出ている。

話題作としては小栗虫太郎『亜細亜の旗』（春陽堂書店）がある。探偵小説ではないが、死後七十五年経ってからの新作長編発見は慶ばしい。巻末資料も充実。

幻戯書房の銀河叢書・橘外男作品集として『燃える地平線』『予は如何にして文士となりしか』『皇帝溥儀』が登場。各巻テーマごとに貴重な作品が収録された。

論創ミステリ叢書からは『佐佐木俊郎探偵小説選Ⅱ』が出たほか、同社の『中島河太郎著作集　下』には創作を含む著者の多彩な業績が凝縮。『杉本顕道作品集　伊達政宗の手紙』（荒蝦夷）は探偵小説を含む著者のエンタメ作品集成。単行本未収録作を含む『水上勉社会派短編集　無縁の花』（田畑書店）も収穫だ。竹本健治『闇に用いる力学』の赤気篇は光文社から通常版と分売不可の特装版で甦った。『名探偵登場　芦辺拓と13の謎』（行舟文化）は著者の探偵が集結した自選集で「所員名簿」が楽しい。他にも『島田荘司全集Ⅷ』（南雲堂）など。

アンソロジーとしては『新青年』研究会編『新青年名作コレクション』（ちくま文庫）が探偵小説に偏らない多角的な内容で、往年の雰囲気を伝えている。竹本健治選『変格ミステリ傑作選　戦前篇』（行舟文庫）は読み応えのある傑作変格作品群に加え、劉臻の中国の変格探偵史等、資料的価値も高い。千街晶之編のコロナ情勢にマッチした『伝染《うつ》る恐怖』（宝島社文庫）と『歪んだ名画』（朝日文庫）はそれぞれのテーマである感染と美術に関するミステリを一望できる解説も読み応えあり。鉄道ものとしては鮎川アンソロの日下再編集版『狂った機関車』（中公文庫）や佳多山大地編『悲劇への特急券』（双葉文庫）が、ホラーとしては朝宮運河編『再生』『恐怖』（角川ホラー文庫）と『宿で死ぬ』（ちくま文庫）がある。昔ばなし×ミステリーの新装版として河出文庫から二冊が改題復刊。他にも日本推理作家協会賞受賞作家傑作短編集11・12(双葉文庫）や『矜持　警察小説傑作選』（PHP文芸文庫）などがある。

　捕物出版は佐賀潜『江戸黒絵図』上下巻と『佐賀潜捕物帖』、島田一男『開化探偵帳』、楠田稔『浜野晋介捕物控』、白井喬二『小説　捕物にっぽん志』、泡坂妻夫『亜智一郎の恐慌』、笹沢左保『同心暁蘭之介』、南條範夫『江戸御用帳』を刊行。城昌幸『若さま侍捕物手帖』は二十二巻から最終三十四巻（時期対象外）で完結。事実上の全集となる偉業だ。注目作としては、初単行本化の岡田鯱彦『駒形堂の藤吉親分捕物話』と初収録が中心の永瀬三吾『三味線鯉登』がある。同社は外地連載作を含む中華圏絡みの作品を復刊する大陸書館も立ち上げ、魔子鬼一『牟家《ムウチャア》殺人事件』、林熊生（金関丈夫）『船中の殺人』『龍山寺の曹老人』、陳舜臣『玉嶺よ　ふたたび』、秋永芳郎『赤い夕陽の満州で』を刊行した。

　盛林堂ミステリアス文庫は今年も大豊作。宮野村子『童女裸像』、善渡爾宗衛編・大河内常平『人造人魚』、別名義作中心の『怪奇探偵十一号室の怪　今日泊亜蘭怪奇探偵小説集』はいずれも単行本未収録作品集で、中でも「童女裸像」は未発表中編の貴重な発掘。ドイルなどの翻案作品集である北原尚彦編『浮き出た血染の手形　三津木春影翻案探偵小説集』、保篠龍緒の翻案探偵長編『七妖星』、増本河南『空中旅行』の三冊は北原解説も貴重な研究成果。希少本の復刊『或る光線　木々高太郎科学小説集』や、高井信編『石原藤夫　ショートショート集成』、『秀吉になった男　木村生死傑作集』、『光瀬龍ジュヴナイルSF未収録作品集』など、注目作品集は数多い。

　東都我刊我書房の大下宇陀児『幽霊紳士』は初単行本化の新聞連載小説だが、序盤を除く展開は『恐怖の歯型』に沿っている。善渡爾編の鷲尾三郎傑作撰『Q夫人と猫』『葬られた女』『影を持つ女』の刊行も非常に嬉しい。連載版の『再劂版　孤島の鬼』も芦辺拓解説が付き復刊。

　別冊附録をそのまま復刻した『夜光魔人』（湘南探偵倶楽部）も印象深い。

　ヒラヤマ探偵文庫からは共に初の単行本化となる馬場孤蝶の中編集『悪の華』と長田幹彦の長編『蒼き死の腕輪』が湯浅篤志解説で刊行。いずれも国産初期創作探偵小説を語る上で意義深い出版だ。『秋聲翻案翻訳小説集　怪奇篇』（徳田秋聲記念館文庫）はドイルやコリンズなどを含むアンソロ。秋聲の翻訳について論じた編者蓜島亘による解説も価値が高い。H・G・ウェルズの涙香翻案『八十万年後の社会』（扶桑社）もPOD版で刊行。

　また講談社のROMAN　BOOKS数百冊があらすじも付きで電子書籍化されたのは画期的な出来事だ。鮎川や彬光らの本格作品から、多岐川恭や大下宇陀児、楠田匡介『絞首台の下』、橘外男『見えない影』などのような貴重な絶版本が手軽に読めるようになったのは有難い。

　では最後に文庫ごとの主な復刊書を挙げていこう。ちくま文庫からは田中小実昌のミステリ短篇傑作選が日下編で刊行。復刊増補の『幻の女』と初単行本化となる『密室殺人ありがとう』はいずれも独自の味に満ちている。古書ミステリを含む野呂邦暢『愛についてのデッサン』は元版に五編増補。「新青年」掲載作を纏めた獅子文六の『金色青春譜』にも注目。

創元推理文庫の戸田和光編・山沢晴雄『死の黙劇』からは少ない頁数に込めた山沢本格の神髄が窺える。角田喜久雄『霊魂の足　加賀美捜査一課長全短篇』は関連随筆も収録。未文庫化作品を含む『赤江瀑アラベスク』も二冊刊行。他に北山猛邦『アルファベット荘事件』や西澤保彦『パズラー』など。西澤は改題復刊『神のロジック　次は誰の番ですか?』（コスミック文庫）も出た。

中公文庫は『野口冨士男犯罪小説集　風のない日々／少女』や、井上ひさしによるコンゲーム作品『さそりたち』の発掘が嬉しい。日影丈吉『応家の人々』、赤川次郎『招かれた女』『裁かれた女』、樋口有介『ピース　新装版』や、常盤新平の自伝的小説『片隅の人たち』にも注目。

光文社文庫は昭和ミステリールネサンスの天藤真『逢う時は死人』や、鮎川哲也の倒叙ミステリー傑作集『黒い蹉跌』『白い陥穽』、松本清張『馬を売る女』、東野圭吾『美しき凶器　新装版』など。

講談社文庫からは綾辻行人の囁きシリーズ三部作と、麻耶雄嵩の奇跡的問題作『夏と冬の奏鳴曲』が新装改訂版で登場。注目は折原一『倒錯のロンド　完成版』で、乱歩賞投稿から三十年以上を経て、真の企みが明らかに。また新装版として、法月綸太郎『誰彼』、北村薫『盤上の敵』、岡嶋二人『そして扉が閉ざされた』、西村京太郎『七人の証人』、加納朋子『ガラスの麒麟』、薬丸岳『天使のナイフ』、真保裕一『連鎖』などのほか、北森鴻の香菜里屋シリーズ四冊の復刊にも注目だ。

徳間文庫からは北森の旗師・冬狐堂シリーズ四作が刊行。三雲岳斗の『M.G.H. 楽園の鏡像』『海底密室』のほか、新装版の、辻真先『アリスの国の殺人』、我孫子武丸『さよならのためだけに』、真梨幸子『パリ警察1768』が出た。

角川文庫からブレイクに伴い浅倉秋成『フラッガーの方程式』『ノワール・レヴナント』が復刊。他に夢野久作『空を飛ぶパラソル』、黒川博行の二冊や遠藤周作の怪奇小説集二冊が復刊された。

河出文庫の山田風太郎傑作選は七冊刊行、コスミック時代文庫の井沢元彦『織田信長推理帳』や貫井徳郎『神のふたつの貌　新装版』（文春文庫）も出た。ネット発表作と絶版本を合冊した佐々木俊介『魔術師・模像殺人事件』（幻冬舎メディアコンサルティング）も見逃せない。

行舟文庫

ちくま文庫

創元推理文庫

幻冬舎

第二十五回 装幀大賞 選考座談会

第25回装幀大賞の審査対象は、2020年11月～2021年10月に出版された、広い意味でのミステリの装幀です。国内、翻訳、周辺書（評論書等）の別を問わず、また文庫化などに伴って新装幀で刊行された書籍も対象になります。（編集部）

司会・構成／羽住典子　選考委員／喜国雅彦　国樹由香

羽住◆　昨年はコロナ禍における装幀座談会でしたが、まさか今年もコロナが続いてるとは思っていませんでした。

喜国◆　最近の読書は、ついトラベルミステリーを選んでしまうのですが、旅に行けないせいだと気付きました。同じ理由で映画もロードムービーばかりです。

国樹◆　天体観測の本が売れていると聞きました。それも影響の一つなんでしょうか。

喜国◆　今年の候補作をずらっと並べてみましたが、モノクロの装幀に目を引かれますね。深水黎一郎『名画小説』は上品ですね。佇まいが良いです。帯があってもいいし、なくてもいい。

国樹◆　カラフルな装幀の中で逆に白が際立つ貫井徳郎『悪の芽』は、シンプルな絵と字のコントラストがすごく素敵です。帯を外しても静かな迫力があり、絵を見せて飾りたい感じ。帯の背表紙にもしっかり謳い文句が書かれているのもいいですね。

羽住◆　表紙絵は首がないのに全然怖くないのですよね。

喜国◆　絵がいいからですね。絵にあわせて文字を作っているのも良い。道尾秀介『雷神』は、白と黒にシルバーの箔が映えててかっこいい。

羽住◆　雪景色と表情を見せない人物画に、作品の雰囲気がよく表れています。

喜国◆　これら白系装幀からベストオブ白賞を決めるのはどうでしょう。

国樹◆　では私は東野圭吾『白鳥とコウモリ』です。白とグレイと黒でまとめられ、なんて品よく美しいのでしょう。喜国さんが描いてみたいと思うイメージの絵そのものかと。

喜国◆　確かに描きたいです。ビルは面倒で嫌ですが（笑）。『白鳥とコウモリ』というタイトルから、白と黒のイメージが浮かんで、このデザインが生まれたのでしょうか。カバーを取ると、本体表紙は田舎の風景。カバーの都会との対比になっています。

国樹◆　本体の背表紙の字は白一色でモノクロの美しさが際立っています。これら四冊を並べると、さまざまなグレイが見られて興味深いですね。

ベストオブ白賞

東野圭吾『白鳥とコウモリ』幻冬舎
装画＋ブックデザイン／鈴木成一デザイン室

候補作

貫井徳郎『悪の芽』KADOKAWA
装幀／高柳雅人 装画／益村千鶴

深水黎一郎『名画小説』河出書房新社
装幀／大倉真一郎 装画／荻原美里

道尾秀介『雷神』新潮社
装幀／新潮社装幀室 別丁扉写真／日野東／アフロ

封印賞

佐藤究『テスカトリポカ』KADOKAWA
装丁／川名潤

羽住◆ 佐藤究『テスカトリポカ』は、カバーを外すとビジネスホテルとかに置いてある聖書みたいなデザインです。

喜国◆ モチーフがスカルで僕好み。本体は極めて上品で、小説の凄さとのギャップがおもしろいですね。無慈悲な内容を閉じ込めているというか。「封印賞」なんてどうでしょう。カバーを外した状態で賞を出したことありましたっけ？ ないなら初です。

国樹◆ 芦辺拓『大鞠家殺人事件』は、玉川重機さんの装画が素晴しいですね。丹念に描き込まれた絵に白抜き文字が映えていて、太めの帯にはこれでもかと文字が詰め込まれていますが、見やすいのがすごいです。

羽住◆ ごちゃごちゃしてないですね。しかも半分以上が帯になっているという。

国樹◆ 文字配置のセンスが抜群ですよね。グラデーションになっているのも含め全部かっこよくて。散りばめられた言葉たちにも心をそそられますし、こちら国樹由香賞に。インテリアとして置いておきたくなるような素敵さです。

国樹由香賞

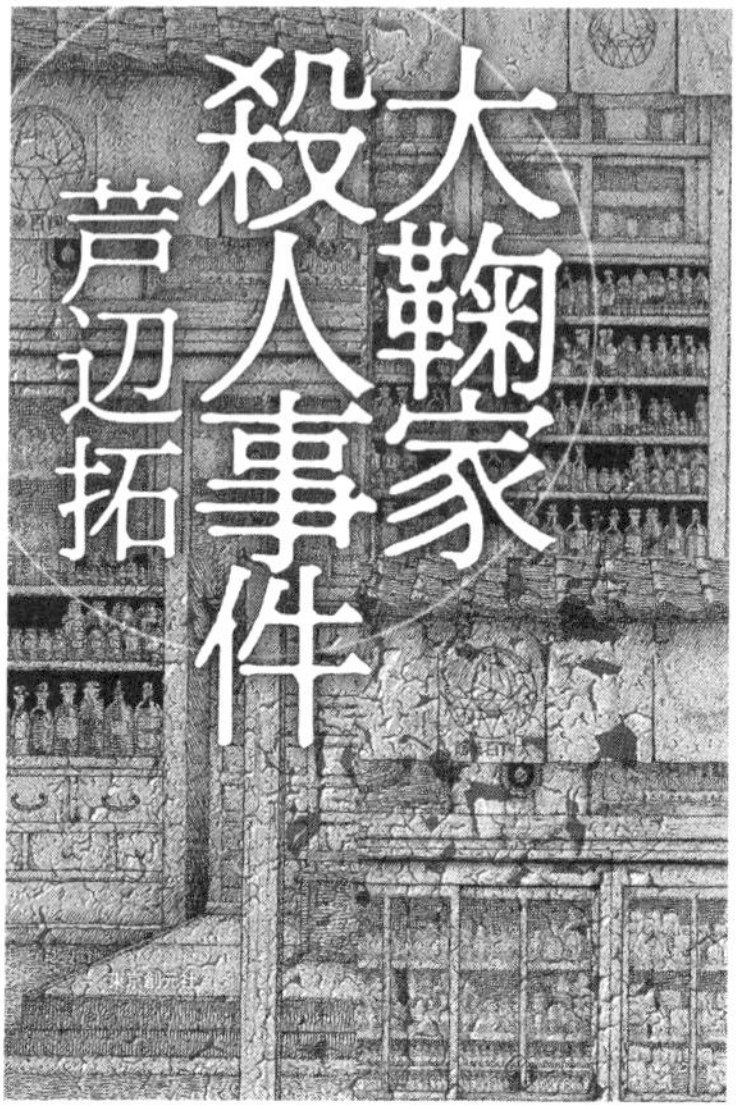

芦辺 拓『大鞠家殺人事件』東京創元社
illustration／玉川重機 design／岩郷重力＋R．F

羽住◆ 家というと、雨穴『変な家』飛鳥新社（装幀／辻中浩一（ウフ）、本文デザイン・DTP／飛鳥新社デザイン室）は、表紙をちょっと見ただけだと、変わった見取り図を紹介した本なのかなと思っちゃいそうです。

喜国◆ 実は小説なんですが、帯を外すとさらに何の本か分からない。本文にも見取り図がたくさん出てきて興味をそそられます。

国樹◆ 一枚の絵として飾りたいのが、山田正紀『開城賭博』光文社（装画／池田学「興亡史」、高橋龍太郎コレクション、撮影／宮島径、装幀／坂野公一（welle design））。手描きの迫力を感じさせられます。尊敬しかありません。

喜国◆ 池田さんは、この作風で大作を描き続けている方です。装幀だとその迫力が伝わりませんが、細かい筆致はクラクラします。僕はミステリの装幀でもっとこの方の絵を見たいです。各社編集者さん、デザイナーさん、ぜひお願いします。

羽住◆ 先ほどのカバー外しにちなんで、今年もっとも本体の手触りが良いのが、稲羽白菟『オルレアンの魔女』。作品はおうちにいながらフランス旅行の気分も味わえます。

喜国◆ 全体的な色遣いと、アナログとデジタルの組み合わせがいいなと調べたら、装幀者名がないのですよ。びっくりしました。こんなこともあるんだ賞を。

こんなこともあるんだ賞

稲羽白菟
『オルレアンの魔女』二見書房
装幀／記載なし

国樹◆　こんなにも素晴らしいお仕事なのに、なんという珍事件。

羽住◆　調べますので、進めてください。

喜国◆　事件だ事件だということで、竹本健治『闇に用いる力学　特装版』（カバー印刷／萩原印刷）も今年の事件です。何が衝撃だったかというと、普通の豪華本は、最初の単行本から、時期を置いて出版されるものなんですよ。その作品を愛する方に向けてね。でもこれは新刊。内容が判らない本を「豪華本でどうですか?」とやった。もうね、前代未聞の事件です。それだけに装幀は判りやすい〝売り〟として重要でした。

国樹◆　この函のデザインは未だかつて見たことがありません。横から見るとゴジラが口を開けているかのよう。近未来的で面白いです。これはオブジェとして室内に飾るべきですよね。

羽住◆　特別付録（デザイン／坂野公一（welle design））には、「ジャーロ」で連載していたときの喜国さんの装画が一挙にドドンと掲載されています。

喜国◆　函を作るときに紙を折ると、普通は白い筋が出ちゃうんですが、縁に白が出ないように紙質や印刷にもこだわっていると、デザイン担当の坂野さんからお聞きしました。題名から本体の色は、赤・黄・青を強調し、付録の冊子と函を黒でまとめています。話題賞的なものが相応しいと思ったのですが、以前にここで「坂野さんには毎年賞をあげてるから、もうあげない」って言っちゃったんです。困ったなあ(笑)。

羽住◆　色のこだわりなら、山口雅也・総指揮『甘美で痛いキス　吸血鬼コンピレーション』二見書房（デザイン、組版／坂野公一＋島崎肇則（welle design)、写真／Abobe stock PPS通信社 Shutterstock.com）のインパクトが半端ないです。

国樹◆　CDのジャケットみたいですよね。このデザインでトートバッグやポーチがあったら超かっこいいだろうと。本気でグッズ化希望です。ピンクと黄色という激しい組み合わせに音楽を感じるというか、山口さんの世界にぴったりだと思いました。

喜国◆　どっちがタイトルでどっちがサブタイトルか、パッと見ただけでは分からないのも面白いですね。ただ、これも坂野さんデザイン！　ああ、もう(笑)。

国樹◆　ちょっと変わった装幀ですと、織守きょうや『幻視者の曇り空——cloudy days of Mr.Visionary』（装幀／坂野公一（welle design)、装画／青依青）は装画をあえて横にして使っている点に引かれます。私はこの方の絵がとても好きなので、正位置でじっくりと眺めたくもあるのですが、本のデザインとして考えた場合は大正解ですよね。とは

いえ、これも坂野さんデザインなので……。

喜国◆いや、由香ちゃんはそれ気にしなくていいから(笑)。なんでこの表紙の色ってこんなに薄いのだろうと思ってしまうのが横田順彌・著、日下三蔵・編『大聖神』竹書房文庫（カバーイラスト／榊原一樹、カバーデザイン／坂野公一（welle design））。破れたグラシン紙がかかったデザインで、新刊なのに古書にしか見えないお遊びです。

羽住◆つい触って確認したくなります。

喜国◆竹書房文庫の異色短編傑作シリーズは毎回楽しみにしていて、今年は生島治郎・著、日下三蔵・編『頭の中の昏い唄』（カバーイラスト／佳嶋、カバーデザイン／坂野公一（welle design））。これまでのシリーズも白を強調したデザインだったんですが、今回は白の部分をこれまでと逆にしてて驚かせてくれます。でもね、でもこれも坂……。刊行点数が多すぎるんですよ！

羽住◆先ほどの『オルレアンの魔女』の装幀が判明しました。イラストが今の『生島治郎短編集』と同じ佳嶋さん。ご本人のサイトに掲載されています。デザインは……坂……。

国樹◆ほら喜国さん、自分縛りのルールは捨てるとき(笑)。

羽住◆われわれも調べるまで知らなかったのですから、名無しの人として受賞でいいのでは？

国樹◆まさか、こんなミステリ的なオチが待っているとは。

喜国雅彦賞

「紙魚の手帖 vol.01」東京創元社
illustration／Noribou bookdesign／albireo

喜国◆本好きでないとタイトルの意味が分からないんじゃないかと余計な心配をしてしまうのが、雑誌「紙魚の手帖 vol.01」。「ミステリーズ！」の後継誌がミステリ・SF・ホラーも一緒にした総合誌となって創刊されました。

羽住◆雑誌が取り上げられるのは初めてです。

喜国◆紙魚というのは本の虫です。読書好きのことではなくて、紙を食べるリアルな虫。なので、古い本はときどき陰干しないといけません。昔、創元推理文庫の投げ込みにこのタイトルが使われていました。全部揃えたけれど、終活中なので処分してしまいました。

国樹◆良い絵ですよね。背表紙の字もすごく可愛い。赤が効いてますね。

喜国◆シンプルなイラストを最大限に活かしたデザインに惚れました。次号のデザインがどうなるかも楽しみです。ということで喜国賞です。

羽住◆　そろそろ大賞をお願いします。

喜国◆　鈴木優作『探偵小説と〈狂気〉』はどうでしょう。

羽住◆　評論では初受賞です！

国樹◆　素敵です。写真が青みがかって印刷されているところもまた良いですね。白と青の美しさがあります。

喜国◆　白が目立つ今年の装幀の中で、もっとも目を引きました。明治期の東京都立松沢病院の実際の写真（『近代庶民生活誌』第二〇巻）が効果的です。まるでお芝居の一場面のようですが、リアルな歴史を感じます。国書刊行会の上品な雰囲気にも合っている。

羽住◆　まとめをお願いします。

喜国◆　シックでシンプルな装幀が大賞ということは、僕らが大人になった証でしょうか。この企画が始まった頃は、派手な装幀に惹かれていましたからね。実生活では老眼のせいで、紙媒体がしんどくなりました。好きな本は電子書籍で買い直していますが、昔の翻訳ものは電書化されていないのが多い。『鷲は舞い降りた』とか『女王陛下のユリシーズ号』とかお願いします。

国樹◆　お風呂読書で水中に落としたとしても大丈夫。あまりに便利で手軽なので電子書籍を楽しむようになりましたが、本当に気に入った本は紙で買い直し手元に置いておくようにしています。これからも二刀流でいきたいですね。

喜国◆　そう、電書は便利だけど、装幀が楽しめないのが弱点だから。

（十月十九日　於喜国邸）

大賞

鈴木優作『探偵小説と〈狂気〉』国書刊行会　装幀／コバヤシタケシ

2022年 ミステリ作家 新作近況会

愛川晶
Aikawa Akira

この欄にはすっかりご無沙汰してしまいました。長らく兼業作家だったのですが、三年前、別に不祥事を起こしたわけでもないのに、教育委員会から理不尽に首を切られ、その日のうちに職場から追い出されました。顛末は『再雇用されたら一カ月で地獄へ堕とされました』（双葉文庫）に書いた通りです。

専業になってからの仕事の中心は中公文庫の「高座のホームズ」シリーズで、去年の『芝浜の天女』以来、しばらくお休みしていましたが、来年、新たな形で再開する予定です。

今年は谷原秋桜子さんと共作の形で、あの『天使が開けた密室』の完結編にあたる『教え子殺し　倉西美波最後の事件』（原書房）を十一月に上梓しました。教員の視点を中心としたリアルな設定の学園ミステリーで、後半に読者を驚愕させるという難題に挑戦しています。ぜひ手に取っていただければ幸いです。

青井夏海
Aoi Natsumi

この一年余りの間に身内の不幸が相次ぎ、執筆活動が滞りがちでした。私のように無名の者は、発表のあてがあってもなくてもまず書かなくては始まらないのですが、それがまったくおろそかになっていました。

不幸中の幸いとしては、デビュー当時にはよちよち歩きだった息子が春には社会人となる見通しが立ち、家族に対する私のミッションはまもなく終了します。考えようによっては、そこからが本当の人生かもしれません。

その時その時をあたふたと生きることによってのみ書くべき題材とめぐり合ってきた私には、これからもそのようにしか書けないかもしれませんが、中断中のこと未着手のこと、また進めていこうと思います。どんな形になるかはわかりませんがきっと新作をお届けしたいと思いますので、どうかよろしくお願いいたします。

青崎有吾
Aosaki Yugo

来年はなんとデビュー十周年のようです。自分が一番びっくりしています。

　というわけで刊行予定。『空蝉島の推理』という書き下ろし長編を鋭意制作中です。二年くらい前から予告していて恐縮ですが、来年刊行目標でがんばります。孤島で全員殺されたあと島に上陸して死体を見つけた教授と警察官が、島内で起きたことをひたすら推理していくというお話です。趣味全開です。

　あと実業之日本社さんから出る『百合小説アンソロジー』に短編が載ります。これも趣味です。角川さんで書いているゲーム短編のシリーズも一冊にまとめたいと思っています。これも趣味です。全部趣味じゃねーか。

　裏染くんとアンファルの続きも進めるつもりですのでお楽しみに。アンファルの次巻は短編集になる予定なので短編がぽつぽつとどこかに載るかも。来年もよろしくお願いします。

浅倉秋成
Asakura Akinari

ミステリ作家と呼んでいただける機会に恵まれ始めたのですが、このような形で本物のミステリ作家様に囲まれてしまうとやはり恐縮してしまいます。新参者にも優しい、懐の深いミステリ界隈の風土に胸を打たれっぱなしのここ数年です。

　ミステリとしては双葉社様よりネットの炎上をモチーフにした新作長編が刊行できそうな気配が漂っております。他にもありがたいことに大小様々なお仕事をいただいておりますので、順次取りかかっていくことができれば、と。

　またなぜか、ジャンプSQ．にてお笑いをモチーフにした青春漫画「ショーハショーテン！」を小畑健先生とタッグを組んで描かせていただいております。ミステリ要素のないお笑いスポ根です。（打ち切りにならない限りは）数カ月おきに単行本が刊行されていく予定です。

　引き続き手広く、しかし本気で様々な仕事に取り組んでいければと思います。

麻見和史
Asami Kazushi

麻見和史です。二〇二一年の春に新シリーズ〈警視庁公安分析班〉をスタートし、『邪神の天秤』『偽神の審判』の二冊を上梓しました。これまで如月塔子とコンビを組んでいた鷹野が、公安部で捜査を行うというストーリーです。現在この二作を原作として、ドラマ『邪神の天秤　公安分析班』が制作されています。来年ＷＯＷＯＷで放送される予定です。

　その一方、今年は身辺でいろいろありまして、夏以降の執筆に遅れが出てしまいました。

　十一月に刊行するとお知らせしていた〈警視庁捜査一課十一係〉の十四作目は来年に延期となってしまいました。まことに申し訳ありません。

　二〇二二年はこの十一係のほか、〈警視庁文書捜査官〉シリーズについても早めに刊行できるよう努力します。どちらも新展開となる予定ですので、どうぞよろしくお願いいたします。

芦辺拓

Ashibe Taku

年明けて三月に、劇団フーダニットさんにて、私の脚本による「探偵が来なけりゃ始まらない――森江春策、嵐の孤島へ行く」が上演されます。主宰で演出の松坂晴恵先生と松坂健先生ご夫妻からの依頼で勇んで取りかかったものの、遅延を重ねての提出直後、松坂健先生の訃報に接したことは、悔やんでも悔やみきれません。せめて、この公演が成功し、ご恩に報いられるよう祈るばかりです。

同じ三月に光文社から、この戯曲と一脈通じる奇想ミステリ集『殺されるのは誰だ』（仮）が刊行、同社からは『名探偵対名探偵』を予定しています。現在執筆中なのはハヤカワ時代ミステリ文庫のための『大江戸奇巌城』、おかげさまで好評の『大鞠家殺人事件』に続く東京創元社での仕事は『悪霊ふたたび――乱歩殺人事件』となりそうです。どうやらろくでもない日本は続きそうですが、だからこそしつこくしぶとく書き続けたいです。

阿津川辰海

Atsukawa Tatsumi

十月に『星詠師の記憶』が光文社で文庫化されました。加筆・修正もしましたので、まだ手に取っていない方はぜひ。

来年には、講談社から斜線堂有紀さんとの競作企画が形になるはず。中編二つで一冊になる予定。面白い企画でした。『透明人間は密室に潜む』中の一編「盗聴された殺人」のコンビ、大野と美々香の長編『録音された誘拐（仮）』を来年刊行するため鋭意製作中。十一月のジャーロに「入れ子細工の夜」という、映画「探偵〈スルース〉」にオマージュを捧げた中編が載り、第二短編集の完成も間近。

あとは講談社の新作『黄土館の殺人（仮）』、実業之日本社での学園ミステリ連作も始動する予定。後者はバカバカしいことに情熱を捧げる男子高校生たちを主人公にした、私の中では一風変わったユーモア本格になるはず。文藝春秋でのホテルもの連作や、東京創元社での書き下ろし本格ミステリも進めていきます。

天祢涼

Amane Ryo

昨年この欄で予告した「小説以外の仕事」は実現できず。正直に言えば悔しいが、自分の興味関心の幅を広げることはできた。この悔しさをばねに、来年は次の三作を上梓するべく精進してもいる（タイトルはすべて仮題）。

1『陽だまりに至る病』…昨年、高い評価をいただいた『あの子の殺人計画』のシリーズ三作目。一作目『希望が死んだ夜に』を執筆しているときから書きたかったタイプの子どもを視点人物に据えている。

2『どうせ死ぬなら』…シリアス路線のラブコメ（?）。一通り書き終えて修正を始めたが、構想が大幅に変わったので少々時間がかかっている。

3『倒叙ミステリー』…これまで犯人視点のミステリーはあまり書いたことがないので、ぜひ挑戦したい。担当編集者には構想を話して、既にOKをもらっている。現在プロットを作成中。

綾辻行人

Ayatsuji Yukito

「囁き」シリーズ三作の〈新装改訂版〉（講談社文庫）も満足のいく形に仕上がって、さて新作長編を書かねば、という段階であえなく機能停止。――そんな二〇二一年十一月現在の状態である。

次は「館」シリーズの第十作を、とは決めているのだが、いくつかあるアイディアの候補の中から「これ！」と絞り込む踏ん切りがまだつかず、タイトルも未定。――悩ましいことである。

この秋にリニューアルされた『メフィスト』で連載を、という話をいただいている。できればそうしたいのだが、思えば「館」シリーズは『暗黒館の殺人』を除いて、すべてが書き下ろしだった。雑誌連載で書けるのかどうか、まったく自信がないというのが正直なところだったりも。――悩ましいことである。

ともあれ、これを何とかしないと先へ進めないので、いいかげん腹を括って取りかかるつもりです。

有栖川有栖

Arisugawa Alice

電子雑誌「別冊文藝春秋」に連載していた火村英生シリーズの最新長編『捜査線上の夕映え』が一月に単行本になります。

「怪と幽」誌（KADOKAWA）に連載している濱地健三郎シリーズも夏頃には短編集にまとめられそうです。

また、リニューアルされた「メフィスト」誌（講談社）で火村ものの国名シリーズ新作の連載をスタートさせるべく準備しています。

その先にも色々と予定がありますが、まだ公表できる段階ではありません。

徳間文庫「トクマの特選！」の〈有栖川有栖選　必読！　selection〉では、笹沢左保の本格ミステリの復刊が続きます。いっぱい掘り出しますので、どうかご注目ください。

石持浅海

Ishimochi Asami

二〇二一年はなんとか新刊を出せました。しかも数少ないシリーズものである座間味くんと碓氷優佳の新作だったのは何よりです。

二〇二二年の刊行の話をしますと、いくつか文庫化の予定が入っています。今のところ『相互確証破壊』、『崖の上で踊る』、『Rのつく月は気をつけよう2　賢者のグラス』という、かなり毛色の違うラインナップ。文庫化を待っていた方は、ぜひ。

新作といえば、連作短編の新シリーズが、ふたつほど始まる予定です。片方はすでに書き始めていますので、近々発表できると思います。

ちなみに二〇二二年でデビュー二十年になります。記念の年にふさわしい、非常に石持浅海的な新作も準備中です。次の二十年に向けて、面白い物語を書き続けていきます。

市川憂人
Ichikawa Yuto

今年度はマリア&漣シリーズの初短編集『ボーンヤードは語らない』、同シリーズ第三作『グラスバードは還らない』文庫化、さらに共著では『あなたも名探偵』、そして何と『私がモテないのはどう考えてもお前らが悪い！　ミステリー小説アンソロジー』という奇書（褒め言葉）の末席に加えていただきました。分量としては昨年度と同等ながら、体感的には当社比二倍くらいの仕事量だった気がします。

さて、来年度は年明け早々に新刊、さらにありがたいことに次のお仕事の話をいただいています。念願の単著年二作、となるかどうかは原稿の進み具合&出来次第。マリア&漣の次回長編もプロットが喉まで出かかっていますがいつ形になるかは未知数。いつまで経っても進歩しない斜壊塵もの書きの明日はどっちだ。

稲羽白菟
Inaba Hakuto

三冊目の単行本『オルレアンの魔女』（二見書房）を上梓しました。一年一作、比較的重めのものを書く自分としては悪くないペースなのでは？と思っています。古典芸能を主題にした既刊、劇評家探偵・海神惣右介シリーズ『合邦の密室』『仮名手本殺人事件』（原書房）とはまた違った、フランスのカンヌが舞台、日本人ソプラノ歌手が殺人事件に巻き込まれる「擬古典海外ミステリー」の趣、昨今珍しい王道的な雰囲気のミステリーです。「クリスティーの格調、乱歩の変格、横溝のドラマ。新本格を経て、今ここに蘇る」というのが自分で考えた大上段の惹句ですが、まさにそんな感じに仕上がっているかと思います。是非ご一読のほど。

2022年は可能であれば海神惣右介第三弾、海外もの第二弾、他、お題を頂ければ新しい事にも果敢に挑戦できればと思っています。最新情報はHP、ツイッターでご報告。どうぞご贔屓に。

植田文博
Ueda Fumihiro

家で過ごす時間が増え、音楽を聴きながら何かをすることが増えました。

中でも、書くときのお供にする音楽は悩みます。自分の場合は、いかにいい塩梅かが重要です。

惹きつけられすぎても気が散るし、興味がなければ流す意味がない。ベストは気に入った曲を、ある程度咀嚼したところで流すこと。

賞味期限は思ったほど長くありません。繰り返せば、どんなものでも味は薄れていきます。だからまた新しいものを探しに。

最近は『赤い公園』と『女王蜂』をローテーション。サブスクリプションで流れ着きました。しばらくすれば、また探しに出かけることでしょう。

なかなか結びつかない日々ですが、誰かのローテーションに入れるように書き進めています。

太田忠司

Ota Tadashi

二〇二一年には十一年ぶりに狩野俊介シリーズ新作を世に出すことができました。「待っていたよ」と言ってくださった読者の方々には感謝するばかりです。ただ実感したのは、自分が書くものの致命的な「軽さ」でした。

重厚な本格ミステリを書いてみたいと願って次の作品を書き始めたものの、投げる球質の軽さは如何ともしがたく、かといって星飛雄馬みたいに大リーグボールを編み出す才覚も無く、ただ書きかけの原稿を前にして呆然とする日々です。もしも完成いたしましたら拍手ご喝采をお願いいたします。

本格ミステリ以外では連作ショートショート集をふたつ並行しておりますが、どちらもSF風味ながらこちらも表道を堂々と歩けるようなものでもなく、どうやらこんな感じで二〇二二年も過ぎていきそうです。

大山誠一郎

Oyama Seiichiro

二〇二二年は、自分史上最多の三冊を刊行する予定です。

一冊目は文春文庫から、『赤い博物館』の続編。学園物、連続放火、バラバラ殺人、倒叙、誘拐、五つのコールドケースをトリッキーに解決します。

二冊目は実業之日本社さんから、『アリバイ崩し承ります』の続編。今回もバラエティに富んだアリバイ崩しをお目にかけたいと思います。

三冊目は小学館文庫から、旧作長編『仮面幻双曲』の全面改稿版。旧作で不満だった箇所を徹底的に直す予定です。

また、光文社さんの〈ジャーロ〉で『ワトソン力』第二シーズンの連載を続けるとともに、朝日新聞出版さんの〈小説TRIPPER〉で新たな連載を始める予定。連載の終わった新潮社さんの「悪役専門俳優」シリーズも本にまとめたいです。長年お待たせしている南雲堂さんの書き下ろし、原書房さんの『密室蒐集家』続編にも取り組みたいと思います。

折原一

Orihara Ichi

「老後の楽しみに名作を読まずにとっておく」のは果たしていいのかどうか。

私が学生の頃、慶應推理研（当時）の松坂健さんが「僕はディクスン・カーの歴史物は老後の楽しみにとっておくんだ」と言っておられた。「なるほど、それもそうだな」と思った（単純な）私は、『火よ燃えろ』『ビロードの悪魔』『ニューゲートの花嫁』などの名作群を読まず、本棚の奥に押しこみ、その存在自体さえすっかり忘れてしまっていた。

21年の秋、松坂氏の訃報が飛びこんできた時、悲しみとともにふと思い出したのは、あのカーの歴史物のことだった。松坂氏はすでに読んだのだろうか。聞く機会を逸したのはすごく残念である。

で、老境にさしかかった（というか、どっぷりつかっている）私はというと、目がしょぼしょぼして、古典を読む気力がなくなっている。若い時に読んでおくべきだったなあと今は痛切に思う。

霞流一
Kasumi Ryuichi

いやはや、何が大切かって、やはり「腰」ですよ。腰。つくづく痛感しているところです（あ、「痛感」って表現ぴったり過ぎ）。というのも、ギックリ腰をやっちまって、それも春、秋と年に二回、おかげで公私共に難儀したもんでした。ポンコツ化に加えて、もともと姿勢が悪いのも要因だったようです。それにギックリ腰って西欧では「魔女の一撃」と呼ばれるように想定外の不意打ちできますからね。クシャミの振動でなってしまった知人がいるほど。私の場合は下着を履き替えている時でした。以来、風呂やトイレの際ビクビクしています。皆様もくれぐれもお気を付けください。

さて、下着の上げ下ろしに恐怖するこの頃、目下執筆中なのは「エフェクトラ紅門福助最厄の事件（仮題）」（南雲堂）。クセモノ俳優たちのコミュニティで起こる不可解と不可能の連続殺人。トリックとロジックを駆使した腰の強い本格を目指します。まもなく初稿が完成予定（腰次第⁉）。

鯨統一郎
Kujira Toichiro

一九九八年に作家デビューして二〇二一年でまる二十四年経ちました。

その間、著作が百冊になりました。

文庫化された本やアンソロジーなどは含まない冊数です（因みに四六判、ノベルスで刊行された後に文庫化された本は四十八冊、文庫化されていない本は十六冊、最初から文庫で刊行された本が三十六冊です）。

二〇二二年には百一冊めの本が出ます。

その本から作風を変えます。

二十四年の作家生活を経て、ようやく小説の書きかたの尻尾が見えてきたような気がするからです。

これからはその尻尾を追って進んでゆこうと思っています。

今後とも、どうぞよろしくお願いいたします。

倉阪鬼一郎
Kurasaka Kiichiro

オリジナル著書数が二百冊を超えた年に、望外にも日本歴史時代作家協会賞のシリーズ賞をいただくことができました。今後も時代小説は月刊ペースでコンスタントに出していくつもりですが、ミステリとホラーも執筆を続けています。昨年は電子書籍オリジナルの長篇ホラー『戸古から隠されているもの』と『路地居同心、目の用心』（ともにアドレナライズ）を発表しました。あまり話題になっていないようですが、後者は隠れたバカミスもしくは変格ミステリの佳作だと自負しております。どちらのジャンルもいずれまた紙媒体でも出したいものです。いささかジャンルにとりとめがありませんが、新書『初めてのトライアスロン』や『倉阪鬼一郎短詩型文学集成』も順調に作業が進んでいます。

倉知淳

Kurachi Jun

死神めいた風貌の刑事が犯人を追いつめる倒叙ものシリーズを書いています。既に文庫になった『皇帝と拳銃と』の続編ですね。予定通りに進んでいればこの『本格ミステリ・ベスト10』と同じ頃に発売の東京創元社さんの新雑誌『紙魚の手帖』に最新作が載っているかもしれない（載っていないかもしれない）。

来年はこれを本にできたらいいな、と思っています。

黒田研二

Kuroda Kenji

まずは「青鬼」シリーズ関連から。十二月に『青鬼 かがみの城からのだっしゅつ』（PHPとっておきのどうわ）が、春頃に『青鬼 開かずの扉と虹色の蝶』（PHPジュニアノベル）が発売となります。前者は小学生低学年向けの絵本、後者は小学生高学年向けの冒険小説ですが、親子で楽しめる謎解きパートがあったり、本格ミステリっぽい要素も詰まっていたりしますので、どんなものかと試しにお手に取っていただけると喜びまくっちゃいます。

そして「青鬼」以外のお仕事。「青鬼」の執筆に追われて全然進んでいませんが、二〇二二年こそはガチガチの本格ミステリを完成させたい！　と意気込んでおります。さてどうなることやら。あと二月頃、過去に出した某作品がタイトルと装丁を一新して再版される予定。こちらもどんな仕上がりになるか今から楽しみです。

小島正樹

Kojima Masaki

お陰様で今年は『怨み籠の密室』（双葉文庫）を、上梓できました。

「故郷の謂名村には行くな」。父親からそう釘を刺されていた飛渡優哉。父の死を契機に彼は、しかし謂名村へ行くことにします。村で亡くなった母のその死に、何か秘密があるのではと思ったのです。

優哉が謂名村へ行くと、村人たちはみな冷たく、取りつく島もありません。優哉は一旦村を去り、探偵の海老原浩一とともに、再び謂名村を訪ねました。すると村内の、完全密室状態の工房で、死体が見つかり、さらに神社で首無し死体が発見されました。首無し死体は二体あり、しかしそのうち一体は、あっという間に消えたといいます。この謎を海老原が解いた時、途轍もなく意外な真相が浮かびあがり――。という物語です。ぜひ、お手に取ってくださいませ。

さて、来年なのですが、遅くとも夏までには、長編を上梓できると思います。

坂木司
Sakaki Tsukasa

作年は、時間はあるのに本が読めない年だった。東京住まいなため、感染のひどい時期はどこか気持ちが落ち着かず、腰を据えて読むことができなかったのだ。けれど不思議なことに「書く」方に支障はなかった。自分の世界に逃避できるからなのだろうか。ただ、他の方も同じだと思うけれど取材ができないことが困った。自分の手持ちのカードだけで勝負しなければいけないというのは、かなり怖いことだなと思ったり。

自分の場合、手持ちのカードは食べ物系だったので、出る本もそういうものばかりになりました。今年は文春から『おやつが好き』の増補版文庫を皮切りに、ショートケーキがテーマの短編集、高校が舞台のおやつミステリが出ます。あと、ようやく連載がまとまった『楽園ジューシー』が角川から。

読んでいただけると嬉しいです。

篠田真由美
Shinoda Mayumi

講談社タイガで当初予定のラストに到達せぬまま終わってしまった『レディ・ヴィクトリア』のシリーズだが、二〇二二年にアトリエサードから新作が刊行予定。中編三本の連作スタイルで、若き日のヴィクトリアやシーモア子爵が登場する。第二章の「築地ホテル館の殺人」は、その時代でなければあり得ないトリックと動機の隠された本格ミステリなので、乞うご期待。

表紙はなんとTHORES柴本氏。また既刊五冊も大幅手入れの上、装丁をそろえて順次復刊予定。そして今度こそ、時代の弔鐘を打ち鳴らすラストまでたどり着きたい。なおタイガ版は引き続き電書で入手可能です。

その他は、アミの会（仮）の活動が来年もあれこれと続く予定。実は依頼無しの英国伝奇もの『銀の左手のシビル』も、ちびちび書き継いでます。書くしか能が無いのよ自分結局のところ。

白井智之
Shirai Tomoyuki

21年に刊行した『死体の汁を啜れ』の帯に『若き鬼才の本格ミステリ！』とあるのを見つけ、もっと若い書き手もたくさん出てきているけど良いんかな、いやでもまだ若いし別にいっか、と開き直った翌日に腰痛になりました。痛え。今は怪しいサプリをラッパ飲みしながら新潮社の『名探偵のいけにえ』を書いています。これまでシリーズ作品を書いたことがなく、どの話も別の世界の出来事だと思ってきましたが、本作は『名探偵のはらわた』の姉妹編、同じ世界の話です。今回も法螺と謎解きを掛け合わせた愉快な話にしたいと息巻いています。KAD-OKAWAの『最悪の町（仮）』は片田舎の町で人が大量に死んだり若者が懸命に謎を解いたりする話です。特殊設定が出てきますが、ぼくの他の作品とはやや使い方が違う形になりそうです。他にも書きたい話があるのでコンドロイチン飲んでがんばります。

千澤のり子

Chizawa Noriko

今年度は一月に行舟文化から『少女ティック　下弦の月は謎を照らす』が刊行されました。小学五年生と二十歳の大学生が遭遇する四つの事件を描いた連作ミステリです。ホワットダニットの話もありますが、本格ミステリというより、現代の変格ミステリと呼べる作品になっています。

来年の一月くらいに、同じく行舟文化から不連続短編集『暗黒十カラット』が刊行されます。「十歳」にこだわった十の短編をまとめました。壊れた倫理観をさらっと日常の世界に取り入れる、ちょっぴり社会派の異色ミステリです。

そのほかとして、天狼院書店にて不定期にイベントを開催しています。今年度は本格ミステリに関する講座も何回か行いました。おもちゃ&キャラクターグッズ買取店たいむましんでボードゲーム、古書店三月兎之杜で本に関するエッセイを、ウェブ連載しています。

柄刀一

Tsukato Hajime

私はこのところ、エラリー・クイーンの輝ける国名シリーズをベースにさせてもらって、連作ものを恐縮しつつ書いています。このまま、〈ニッポン〉まで含めたラストまで突き進みたい所存です。しかし同時に、無茶な不可能犯罪ものにこそ柄刀の独自性があるのかもしれず、その構想もフツフツとわいてきています。まあ、私のオマージュ国名シリーズにも不可能犯罪は出てきます。〈チャイナ橙〉の謎には、それはマストですし。

ただ、丸ごと不可能犯罪ものという濃密な作品群もスタートを切らせてもらえそうなので、気合いが入り、自身でもワクワクしてきています。

その節はまた、よろしくお願いいたします。

（メガネの矯正で視力を良くするのは限界らしく、そろそろ白内障の手術かな）

台湾では、ミステリー作家有志による、台湾犯罪作家聯会が設立しました。

辻真先

Tsuji Masaki

コロナ禍だけではなく、足はヨボヨボ目はチカチカの惨状を呈しており、もはや大勢とミーティングが必要なアニメの仕事は諦めねばならない。そんな事情で紙の本を書くのがせいぜいの余生でしょう。三月になれば（それまで存命できたと仮定して）90歳の生き恥を晒しているもんね。

二月に実業之日本社から旧作『夜明け前の殺人』が文庫化されるので校正中。ぼく自身内容を忘れてしまっていたからどんな本になるか楽しみにしている。昭和ミステリ三部作の最後『馬鹿みたいな話　昭和36年のミステリ』は、ぼつぼつ山場にかかるまで書き進んだ。ナマ放送のテレビドラマの主役が、放映中に刺殺死体となる話です。ぼくのＮＨＫ時代の体験談がふんだんに出て、実名入りのセミドキュメミステリ。そんなもん書いて叱られないのかね？　春には出したいのですが。

鳥飼否宇
Torikai Hiu

奄美大島が世界自然遺産になったことで、そちら関係の著作に時間を取られています。奄美に生息する動植物を全部で八百種紹介する図鑑やら、毎日一種奄美の生き物を取り上げる新聞の連載コラムやら。楽しい企画ではあるのですが、ファクトチェックが大変です。図鑑のほうはなんとか来年中に刊行までこぎつけたいと思っています。

　ミステリ関係では、敬愛するチェスタトンの代表作〈ブラウン神父〉シリーズに範をとった〈武羅雲行者〉シリーズがひそかに進行中です。来年中には本にならないかもしれませんが、自分に残された本格魂を総動員して練り上げていく所存です。噂によると鳶山久志の〈観察者〉シリーズとジョイントした作品もあるとかないとか。

法月綸太郎
Norizuki Rintaro

二〇二一年は八年ぶり五冊目の評論集『法月綸太郎ミステリー塾　怒濤編　フェアプレイの向こう側』（講談社）をまとめる作業に明け暮れていました。今回は平成／昭和／海外の三章仕立て。表題作は「複雑な殺人芸術」以来二十年ぶりに取り組んだロスマク論です。

　今後の予定としては、まずポール・アルテ『死まで１３９歩』（ハヤカワ・ミステリ）の解説が控えています。さらに徳間文庫【トクマの特選！】シリーズの「都筑道夫・初期トリッキー長篇連続刊行」企画として、十一月に出たばかりの『やぶにらみの時計』に続き『猫の舌に釘をうて』の解説も担当します。

　コロナウイルスのせいではありませんが、この二年間、小説らしい小説をほとんど書いていないので、すっかり書き方を忘れてしまいました。二〇二二年は初心に返って、また一から古風な本格推理小説を書いていくつもりです。

早坂吝
Hayasaka Yabusaka

活動休止すると宣言してすぐ復帰したら面白いだろうと思っていたのですが、思いの他ズルズルと休んでしまいました。宣言をすることで早く復帰しなくちゃと努力するはずだという狙いもあったのですが、これはまったくの逆効果で休んだ気がせず。黙って休んでおけば良かったと後悔しています。

　そういう状況の中、何とか探偵ＡＩシリーズ『四元館の殺人』を出すことができました。これは自信作なのでぜひ読んでみてください。

　今はジャーロで『迷宮（す）いり』という変なタイトルの作品を連載していますが、題からは想像できないようなハードな内容なので単行本化の際はタイトル変更するかもしれません。

　いい加減らいちが怒っているので、らいちの新作も出します。これも館物で、らいちにカギカッコ付きではない友達ができればいいなと考えています。

2022年 ミステリ作家 新作近況会

はやみねかおる

Hayamine Kaoru

２０２１年は、『都会のトム&ソーヤ』映画公開の影響で、舞台挨拶など、多くの新しい体験をすることができました。

新刊も、過去最多の冊数を出していただきました。

とても慌ただしい1年で、今でも夢の中にいるような気分です。また、公表できない原稿も書いたり、秘密にしなければいけないことの多い1年でした。

２０２２年は、まず『都会のトム&ソーヤ』の新刊が出ます。次に、『怪盗クイーン』の新刊。他には、数学ミステリの短編や、なかなか進まない不可能犯罪研究部の原稿を書く予定です。

あと、『怪盗クイーン』の劇場ＯＶＡが夏に公開される予定です。それに伴い、また新しい体験ができると思うと、ワクワクします。

この数年、感謝しなければいけない人が増えに増えて、とてもうれしいです。健康に気をつけ、乗り切ります。

東川篤哉

Higashigawa Tokuya

二〇二二年に私、東川はデビュー二十周年を迎えます。しかも私の誕生日は二月二十二日なのですよ。「二〇二二年二月二十二日にデビュー二十年」って凄くないですか？ そうですか、凄くないですか？ でも長編が出るんですよ、しかも一年に二作も。これは間違いなく凄いでしょう。私の場合、長編が出るのは十年以上ぶりです。まず先に出そうなのが光文社の『スクイッド荘の殺人』で、たぶん春ごろ。烏賊川市を舞台に過去と現在が交錯する愉快なミステリです。「スクイッドって何？」と思ったあなたは、ぜひ読むべき。それから秋ごろに東京創元社から『仕掛島』が、ついに。瀬戸内海の孤島を舞台に過去と現在が交錯する痛快なミステリです。「仕掛けって何？」と思ったあなたは、ぜひ読むべき。それとあとＰＨＰ研究所から馬のミステリが出るはず。いずれもお楽しみに！

深水黎一郎

Fukami Reiichiro

今年上梓した唯一の新刊『名画小説』（河出書房新社）は、澁澤龍彦の『幻想の肖像』などの顰に倣い、偏愛する古今東西13の名画をお題にして、しかしながら美術の解説書ではないので絵の話は最小限にとどめ、自由な発想で書いたファンタジーやホラー、コメディや叙述トリックものなど、さまざまなジャンルの小説を集めたものです。正直このムックの読者にお勧めして良いものか悩みますが、事件や犯罪が描かれていなくても、構図の反転があればミステリーという立場に立つならばこれもミステリー。見かけたらお手に取って頂ければ幸いです。

来年は久しぶりに芸術探偵ものの止編を予定しています。やはり美術ものになる筈ですが、『名画小説』では名無しの〈僕〉として登場していた瞬一郎くんに、今度こそ大活躍してもらいましょう。

来年もよろしくお願いします。

麻耶雄嵩

Maya Yutaka

竹本健治さんの依頼で『ミステリ作家たちの横顔展』にペットの二匹のハリネズミ、〝きゅうす〟と〝じゅうす〟の絵を描きました。残念ながらきゅうすは一昨年に息をひきとり、二匹が同じ時間を過ごしたのは半年程でした。「落書き」はその半年間の想い出でもあります。

落書きを送った翌月、三匹目を飼うことになりました。パイドで背中のまだら模様がパンダみたいなので〝ぱん〟と名付けました。ぱんは先の二匹と違い、迎えてすぐに跳箱型のねぐらの上によじ登り、外の世界に興味津々。油断なりません。暢気なきゅうす、臆病なじゅうす、好奇心旺盛なぱん。三匹とも性格が違っていて楽しいのですが、違いすぎてこれまでの経験が活きないのが困りものです。

例年のことですが、集英社から『貴族探偵対怪盗マダム』が、光文社から『弦楽器、打楽器とチェレスタのための殺人』が出る予定です。

深木章子

Miki Akiko

二〇二一年は、世の中が新型コロナで明け暮れた一年となりました。

人間生きていると、想像だにしなかった出来事が現実に起きるのだということを実感するとともに、これまではさまざまな国がバラバラに存在していると見えていた地球も、やはり世界は一つだったのだと、妙に納得させられる思いです。

そんな中でも、作家としては、一月に角川文庫さんから『罠』を、三月に光文社文庫さんから『消えた断章』を刊行することが出来、本当にありがたいことだと感謝しています。

二〇二二年も、書下ろしの新作長編を上梓するべく鋭意努力中ですが、いつまでこんな状況が続くものやら――。

なんといっても高齢の身ですので、とりあえずは周囲にも自分自身にも被害が及ばないよう、引き続き自粛生活を頑張る覚悟でおります。

水生大海

Mizuki Hiromi

今年は四月に『オレと俺』（祥伝社文庫）、九月に『善人と天秤と殺人と』（幻冬舎文庫）、十一月に『きみの正義は　社労士のヒナコ』（文春文庫）を、それぞれ文庫化しました。単行本は十月に『あなたが選ぶ結末は』（双葉社）を出しております。どんでん返しの短編集で、本格ミステリとして、とある仕掛けをしています。ぜひぜひ読んでください。

来年は「ランチ探偵」の三冊目が本になる予定です。サブタイトルはまた後日ご紹介します。ランチで合コン、そして謎解き、というこの設定。まさかこんなにも会食のしづらい世の中になるとは思ってもおらず……苦心しました。ほかにも手掛けているものがあり、早くお届けしたい！

私も、様々な出会いの機会が少なくなっています。せめて物語だけでも、新たな世界に出会いの場を広げたいものです。

来年もよろしくお願いいたします。

三津田信三

Mitsuda Shinzo

今年は新作『死相学探偵最後の事件』角川ホラー文庫、文庫版『碆霊《はえだま》の如き祀るもの』講談社文庫、新作『忌名《いな》の如き贄《にえ》るもの』講談社、日台香の共作『おはしさま　連鎖する怪談』光文社、文庫版『犯罪乱歩幻想』角川ホラー文庫、文庫版『白魔の塔』文春文庫、新作『赫衣《あかごろも》の闇』文藝春秋を上梓しました（または年内には刊行されているはずです）。

来年の文庫化は『魔偶《まぐう》の如き齎《もたら》すもの』で、二次文庫として『災園』と『七人の鬼ごっこ』があります。

さて新作ですが、連作短篇『怪民研』の連載を予定しています。第一話は「歩く亡者《ぼうもん》」です。さて、この研究室の責任者は誰でしょうか。

また『のぞきめ』の姉妹篇ともいうべき新作長篇『みみそぎ』も考えていますが、かなり未知数なところがあって、完成&出版ができるかどうか何とも言えません。来年もよろしくお願いします。

森川智喜

Morikawa Tomoki

昨年二〇二〇年には『死者と言葉を交わすなかれ』（講談社タイガ）が出版されました。死者と会話したために死んでしまったのではないか、という疑惑の事件について彗山興信所が調査する九〇年代舞台の探偵小説です。

今年は光文社の電子小説誌「ジャーロ」に短編を掲載してもらいました。もろもろみなさんの読書ライフの糧になれば、と思います。

昨年はこのコーナーで、ＪＡＸＡ開発の小惑星探査機「はやぶさ2」のミッション（小惑星サンプルリターン）がどうなるか、気になる、という旨のことを書きました。あのあと年末に、ミッションが無事に成功したと報じられましたね。

今年も残りわずか。あたたかくして、よいお年をお迎えください。

米澤穂信

Yonezawa Honobu

こんにちは。米澤穂信です。

二〇二二年は、まず集英社さんから、『本と鍵の季節』の続編に当たる『栞と嘘の季節』を刊行できればと考えています。「小説すばる」で、1月号から連載が始まっていることと思います。

文藝春秋さんの「オール讀物」で、警察官を主人公にした本格ミステリを書いています。分量的にはそろそろまとまる頃合いかと思いますが、いまのところ、題名や刊行時期などは未定です。

東京創元社さんで、毎年〈小市民〉シリーズの短篇を書いています。二〇二二年も何かお届けできればと考えています。桑港、羅馬と来ましたから……どういたしましょうか。

そのほか、「ユーモア」や「夕餉」など、テーマを決めた短編を少しずつ書いていっています。二〇二一年には書けませんでした。二〇二二年には何か書く機会があればと願っています。

2021
海外本格ミステリランキング

1 ヨルガオ殺人事件

アンソニー・ホロヴィッツ
山田 蘭 訳　創元推理文庫［得票点数：253］

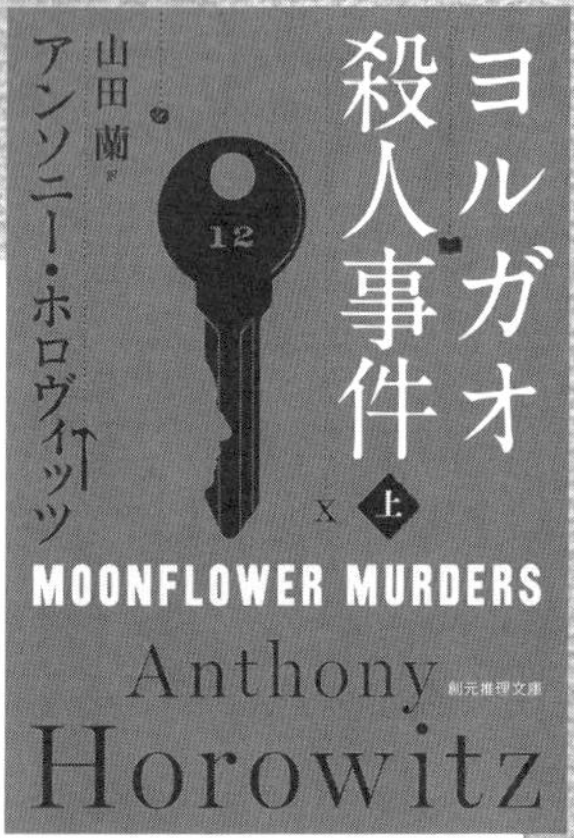

2 自由研究には向かない殺人

ホリー・ジャクソン
服部京子 訳　創元推理文庫［得票点数：172］

3 文学少女対数学少女

陸 秋槎　稲村文吾 訳
ハヤカワ・ミステリ文庫［得票点数：98］

4 第八の探偵

アレックス・パヴェージ　鈴木 恵 訳

ハヤカワ・ミステリ文庫 ［得票点数：92］

5 ブラックサマーの殺人

M・W・クレイヴン　東野さやか 訳

ハヤカワ・ミステリ文庫 ［得票点数：76］

6 運命の証人

D・M・ディヴァイン　中村有希 訳

創元推理文庫 ［得票点数：74］

7 地の告発

アン・クリーヴス　玉木 亨 訳

創元推理文庫 ［得票点数：62］

8 スリープウォーカー

ジョセフ・ノックス　池田真紀子 訳

新潮文庫 ［得票点数：59］

9 混沌の王

ポール・アルテ　平岡 敦 訳

行舟文化 ［得票点数：58］

10 オクトーバー・リスト

ジェフリー・ディーヴァー　土屋 晃 訳

文春文庫 ［得票点数：51］

10 見知らぬ人

エリー・グリフィス　上條ひろみ 訳

創元推理文庫 ［得票点数：51］

2021

海外本格ミステリ・ランキング総評

本年度の海外本格ミステリはイギリス勢の躍進著しいという印象だが、ベスト10のランキングもそれを如実に反映する結果となったように思われる。

本格ミステリ作家クラブ設立20周年企画「2010年代海外本格ミステリ ベスト作品」でも『メインテーマは殺人』が選ばれたホロヴィッツは、現代イギリス本格の雄として地位を確立。『ヨルガオ殺人事件』が、第二位を引き離してぶっちぎりの一位となったのは、その証左といえる。同書における作中作という趣向は、これも今年度、多かった傾向のひとつだが、フランス・ミステリのような『第八の探偵』、ホラー小説をまるごと盛り込んだ『見知らぬ人』に支持が集まった。後者のように地域コミュニティ内の殺人を描く作品は、『運命の証人』のようなクラシックでは定番だったが、『自由研究には向かない殺人』、『地の告発』といった現代作品でも引き継がれ、支持を集めている。『地の告発』のような、イギリス本格の定番ともいえる警察官小説の系譜では、サイコスリラー+本格の『ブラックサマーの殺人』や、ノワール+本格の『スリープウォーカー』など、他ジャンルとのコラボも顕著だ。こうした傾向は、アメリカ・ミステリからの影響だと思うが、アメリカ産本格の代表選手の一人であるディーヴァー作品からは、名探偵《キャラクター》小説ではなく、タイムライン逆行型のプロットでサプライズを決める『オクトーバー・リスト』が支持を集めた。

フランス本格の雄アルテの『混沌の王』がランクインしたことは、伝統的な作品への支持が根強いことを示す。日本の、いわゆる新本格の影響を受けている『文学少女対数学少女』のランクインは、〈本格ミステリ〉という冠付きのベスト10であってみれば、必然であったといえよう。（横井）

1

ヨルガオ殺人事件

アンソニー・ホロヴィッツ　山田蘭 訳

創元推理文庫　二〇二一年九月　上下各一〇〇〇円（本体）［長編］
装画／Will Staehle　装幀／Will Staehle＋中村聡

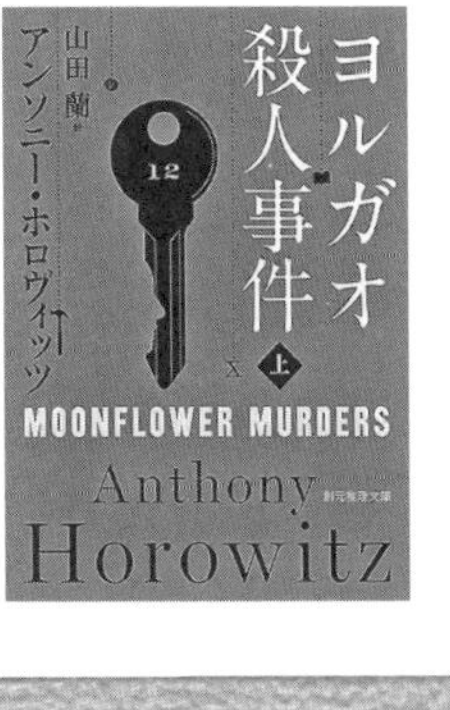

「それが伏線だったのか」という驚きでは『カササギ殺人事件』をも凌いでいる

『カササギ殺人事件』『メインテーマは殺人』『その裁きは死』に続き、アンソニー・ホロヴィッツの作品が四年連続で『本格ミステリ・ベスト10』の海外部門一位に選ばれた。『ヨルガオ殺人事件』を読むと、それもむべなるかなと思わざるを得ない。

『カササギ殺人事件』の出来事で失職した元編集者のスーザン・ライランドは、パートナーとともにギリシャのクレタ島でホテルを経営していた。そんなスーザンを訪ねてきたトレハーン夫妻は、娘のセシリーの失踪について調べてほしいと彼女に依頼する。セシリーは失踪前、ミステリ作家アラン・コンウェイの『愚行の代償』という小説を読んで、八年前に実際に起きた殺人事件の真相に気づいたと言っていたというのだ。スーザンは関係者たちを訪ねて、八年前の謎を解き明かそうとする。

前作同様の作中作ものだが、今回、アラン・コンウェイの小説は、スーザンが語り手を務めるパートに挟み込まれるかたちで提示される。どうやら、作中作の登場人物と現実の人物とが対応関係にあるらしいので、スーザンも読者も注意深く読み進めざるを得ない。これで作中作が退屈だったら目も当てられないけれども、そこはホロヴィッツ、『愚行の代償』だけ取り出しても良質な本格ミステリとして読めるように仕上げている。のみならず、どうしてセシリー以外の読者が八年前の事件の真相に気づかなかったのかという点も説得力がある。別ページの座談会でも言及したように、最近は日本のみならずイギリスでも作中作ミステリが流行している様子だが、やはりホロヴィッツは別格と言えそうだ。

本書の更に大きな読みどころは、伏線の張り方の巧妙さだ。「それが伏線だったのか」という驚きでは、『カササギ殺人事件』をも凌いでいるのではないか。年間ベストテンにおけるホロヴィッツの快進撃は当分続きそうだ。（千街）

2

自由研究には向かない殺人

ホリー・ジャクソン　服部京子 訳

創元推理文庫　二〇二一年八月　一四〇〇円（本体）［長編］
カバーデザイン／大岡喜直（next door design）

姿を見せない脅迫者は、匿名で暴力的なコメントを寄せるネット社会の象徴とも捉えられる

　本書はバッキンガムシャー出身の作家、ホリー・ジャクソンのデビュー作である。二〇一九年に刊行されベストセラーとなり、二〇二〇年にチルドレンズ・ブック・オブ・ザ・イヤーを受賞し、カーネギー賞の候補にも選ばれた。

　イギリスの小さな町リトル・キルトンで、十七歳の少女が失踪する事件が起きる。数日後、少女のボーイフレンドが自宅近くの森で睡眠薬を服用後、ビニール袋をかぶって窒息死した姿で発見された。証拠により、少年が少女を殺害して自殺したと、警察は判断したが、少女の遺体は見つからないままである。

　事件から五年後、グラマースクールの最上級生のピップは、直感的に少年は冤罪だと思い、自由研究として事件の再調査を開始する。少女の身に何が起きたのか。彼が無実だとしたら、真犯人は誰なのか。自分には解決できないと思いながらも、真実が明らかになるにつれて、容疑者候補の数も増えてきた。だが同時に、ピップは何者かに「調査をやめろ」と脅されるようになっていく。

　自由研究の計画書、レポート、インタビューの音声起こし稿、ピップの手書きメモ、チャットメッセージの記録、被害者の少女の手帳を写した画像と、様々な書式が挟み込まれることにより、実際に起きた事件の報告書を読んでいるような錯覚に陥ってくる。身近なツールであるフェイスブックから人間関係を探り、手がかりを拾い集めていく過程は、現代の女子高生の行動そのものだ。少年が真犯人ならば、少女の携帯電話に何十回も電話をかけないという発想も、デジタル社会以前には考えられなかっただろう。

　決して派手ではなく、むしろオーソドックスな展開であるのに本書が魅力的に映るのは、歪んだ正義感にとらわれず、ひたむきに関係者と接するピップの姿が描かれるからだろう。姿を見せない脅迫者は、匿名で暴力的なコメントを寄せるネット社会の象徴とも捉えられる。（羽住）

3

文学少女対数学少女

陸 秋槎　稲村文吾 訳

ハヤカワ・ミステリ文庫　二〇二〇年十二月　九六〇円（本体）［短編集］

カバーイラスト／爽々　カバーデザイン／坂野公一（welle design）

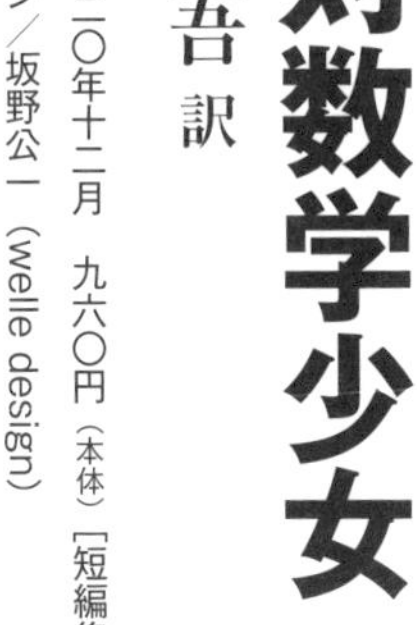

青春小説的要素も ミステリと有機的に結びつき 謎解きの余韻を芳醇なものにしている

　高校の校内誌に懸賞付きの「犯人当て小説」を掲載しようとしている〝文学少女〟陸秋《りくしゅう》槎《さ》は、自分の書いた犯人当て小説に穴がないか、解答に別解が生まれないか検証してもらうために、天才と呼ばれる〝数学少女〟韓采《かんさい》蘆《ろ》のもとを訪ねる。しかし、彼女は秋槎の小説からいくつもの別解を導き出してしまう（「連続体仮説」）。その後、親交を深めた二人は、フェルマーの最終定理の証明の素晴らしさを秋槎に分からせるための犯人当てを采蘆が出題したり（「フェルマー最後の事件」）、采蘆の家庭教師先の生徒が書いたミステリを読んだり（「不動点定理」）、果ては秋槎が犯人当てを出題した場にいた人間全員が容疑者となる殺人事件に巻き込まれる……（「グランディ級数」）。

　各編に必ず作中作として犯人当て小説が登場する全四話の連作短編集。作中作によって本格ミステリをメタ的に捉え、さらにそこへ数学の論理性を導入することで、本格ミステリの形式性、そしてその限界を顕在化させている。「本格ミステリにおける真実は唯一である」という命題を大きく揺さぶったのは、理論的には（数学者ゲーデルの不完全性定理をミステリに持ち込んだ）法月綸太郎の「初期クイーン論」と、実作においては（本書の解説も執筆している）麻耶雄嵩の作品群であるが、本作はこの両者の結合点にある作品と言ってよいだろう。現代本格の極北はここにある。

　一方で、本書の魅力はミステリ的な尖鋭性だけではない。少女たちの間で紡がれる繊細な関係性、そうした青春小説的要素もミステリと有機的に結びつき、謎解きの余韻を芳醇なものにしている。作中作の小説は彼女たちの間で様々なメッセージを媒介していることに気づくだろう。それは単なる謎解き小説ではなく、手紙のような温かさすら感じさせることもある。ミステリへの実験精神と人間関係の質感が生み出すコントラストこそが本書の最大の魅力だ。（荒岸）

4

第八の探偵

アレックス・パヴェージ　鈴木恵 訳

ハヤカワ・ミステリ文庫　二〇二一年四月　一一四〇円（本体）［長編］

カバーイラスト／鈴木康士　カバーデザイン／早川書房デザイン室

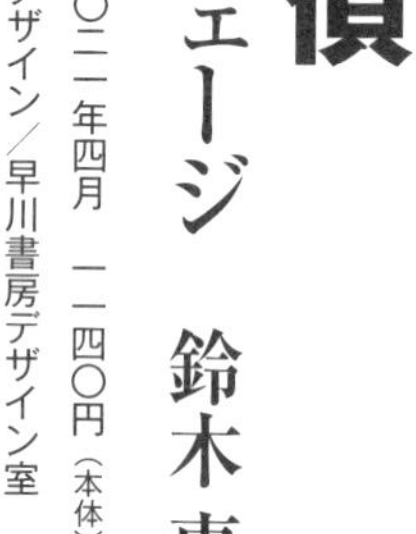

バラエティに富むフーダニットだが　ある仕掛けによって　どこか異形めいている

いわゆる探偵小説の黄金時代に一冊のミステリ短編集を私家版として刊行しながら以後沈黙。表舞台からも姿を消して、現在は地中海の小島に隠棲する数学者グラントの許に、ミステリ専門出版社の女性編集者ジュリアが復刊のオファーを携えて訪ねてくる。当時大学の数学教授であったグラントは殺人ミステリの構造を考察し、数学的に定義することを試みた論文「探偵小説の順列」においてミステリを構成する要素を「容疑者」「被害者」「探偵」「犯人」の四つに分類。その順列組み合わせから生み出されるバリエーションをいくつかの典型に整理し、実作に落とし込んだ作例として『ホワイトの殺人事件集』を世に問うたのだった。しかし、自作についてはもうほとんど覚えていないというグラントに対しジュリアは一編ずつ疑問や矛盾点を詳細に読み合わせ、ミステリ談義を重ねていく。その中から次第に立ち上がってくるのは、ある現実に起こった殺人事件だった――。

作者が数学の博士号を持っているということもあって、ミステリを数学的に定義する、という摑みに構えてしまいがちになる本書だが、作中の数学者と編集者によるミステリの構造を巡る対話は文系読者にも充分理解できるのでご安心を。それよりはむしろアガサ・クリスティーへのオマージュと、現実の事件にまつわる作中作やその扱いの捻くれ方において、特に今年であれば『ヨルガオ殺人事件』と響き合う。

七編の作中作は密室、孤島、過去の殺人などクリスティー的なバラエティに富むフーダニットだが、ある仕掛けによってどこか異形めいている。その裂け目に加えられる追及と、構造分析の対話は各編を丹念に読み込むよう働きかけてくる。その果てにこそ待ち受ける推理の、ひいてはミステリそのものの恣意性。何重にも捻られた真相に辿り着いてから読み返すと、二人の対話が「対決」に他ならなかったことが明らかになる。（笹川）

5

ブラックサマーの殺人

M・W・クレイヴン　東野さやか 訳
ハヤカワ・ミステリ文庫　二〇二一年一〇月　一二〇〇円（本体）［長編］
カバーデザイン・イラスト／柳 智之

謎が単純なだけに真相が判明したときのカタルシスは大きい

かつて、高級レストランのオーナーの娘が、厨房に大量の血痕を残して行方不明となる事件が起きた。当時、州警察の刑事だったワシントン・ポーは、娘の父親であるカリスマ・シェフがサイコパスであるとの疑いから、死体が発見されないまま逮捕。有罪判決を勝ち取り、当の父親は服役することになった。ところがそれから六年が経って、当の娘が州警察に出頭。血液検査が行われた結果、確かに被害者の娘だと科学的に証明されてしまい、父親は保釈が決定。誤認捜査を疑われたポーは再調査に乗り出すが、肝腎の娘は再び失踪してしまう……。

英国推理作家協会賞・最優秀長編賞を受賞した前作『ストーンサークルの殺人』で活躍した、国家犯罪対策庁・重大犯罪分析課の部長刑事ワシントン・ポーと、その相棒で、天才的な頭脳を持つがオタク気質のため人間関係をうまく持てない分析官ティリー・ブラッドショーが活躍するシリーズの第二作である。

犯人は最初から判明している。したがって本書の興味の中心は犯人探し《フーダニット》ではない。「ある人物が生きていると同時に死んでもいるということがどうすれば可能か」というシンプルな謎に特化して、真相に迫っていく。組織のもてあまし者であるポーが、殺人の容疑までかけられる中、解き得ない謎に挑戦するストーリーは、リーダビリティー抜群。血液のすりかえがないことを検証する捜査は、本格ミステリでいう「改め」に相当し、謎が単純なだけに真相が判明したときのカタルシスは大きい。

イギリスの警察小説がアメリカのそれから影響を受け、そのスタイルをよく咀嚼していることは、本書や第8位にランクインしたジョセフ・ノックス『スリープウォーカー』などからも明らかだ。本書などはさしずめ、〈怪人対巨人〉の知的闘争を現代に復活させたジェフリー・ディーヴァーの影響が大きいことをよく示す秀作であるといえよう。（横井）

海外本格ミステリ 2021 MY BEST 5

全アンケート回答

青崎有吾 作家

1. **ブート・バザールの少年探偵** ディーパ・アーナパーラ
2. **文学少女対数学少女** 陸秋槎
3. **ポー殺人事件** ヨルゲン・ブレッケ
4. **ヨルガオ殺人事件** アンソニー・ホロヴィッツ
5. **第八の探偵** アレックス・パヴェージ

①は探偵不在の物語であり、大量死論にも通じるミステリの役割を考えさせられた。少年独自の視点や比喩、文体も大きな読みどころ。傑作でした。テキスト分析が主体の②、⑤は、アンチ・ミステリ的でありつつも確かな愛がこもった二作。東西で同時期に出たことも興味深い。③は若干タイトル詐欺だったものの、かなり練り込まれた事件で思わぬ収穫。時代と国境を超えた謎を楽しんだ。④はそろそろ殿堂入りでよいのでは……とも思いますが、やっぱり面白かったので。

秋好亮平 探偵小説研究会

1. **文学少女対数学少女** 陸秋槎
2. **ロンリーハート・4122** コリン・ワトソン
3. **ビーフ巡査部長のための事件** レオ・ブルース
4. **第八の探偵** アレックス・パヴェージ
5. **オクトーバー・リスト** ジェフリー・ディーヴァー

論理本格のエッジは麻耶雄嵩のメルカトル鮎もの、とりわけ『メルカトルかく語りき』にあると考えるが、①はその先の光景を見せてくれるような連作短編集。ロジックの革新性というより青春ミステリと作中作との取り合わせにこそ妙味がある。②と③はともに事件の概要だけ取り出せば田舎町（村）を舞台にしたクラシカルな英国ミステリという趣きながら、設定や真相はなかなかにユニークというか強烈というか。ミス・ティータイムもチックル氏も非常に現代的なキャラ造形だと感じた。

亜駆良人

畸人郷

1. ヨルガオ殺人事件　アンソニー・ホロヴィッツ
2. オクトーバー・リスト　ジェフリー・ディーヴァー
3. ロンリーハート・4122　コリン・ワトソン
4. 運命の証人　D・M・ディヴァイン
5. マハラジャの葬列　アビール・ムカジー

こう書くと読者は面白がるだろうというツボを心得ている作者の作品のトップは当然だろう。2はその構成に驚かされるが、結末でもそれ以上に驚してくれる。3は一味違った作風で楽しませてくれる。「待望の邦訳」という帯の言葉のとおりである。4の作者の既訳作品はすべて標準以上の出来栄えである。これは作者の力量以外何ものでもない。あと一つとなったの未訳作品の早急な翻訳を希望します。5は前作同様に面白く出来上がっている。主人公の設定が本当に魅力的である。

飛鳥栄司

Asukaの図書室

1. ヨルガオ殺人事件　アンソニー・ホロヴィッツ
2. 混沌の王　ポール・アルテ
3. 皮肉な終幕　レヴィンソン&リンク
4. 地の告発　アン・クリーヴス
5. ポー殺人事件　ヨルゲン・ブレッケ

ホロヴィッツはもう現代本格からは外せない作家の一人。構成からして作中作よりも現実世界の推理の組み立てが面白かった。アルテも現代本格からは外せない。バーンズシリーズ既訳のものよりもやや完成度は劣るが、シリーズ1作目でこの出来栄えは素晴らしい。3は、言わずと知れた刑事コロンボ、ジェシカおばさんの事件簿の脚本家の二人。個人的に嬉しすぎてランクイン。シェトランドシリーズも鉄板の本格ミステリ。

阿津川辰海

小説家

1. スリープウォーカー　ジョセフ・ノックス
2. 地の告発　アン・クリーヴス
3. 自由研究には向かない殺人　ホリー・ジャクソン
4. 時は殺人者　ミシェル・ビュッシ
5. 運命の証人　D・M・ディヴァイン

1、謎解き志向があった作者の一作目、二作目を軽く凌駕した。クリスティー流の謎解きミステリとして抜群の完成度を誇る。2、「身元不明の死体」を中心に据えたプロットが◎。著者最高の謎解きミステリに。3、情報収集→検討の手つきがテクニカル。容疑者リストの使い方が良い。4、魅力的な謎を小説の技巧で解体していく手並みが良い。5、今回も大満足です。語りの魅力に呑み込まれた。今年は充実していたため、『ヨルガオ』も『木曜』も泣く泣く落とす羽目になってしまいました。

稲羽白菟

作家

1. ブラックサマーの殺人　M・W・クレイヴン
2. 彼と彼女の衝撃の瞬間　アリス・フィーニー
3. プエルトリコ行き477便　ジュリー・クラーク
4. 僕が死んだあの森　ピエール・ルメートル
5. 血の葬送曲　ベン・クリード

①圧倒的な面白さ。読者が真相を当てられる話ではないが、面白い小説でさえあればそんな「本格のドグマ」は最早無意味。②海外作品には珍しい「新本格的」巧妙な企み。邦題センス×だが、傑作。③苦境に立つ二人の女性の幸と不幸、生と死。スリリングな物語を散々楽しませた後、作者が用意する真相は悲しくも美しい。④ある一日の事件と三人の子どもの命について。実存の神秘の寓話。文学次元で構築された精緻な本格。⑤スターリン体制下、正義の地平の脆さが怖い。論理的残酷美学。

臼井二郎

全日本ミステリ連合関係者

1. 地の告発　アン・クリーヴス
2. ヨルガオ殺人事件　アンソニー・ホロヴィッツ
3. ミラクル・クリーク　アンジー・キム
4. 見知らぬ人　エリー・グリフィス
5. 自由研究には向かない殺人　ホリー・ジャクソン

1．真相に驚きのある犯人当てミステリで、登場人物たちが抱えている秘密もいわれてみれば明々白々ながら隠し方がうまく、あっといわされる快感がある。2．犯人当ての切れ味と趣向の徹底ぶりに拍手を。3．現代的かつ骨太の法廷ミステリで、幾重にも底のある謎解きもすばらしい。4．視点の切り替えと作中作とで語りで読み手を撹乱しつつ、巧みに犯人を隠した手並みたるや凡手ではありません。5．現代のティーンエイジャーを語り部にした謎解き小説として充実のできばえでした。

宇田川拓也

ときわ書房本店

1. 自由研究には向かない殺人　ホリー・ジャクソン
2. スリープウォーカー　ジョセフ・ノックス
3. 見知らぬ人　エリー・グリフィス
4. 台北プライベートアイ　紀蔚然
5. 皮肉な終幕　レヴィンソン&リンク

『ヨルガオ殺人事件』に多くの票が集まるだろうと見越して、あえて同じ版元の1をチョイス。青春本格ミステリとして屈指の出来栄え。2はノワール警察小説に謎解きを融合した最高レベルの成功例。3は読み返して「なんて大胆な！」とヒントの出し方に仰け反った、秀逸な犯人当てとして評価。4は被害者たちが気の毒に思えて仕方がない、あの仰天の殺害理由のインパクトが忘れ難い。そして5は、よくぞ出してくださいましたと版元に向けて頭を下げずにはいられない、まことに心憎い作品集。

大山誠一郎

ミステリ作家

1. ヨルガオ殺人事件　アンソニー・ホロヴィッツ
2. 消える魔術師の冒険　エラリー・クイーン
3. ファントム　ジョー・ネスボ
4. 第八の探偵　アレックス・パヴェージ
5. 運命の証人　D・M・ディヴァイン

①作中作ミステリの頂点を極めた。②クイーン印のロジックを堪能し、それを活かすプロットに感嘆。解説もすばらしい。③警察小説＋パズラーの最高峰。今回もすごいことをやってくれています。④こちらも作中作ミステリ。作中作の完成度は①に比べ劣るが、外枠での仕掛けはこちらの方が好み。⑤被害者が誰かを半ばまで明かさない構成と、著者ならではの濃密な人間ドラマがすばらしい。『ビーフ巡査部長のための事件』、『混沌の王』、『文学少女対数学少女』も入れたかった。

佳多山大地

探偵小説研究会

1. 第八の探偵　アレックス・パヴェージ
2. 自由研究には向かない殺人　ホリー・ジャクソン
3. 文学少女対数学少女　陸秋槎
4. 運命の証人　D・M・ディヴァイン
5. 見知らぬ人　エリー・グリフィス

昨年（二〇二〇年）の秋から今年上半期までは、若者向けの自著『新本格ミステリを識るための100冊』（星海社新書）を出す作業で精一杯。それでも、投票間際の追い込みで、順位付けをしても胸を張れる〝読書分母〟になりました。

日本の新本格の影響がイギリスにも及んでいるかと思わせる①。意外や充実の〝捜査小説〟だった②。③は作者による〝真相選択の自由〟を謳った巻頭作が爽やか。サスペンスの演出も円熟の域に達した感がある④。⑤は女性捜査官の魅力を買う。

金沢ミステリ倶楽部 ミステリ同好会

1. ヨルガオ殺人事件 アンソニー・ホロヴィッツ
2. 自由研究には向かない殺人 ホリー・ジャクソン
3. 第八の探偵 アレックス・パヴェージ
4. 文学少女対数学少女 陸秋槎
5. オクトーバー・リスト ジェフリー・ディーヴァー

1．今年も傑作なのだから、しかたがない。作中作をはじめ、遊び心や細かな目配りも最高で、今がまさにミステリ黄金期。
2．女子高生ピッパの一人称が正義感にあふれ、シリアスと笑いの配分も抜群、スリリングで、楽しくて元気になれる。
3．作中作を巡る質疑から、全く別の解釈が生まれ、意外な事実が明らかとなる。
4．麻耶雄嵩メソッドと森博嗣テイストが併存した愛すべき一冊。数学とミステリの融合！
5．最終章から時間がさかのぼって行く超絶技巧ミステリ。

川出正樹 ミステリ書評家

1. 自由研究には向かない殺人 ホリー・ジャクソン
2. ヨルガオ殺人事件 アンソニー・ホロヴィッツ
3. スリープウォーカー ジョセフ・ノックス
4. ファントム ジョー・ネスボ
5. 狼たちの城 アレックス・ベール

ここ数年、警察小説や犯罪小説の枠組みで精緻かつ入念に作り込まれた謎解きミステリが豊作だ。高校生が眠れる殺人を再調査する必然性と物語の興趣が不可分の苦く爽やかな1。公私ともに絶体絶命の状況下にあるはぐれ者の刑事が、最高にスマートな「名探偵、皆を集めてさてと言い」を披露する3と、名探偵の存在意義を問う4。ナチス支配下のドイツでユダヤ人古書店主が、文字通り命がけで密室殺人の謎解きと潜入捜査官を同時にこなす羽目になる究極のタイトロープ・サスペンスの5。

川辺純可 福ミス作家

1. ホテル・ネヴァーシンク アダム・オファロン・プライス
2. チェスナットマン セーアン・スヴァイストロプ
3. ハートに火をつけないで ジャナ・デリオン
4. 混沌の王 ポール・アルテ
5. ヨルガオ殺人事件 アンソニー・ホロヴィッツ

超特急で進む本、読み終わりたくない本。それぞれ味がある翻訳の妙技。①壮大で細部も秀逸。饒舌な美醜の極み②またあのつらい話。なのに一気読みのスピード感③しんどい時期こそワニ町のありがたみ。間をおかず投下を願う④殺人は芸術。名作古典の香りどまんなか⑤安心して読めるミラクル定番。カササギ同様、中の話が◎。次点は最悪（ここまでくれば爽快）のジェーン・エア『階上の妻』。6で完結した『ミレニアム』。みごとに甦った4の衝撃は忘れない。お疲れさまでした。

関西ミステリ連合OB会 大学サークルOB団体

1. 自由研究には向かない殺人 ホリー・ジャクソン
2. 文学少女対数学少女 陸秋槎
3. ヨルガオ殺人事件 アンソニー・ホロヴィッツ
4. 第八の探偵 アレックス・パヴェージ
5. ビーフ巡査部長のための事件 レオ・ブルース

海外では、ひょっとしてHonkakuがブームなのかと、夢想に取り憑かれそうになる年でした。以下、担当者コメント。①〝現代〟を生きる等身大の主人公が難事件を真摯に見つめる青春ミステリ。②後期クイーン的問題に対する華文ミステリからの真面目なアンサー。③今年もホロヴィッツ強し。前作の力技が更にすごみを増している。④冷静に考えるとこのオチ、バカミスすれすれと思うのは拙者だけでござろうか。⑤はたしてビーフ巡査部長は名声を得られるのか。一筋縄ではいかない名探偵の活躍。

京都大学 推理小説研究会

1. ヨルガオ殺人事件　アンソニー・ホロヴィッツ
2. 文学少女対数学少女　陸秋槎
3. 裏切りの塔　G・K・チェスタトン
4. 第八の探偵　アレックス・パヴェージ
5. 自由研究には向かない殺人　ホリー・ジャクソン

①一種の暗号ミステリとして前作より趣向を使いこなしている。作中作だけでも年間ベスト級。②推理小説を間に挟んだ二人の対話。後期クイーン問題の儚げな輝きは何かに似ている。③初訳も含むので新刊扱いとした。まとめられるべき物語がようやくまとまったことを言祝ぎたい。④『殺人ミステリの数学的定義』に沿って配列された七篇の推理小説。青チャートかよと思った。⑤暗号を紐解く精緻な物語には、解読に応える世界への信頼や、探偵の信念が必要なのだとわかる。

日下三蔵 評論家

1. ビーフ巡査部長のための事件　レオ・ブルース
2. 混沌の王　ポール・アルテ
3. 文学少女対数学少女　陸秋槎
4. ヨルガオ殺人事件　アンソニー・ホロヴィッツ
5. 木曜殺人クラブ　リチャード・オスマン

扶桑社ミステリーのレオ・ブルースや行舟文化のポール・アルテのように他社での邦訳が止まってしまった作家のクオリティの高い作品を出してもらえるのは本当にありがたい。

現代の本格ミステリも質の高い作品が多かった。3、4のほか、ハヤカワ・ミステリ文庫のアレックス・パヴェージ『第八の探偵』など、作中作を効果的に使った作品が複数あったのは面白い傾向だった。

慶應義塾大学 推理小説同好会

1. 木曜殺人クラブ　リチャード・オスマン
2. ポー殺人事件　ヨルゲン・ブレッケ
3. ヨルガオ殺人事件　アンソニー・ホロヴィッツ
4. すべてのドアを鎖せ　ライリー・セイガー
5. 自由研究には向かない殺人　ホリー・ジャクソン

①謎を愛する海千山千かつ魅力的な老人たちが魅力的すぎる。②ゆったりとした展開で進むストーリーと時空を超えた謎にページをめくる手が止まらない。北欧からのサスペンスの贈り物。③ランキングの風物詩となりつつシリーズ。今回も期待を裏切らず。④危険だと知りつつ惹きつけられる怪しい住み込みバイトから広がる恐怖の展開。こんなバイト私も応募してしまうかもしれない。⑤SNSを利用して事件にアプローチする点に新しさを感じた。青春を思い出す一作。

小池啓介 書評ライター

1. 第八の探偵　アレックス・パヴェージ
2. 運命の証人　D・M・ディヴァイン
3. ヨルガオ殺人事件　アンソニー・ホロヴィッツ
4. オクトーバー・リスト　ジェフリー・ディーヴァー
5. 彼と彼女の衝撃の瞬間　アリス・フィーニー

現代海外ミステリの世界でも謎解きミステリが大好きなマニアックな書き手はいる。それがディヴァインやホロヴィッツだというのは定説なわけだが、1のような作品、書き手の存在は予想してはいなかった。そんな鬼っ子のような存在にとても魅かれた。

伏線を張り巡らせたトリッキーなサスペンス4と5は本格ミステリの重要な一要素が凝縮された作品で、5のどんでん返しの連続は1に似た妄執のような著者のこだわりを感じて嬉しくなる。

坂木 司 作家

1 ブート・バザールの少年探偵 ディーパ・アーナパーラ
2 評決の代償 グレアム・ムーア

今年は1位がとにかく好みでした。読み始めは、匂い立つようなスラムの生活の描写に不快感を覚えますが、読み終わる頃には、懐かしい実家の匂いのように感じてくる不思議。子供達の目を通して描き出される現代インドの闇は深く、「他人事」が「自分のこと」にすり替わる素早さには恐怖を覚えました。これは、平易な語り口のハードボイルド。ぜひ読んでいただきたい一冊。

2位は第一印象より面白かった。裁判員の過去をバッシングされるのが現代的。

佐倉丸春 非実在探偵小説研究会

1 ヨルガオ殺人事件 アンソニー・ホロヴィッツ
2 運命の証人 D・M・ディヴァイン
3 ビーフ巡査部長のための事件 レオ・ブルース
4 消える魔術師の冒険 エラリー・クイーン
5 自由研究には向かない殺人 ホリー・ジャクソン

今回、相似するふたつの事件が出てくる①は、前作以上に作中作まで素晴らしく文句なしの傑作。法廷劇が出てくる異色作だが、あいかわらず抜群なリーダビリティと謎の面白さで物語を引っ張っていく②。探偵作家への検屍法廷に関する毒が印象的で、工夫のある構成に捻くれた結末がある③。シンプルながらミスリードを誘発し、軽やかな推理を堪能でき、バリエーション豊かなラジオドラマ集の④。⑤は公平な目で痛みを伴いながら、勇敢な少女が真実を求めた愛すべき捜査小説。

沢田安史 SRの会

1 オクトーバー・リスト ジェフリー・ディーヴァー
2 文学少女対数学少女 陸秋槎
3 運命の証人 D・M・ディヴァイン
4 オールド・アンの囁き ナイオ・マーシュ
5 第八の探偵 アレックス・パヴェージ

陸秋槎やパヴェージの作品は、明らかに日本の新本格の影響を受けている。ディヴァインやマーシュは、英米ミステリの黄金期からは遅れた作品だが、黄金期の輝きを残している。同時期にこれらの作品を読めるというのは、読者として幸せなのだろう。

志牟野譲二 ミステリ読み

1 地の告発 アン・クリーヴス
2 自由研究には向かない殺人 ホリー・ジャクソン
3 鍵穴 ヨルン・リーエル・ホルスト
4 スリープウォーカー ジョセフ・ノックス
5 運命の証人 D・M・ディヴァイン

1は毎年楽しみに待っているシリーズの最新作。今作はシリーズの中でも随一の出来だった。2は本格ミステリファン必読。今年一番のお気に入りだ。青春本格ミステリはかくあるべし。読んでいる間ずっと楽しい小説だった。3は堅実でいぶし銀な刑事小説。「鍵穴」という題名が非常に印象的。4は三部作の最終作にして最高傑作。帯の煽り文句にふさわしい面白さだった。5には見事に足元をすくわれた。人間関係のこじれの中に伏線を仕込む手並みはさすがの一言。

シャカミス　社会人ミステリ研究会

- 自由研究には向かない殺人　ホリー・ジャクソン
- 文学少女対数学少女　陸秋槎
- 木曜殺人クラブ　リチャード・オスマン
- 見知らぬ人　エリー・グリフィス
- 時は殺人者　ミシェル・ビュッシ

順位なし。自由研究：魅力的なキャラと物語が独特な形式で綴られる傑作　文学少女：本格の構造に数学を絡めたミステリへの熱い愛を感じるフーダニット　木曜：『火曜クラブ』を想起させ、ユーモアに溢れている。本家との対比が時代を表していて面白い　見知らぬ人：各人物の視点の切り替わりによって物語の厚みが増している。犯人の意外性もいい　時は殺人者：強い謎の提示、そしてストーリーテリングの巧さと、ビュッシの魅力が遺憾なく発揮されている。次点は『マハラジャの葬列』

成城大学　ミステリークラブ

1. ヨルガオ殺人事件　アンソニー・ホロヴィッツ
2. 見知らぬ人　エリー・グリフィス
3. 自由研究には向かない殺人　ホリー・ジャクソン
4. 木曜殺人クラブ　リチャード・オスマン
5. 消失の惑星　ジュリア・フィリップス

『ヨルガオ殺人事件』の正編にあたる『カササギ殺人事件』においても存在した〝作中作〟の構造をもった作品が光る年であった。『ヨルガオ殺人事件』『見知らぬ人』のどちらも作中作の出来が独立してもいいような出来で、それを含蓄する本編も素晴らしかった。『見知らぬ人』は、三視点でものが動く構造が面白く、それぞれの視点における書き分けが味を出している。

千街晶之　探偵小説研究会

1. ヨルガオ殺人事件　アンソニー・ホロヴィッツ
2. 誘拐の日　チョン・ヘヨン
3. ファントム　ジョー・ネスボ
4. 彼と彼女の衝撃の瞬間　アリス・フィーニー
5. ブラックサマーの殺人　M・W・クレイヴン

　入れるかどうか迷ったのが『オクトーバー・リスト』。これを本格に含めていいのか、最後まで自分の中で結論が出なかったので。また、他のベスト投票では首位にした『夜の獣、夢の少年』は、本格度という点でこちらの投票からは外した。

　あんなにどんでん返し映画が数多く作られている韓国なのに、小説の方面では謎解きものはないのだろうか……という疑問を吹き飛ばしてくれたのが『誘拐の日』。他にもこの傾向の作品が韓国でも書かれているのではと期待が湧く。

嵩平　何　探偵小説研究会

1. ヨルガオ殺人事件　アンソニー・ホロィッツ
2. 文学少女対数学少女　陸秋槎
3. 消える魔術師の冒険　エラリー・クイーン
4. ブラックサマーの殺人　M・W・クレイヴン
5. 誘拐の日　チョン・ヘヨン

1の細部まで練られ、遊びも存分に盛り込まれた内容の贅沢さは近年でも随一。2は『メル語り』の試みを更に推し進めたアンチ本格ミステリの最先端。解説も充実。3は犯人当てという縛りで謎解きにバリエーションを作るための工夫の数々に感心。4はキャラ・展開・謎のいずれも強烈な魅力を放ち、怒涛の結末に流れ込んでいく。5はハートフルで軽妙な展開とその背後にある二層三層の構造が持ち味。『オクトーバー・リスト』の趣向と語られた物語の変容、及び阿津川解説にも圧倒された。

棚野 遥
日本暗号協会

1. ヨルガオ殺人事件　アンソニー・ホロヴィッツ
2. 自由研究には向かない殺人　ホリー・ジャクソン
3. 第八の探偵　アレックス・パヴェージ
4. チェスナットマン　セーアン・スヴァイストロプ
5. 見知らぬ人　エリー・グリフィス

今年『不在証明—シャドー・ポイント』と云う曲を庄野真代のコンサートで聴く。映画『ドーバー海峡殺人事件』日本独自のテーマ曲、原作はクリスティの『無実はさいなむ』傑作である。デュエット曲であるが故、なかなか聴く機会に恵まれなかった。

とても懐かしく、まさか聴けるとは。幸せであった。

法月綸太郎
探偵小説研究会

1. ロンリーハート・4122　コリン・ワトソン
2. スリープウォーカー　ジョセフ・ノックス
3. ブラックサマーの殺人　M・W・クレイヴン
4. 自由研究には向かない殺人　ホリー・ジャクソン
5. 混沌の王　ポール・アルテ

1はブラックな「コン活」ミステリで、旧「クライム・クラブ」に通じる飛び道具的な結末に口があんぐりとなった。2は警察ノワールの要素が推理の飛躍をカバーして、前作以上に謎解きの強度を高めている。

3は前作のボルテージを維持しつつ、真相解明後の超展開が鮮やかに決まった。インタビュー主体のローカルな失踪ミステリとしてよく練られている4。5はワトソン役の名前が「アキレス」である理由がわかったので満足。次点はA・ホロヴィッツ『ヨルガオ殺人事件』。

波多野健
探偵小説研究会

1. 新米フロント係、探偵になる　オードリー・キーオン
2. 混沌の王　ポール・アルテ
3. 僕が死んだあの森　ピエール・ルメートル
4. オクトーバー・リスト　ジェフリー・ディーヴァー
5. 瞳の奥に　サラ・ピンバラ

『新米フロント係』は、おそらく世界初のPCRの応用トリックの妙で。『混沌の王』は、とにかく何でもありのアルテ流で、ギリギリ着地。『僕が死んだ』はDNA捜査時代の倒叙として読めば21世紀本格だ。『オクトーバー』は叙述の妙で。『瞳の奥』は、海外では珍しい特殊設定物として読めば、幽体分離を逆手に取った気の利いたプロット。次点に北欧の『閉じ込められた女』、英国の『運命の証人』『そして彼女は消えた』、華文の『文学少女対数学少女』

三津田信三
作家

1. ヨルガオ殺人事件　アンソニー・ホロヴィッツ
2. 彼と彼女の衝撃の瞬間　アリス・フィーニー
3. 狼たちの城　アレックス・ベール
4. 自由研究には向かない殺人　ホリー・ジャクソン
5. 黒き瞳の肖像画　ドリス・マイルズ・ディズニー

1　作中作ミステリの傑作。大昔の忌まわしき某風習が事件の中心にあり驚く。2　本書の出来と無関係ながら同じ「犯人設定と動機」を僕も考えたことがある。3　サスペンスの盛り上げ方と伏線の張り方が上手い。唯一の欠点は密室の謎解きが弱いこと。4　今時の女子高生らしい捜査が楽しく無理がないところに感心する。細かい手掛かりも抜かりがない。5　アンフェアな書き方がされている一方で充分な伏線もあり、かなり迷いつつ5位にした。怪奇幻想系の収穫は『マルペルチュイ』。

三橋 曉　コラムニスト

1. ブラックサマーの殺人　M・W・クレイヴン
2. 彼と彼女の衝撃の瞬間　アリス・フィーニー
3. スリープウォーカー　ジョセフ・ノックス
4. 台北プライベートアイ　紀蔚然
5. オクトーバー・リスト　ジェフリー・ディーヴァー

現代ミステリの重要作を思い浮かべただけで、5つの枠が埋まってしまったので、今年もあちこちのベストテンで上位を占めるであろうホロヴィッツは敢えて外しました。今回の「ヨルガオ殺人事件」もその技巧を堪能したんですが。前作と攻め手がまったく違うのにクオリティの落ちない1、デビュー作の片鱗から、ついに大化けした2、三部作の完結を機会に一作目から読み返したくなる3、さまざまなジャンルを縦横無尽に行き来する4、5はマエストロの名に恥じない精巧な逸品でした。

村上貴史　ミステリ書評家

1. ヨルガオ殺人事件　アンソニー・ホロヴィッツ
2. 混沌の王　ポール・アルテ
3. 第八の探偵　アレックス・パヴェージ
4. 見知らぬ人　エリー・グリフィス
5. 運命の証人　D・M・ディヴァイン

期待して期待して、その期待を上回ってきた①。続篇を成立させた着想と技量は素晴らしいし、作品の中身と、中身の中身の魅力たるや申し分なし。②は読んでいてこの上なく愉しい一冊。終盤からの加速と最後の一行の印象が強烈。③における論と実作の融合や、作中作の取り扱いの妙もまた素晴らしい。④を読み終えて、よくもまあこんなところに犯人が隠れていたものだ嬉しく思った。⑤は固有名詞を避けて始まる法廷劇や、少々我が儘な恋愛ドラマのなかに仕込まれた伏線が実に巧妙。

明治大学　ミステリ研究会

1. ブラックサマーの殺人　M・W・クレイブン
2. ヨルガオ殺人事件　アンソニー・ホロヴィッツ
3. 自由研究には向かない殺人　ホリー・ジャクソン
4. 木曜殺人クラブ　リチャード・オスマン
5. ポー殺人事件　ヨルゲン・ブレッケ

国内ミステリと比べ、内容的には明るいものが多かったように感じる。事件自体は凄惨であっても、登場人物同士の掛け合いやユーモアが混ざり合い、結果的に読了後はすっきりとした感覚を味わうことができた。ホロヴィッツ及びクレイブンは過去作も大変話題になっていたが、今回も期待を裏切らない面白さで読了後の満足感が桁違いだった。特にホロヴィッツはどこの書店にも必ずと言って良いほど陳列されており、読者だけでなく書店からの期待も見て取れた。

森 英俊　海外ミステリ翻訳・評論家

1. 運命の証人　D・M・ディヴァイン
2. エラリー・クイーン 創作の秘密　ジョセフ・グッドリッチ編
3. ヨルガオ殺人事件　アンソニー・ホロヴィッツ
4. ビーフ巡査部長のための事件　レオ・ブルース
5. 虚空に消える　ホレーショ・ウィンズロウ&レスリー・カーク

黄金時代（五位）、終戦直後（四位）、一九六〇年代（一位）、現代（二位・三位）と、幅広い年代の良作が揃った。一位の『運命の証人』には、この作者のよさが詰まっている。『十日間の不思議』から『悪の起源』まで、合作長編のできあがっていくさまのうかがえる『エラリー・クイーン 創作の秘密』には、凡百のフィクションをしのぐ面白さがある。三位と四位は、いずれも技巧の凝らされた長編。同人出版の五位は、知られざる不可能犯罪物。

森村 進
法哲学者

1. ヨルガオ殺人事件 アンソニー・ホロヴィッツ
2. ソーンダイク博士短編全集Ⅲ オースティン・フリーマン
3. マーチン・ヒューイット【完全版】 アーサー・モリスン
4. 知られたくなかった男 クリフォード・ウィッティング
5. ロンリーハート4122 コリン・ワトソン

1は今や定番となったホロヴィッツの新作。特に作中作に驚かされた。2・3のような古典の良心的完全集成はうれしい。編訳者と出版社に感謝。4・5は文体と長すぎない分量がよい。

本格ミステリでないので五篇に入れなかったが、ゴシック・ロマンスの代表作アン・ラドクリフの『ユドルフォ城の怪奇』が遂に完訳されたことは快挙だ。十八世紀らしい冗長な文体にもかかわらず巻を置かせない面白さ。勢いを借りて半世紀近く前に訳された同じ著者の『イタリアの惨劇』も読んでしまった。

諸岡秀孝
佐賀ミステリファンクラブ

1. 自由研究には向かない殺人 ホリー・ジャクソン
2. ブラックサマーの殺人 M・W・クレイヴン
3. 地の告発 アン・クリーヴス
4. ヨルガオ殺人事件 アンソニー・ホロヴィッツ
5. 文学少女対数学少女 陸秋槎

1は、銃でなくスマホとPCを武器とする女子高生探偵が、地方都市の闇に切り込む新時代ハードボイルド。温故知新の傑作。2は、主人公コンビが最高！魅力的なキャラが多く読んで楽しい作品。3は、シリーズ物としてキャラクターの成長や関係の進展を楽しむことができ、かつ本格として端正で驚きもある良作。4は、物語の登場人物が本を開くだけでも盛り上がる作品。5は、後期クイーン問題というミステリ的袋小路を踏み台にして新しい地平を切り拓こうとする気概に感服。

諸戸似非
会社員

1. ヨルガオ殺人事件 アンソニー・ホロヴィッツ
2. 地の告発 アン・クリーヴス
3. ロンリーハート・4122 コリン・ワトソン
4. ブラックサマーの殺人 M・W・クレイヴン
5. オールド・アンの囁き ナイオ・マーシュ

1は趣向と戯れることに成功していて、作家小説としてのアピールも前作より増しているように思う。2は相変わらずの堅実な筆致と行き届いた狙いが良い。3の先行きの見えない話運びと古典的な手さばきを辿る5は対照的。4はなによりも強烈な謎の提示までとその後の調査をともに引っぱる推進力ある筆致に惹かれた。『彼と彼女の衝撃の瞬間』『消える魔術師の冒険』も名前を挙げておきたい。

山崎秀雄
ミステリライター

1. ヨルガオ殺人事件 アンソニー・ホロヴィッツ
2. 混沌の王 ポール・アルテ
3. ベッドフォード・ロウの怪事件 J・S・フレッチャー
4. マクシミリアン・エレールの冒険 アンリ・コーヴァン
5. トリュフチョコと盗まれた壺 キャシー・アーロン

一位には近年馴染んでいる作家の作品を。諸手を挙げてという作品でもないのだが、多くの人の目に付いているだろうという評価も込めて。二位のポール・アルテもお気に入りの作家。その他は、過去の作家の復刊や初全訳というものが出てくる。毎年思うことだが、特に海外ミステリの場合、作品が『実際に歩んできた時間』と、『我々と共にした時間』というものは別物だと考える。万が一、ホームズ短編の未発表作品が出てきた時、それはやはり「新作」として扱うべきだと、私は考える。

横井 司

探偵小説研究会

1. 自由研究には向かない殺人　ホリー・ジャクソン
2. 評決の代償　グレアム・ムーア
3. 夜と少女　ギヨーム・ミュッソ
4. 彼と彼女の衝撃の瞬間　アリス・フィーニー
5. 文学少女対数学少女　陸秋槎

『自由研究には向かない殺人』と『評決の代償』は本年度の個人的なベストだが、それに影響されてか、最初の四長編は、雰囲気なりプロットなりが共通するものになった。短編集と長編を並べて評価することは難しいと考えているが、『文学少女対数学少女』は〈本格ミステリ〉を冠するベスト10なればこそ選ばれるべきだし、選ぶべきだと思った。本当はG・K・チェスタトンをあげたいところなのだが。また、小説ではないが『エラリー・クイーン 創作の秘密』を別格としてあげておきたい。

若林 踏

書評家

1. ヨルガオ殺人事件　アンソニー・ホロヴィッツ
2. 地の告発　アン・クリーヴス
3. スリープウォーカー　ジョセフ・ノックス
4. ファントム亡霊の罠　ジョー・ネスボ
5. 自由研究には向かない殺人　ホリー・ジャクソン

1、は技巧の極みに達した作品といっても過言ではない。前作『カササギ殺人事件』に続き、作中作に挑みながら新鮮な驚きで楽しませてくれるホロヴィッツ、恐るべし。2、はこれまで邦訳された〈ジミー・ペレス警部〉シリーズの中でも、伏線の張り方の上手さでは一、二を争う出来栄えだと思う。3、4、5は「探偵役は何を背負い、謎解きに挑むのか」という点に、物語としての厚みがある作品だ。特に3、4において主人公達が見せる決死の姿はスリリングかつ心を揺さぶるものがある。

早稲田大学

ワセダミステリ・クラブ

1. 自由研究には向かない殺人　ホリー・ジャクソン
2. ブラックサマーの殺人　M・W・クレイヴン
3. 第八の探偵　アレックス・パヴェージ
4. ヨルガオ殺人事件　アンソニー・ホロヴィッツ
5. ロンドン謎解き結婚相談所　アリスン・モントクレア

1位は五年前の少女失踪事件調査を自由研究に据えた主人公の懸命さが胸を打つ青春ミステリ。2位はシリーズ第二作、過去担当した事件の誤認逮捕疑惑が浮上したポーの奮闘に魅せられる作品。3位はミステリの構造分析だけでも楽しいのに、それが作中作として謎を連れてくるお得さを見せてくれる。4位は『カササギ殺人事件』に続く仕掛け満載の犯人当てミステリ。作中作がやはり魅力的。5位は階級が混沌とした戦後ロンドンを映した設定が新鮮。クリスティの影響も良いアクセント。

「海外本格」座談会

作中作ブームとグローバル時代の異文化ミステリ

笹川吉晴 × 千街晶之 × 横井 司

手記によって成立する仕掛け

横井◆ 例年通り、クラシックから行きたいと思いますが、話題になりそうなのはレオ・ブルース『ビーフ巡査部長のための事件』と、時代はもっとあとになりますがD・M・ディヴァイン『運命の証人』でしょうか。

笹川◆ 今年は、ちょうど『ビーフ巡査部長のための事件』が最初に来ましたけど、作中作とか日記とかが仕掛けになっている作品が多くて、これも作中の手記が引っかけになってますよね。

横井◆ 手記というと、どうしてもニコラス・ブレイクの『野獣死すべし』を思い出すので、ちょっと呆気ない気はしましたけどね。

千街◆ ある程度、狙いは想像できてしまう。一九四七年の作品なので、当時としては目新しさはあったと思います。ただ、今読むとどうか。

笹川◆ 犯人と探偵がいわば共犯となって事件を作り上げていくという、メタ的なブラックユーモアが読みどころではないかと。犯人の動機も、切実に馬鹿馬鹿しいじゃないですか。『野獣死すべし』のパロディと言ったら言い過ぎですかね。

横井◆ 作中作や手記がらみの作品のほかに、もうひとつ、法廷がらみの作品も多くて、ディヴァインの『運命の証人』もそうですね。ただ、今回のディヴァインはちょっと落ちるかな。

笹川◆ 主人公の心理が飲み込みづらい。

千街◆ ただ、ディヴァインでこういう法廷ものって今までなかったので、その点で目新しい印象があったのと、ちゃんと考えると犯人に辿りつけるんだけど、意外とわからなかったというのもあって、私は今回結構面白かったです。

横井◆ 時差攻撃的な伏線の張り方をしていて、すぐにピンと来ないんですよね。

千街◆ 被害者が伏せられていて、誰が殺されるのかわからないのはちょっと意外性がありました。

笹川◆ 本格枠というか、ロマンス枠という印象がありました。それこそM・R・ラインハートみたいな。すごく細かい伏線があるのは嬉しいんだけど、全体としては展開で見せていく感じでしたかね。

横井◆ そのラインハートは『赤いランプ』が出ましたが、これ本格ですかね？

千街◆ ラインハートって邦訳されたものしか読んでいませんが、怪奇な雰囲気を醸し出すことはあっても最後は合理的に決着がついていたので、こういう超自然の領域に踏み出したものも書いていたのかと。ただ、作者がどこまで計算して書いているのか不明なところもあって、やや混乱気味ではありますが。

笹川◆ 叙述自体、まさに混乱した男の日記形式にすることで人為と怪異、更に言うなら現実と妄想をごちゃ混ぜにするんですが、人為の部分には意外と伏線を張ってあったり、ある特殊な能力がかえって主人公の足を引っ張ったり、犯人の動機がオカルトならではだったりと、ジャンルが未分化な時代であればこそのごちゃ混ぜで。ホジソンの『幽霊狩人カーナッキ』なんかも怪異と人為が入り混じってたりするじゃないですか。当時のＢ級怪奇ミステリ映画みたいな感じで、ホラー・ミステリや特殊本格が受け入れられている今なら、かえって虚心に読めるんじゃないかな。

素朴な仕掛けにかえって騙される

横井◆ クリフォード・ウィッティング『知られたくなかった男』は意外とかっちり作られていました。

笹川◆ 最近、クラシックを読んでいると陥りがちですが、単純な仕掛けほどかえって引っかかるところありません？ 現代の凝ったのを読んでると、意外とシンプルな仕掛けに引っかかることがあって、これなんかもそうでした。あ、そっちの方かと。

横井◆ その意味ではコリン・ワトソン『ロンリーハート・４１２２』があまりに素朴すぎてびっくりしました。シンプル・イズ・ベストです。

千街◆ ある程度は見当がつきましたけど、構成の仕掛けが冴えていました。オチのインパクトもなかなか（笑）。

笹川◆ 現代の我々はスレているから、クラシックにどうしても先入観とか思い込みを持ってしまうんですよね。そこで図らずも裏をかかれるというか。かえって物語としてのミステリの驚きを読めるようになってきたのかな、という気もします。

千街◆ 『知られたくなかった男』の犯人も結構驚きましたからね。アメリア・レイノルズ・ロングの『〈羽根ペン〉倶楽部の奇妙な事件』は結構コミカルな印象でしたけど、前の『誰もがポオを読んでいた』もそうでしたっけ？ 今回わりとギャグに走った感があって。

横井◆ 現代でも通用するトリックだと思うんだけど、キャラクターは全部ステレオタイプだから、何これと言われそうではある。

千街◆ だからサクサク読めるところがある。Ｂ級の良さですね。

笹川◆ 現在の作家が字数を費やして心理描写をしても、結局ありきたりなキャラにしかならないことも多いので、だったら書き割りめいていてもストーリーテリングが上手だったらそれでいいじゃん、と。ああ、こういうやついるよね、が実は仕掛けになってますしね。

横井◆ 小説として黄金期本格よりも一日の長があるといわれるナイオ・マーシ

ュも、意外と書き割りめいているかもしれません。今回の『オールド・アン』は、クリスティー風のコージーな世界を相対化するような視点が読み取れなくもないんですけど、本格としてのフックが弱いんですよ。よくも悪くも引っかかるところ、プロットのここが魅力だというところが少なくて、クリスティーほどの技巧もないから、どうしても地味で……って、解説を書いておいてなんですけど（笑）。でも解説では、今言った「相対化する視点」にふれて、評価はしてるんで、念のため。

千街◆　アーサー・アップフィールドの『ボニーとアボリジニの伝説』は最初は不可能犯罪っぽく始まりますが、だんだんそういう話ではないとわかってくるという感じでしたが。あと、読後に原書が一九六二年刊行と知った時が結構ショックで、もっと古い時代の話だと思っていたのに、アボリジニとの関係とか、六〇年代でもこんな感じだったのかと。

横井◆　オーストラリアの中でも土地柄で違うんじゃないでしょうか。

笹川◆　僕らが子供の頃も白豪主義という言葉がまだあったじゃないですか。アボリジニやアジア系移民を排斥・差別するという。

横井◆　じゃあ、六〇年代でも不思議じゃないわけですか。

笹川◆　惜しいと思ったのは、ひとつはなんでアボリジニがそれをしたかというのが、民俗学的な動機じゃないですか。あれをもっと上手く使ったらより面白かったんじゃないかと。あと、伝説がヒントになるのに、それを提示しておかないのももったいないと思って。

横井◆　あと、古典で何か言及しておきたいものはありますか。ロバート・バー『ヴァルモンの功績』とか……。

笹川◆　面白いけど、本格の文脈で語らなくてもいいでしょう。

千街◆　私はドロシー・L・セイヤーズの短編って結構好きなんですけど、『モンタギュー・エッグ氏の事件簿』を読むと、エッグ氏のシリーズはそれほどでもなくて、むしろ同時収録のノン・シリーズ短編のほうが面白かったです。

笹川◆　あと短編集でいうと、リチャード・レヴィンソン＆ウィリアム・リンクの『レヴィンソン＆リンク劇場　皮肉な終幕』もこっちの枠ですかね。

横井◆　六〇年代の作品群ですからね。

千街◆　本格っぽいのは殆どなかったですけど、後の『刑事コロンボ』のパイロット版第一作「殺人処方箋」の原型になった作品があったりして、こんなふうに肉付けしたのかと検証してみると面白いですね。

横井◆　短編集だと個人的にはG・K・チェスタトン『裏切りの塔』を推したいですけど。南條竹則さんの訳だし。

笹川◆　読みやすく、かつ味わい深くなりましたね。

質量ともに充実のイギリス本格

横井◆　では現代に移ります。今年はイギリス・ミステリが多かったですね。

千街◆　質的にも量的にも充実していましたね。リストアップしたものではピーター・トレメイン『憐れみをなす者』だけが二〇世紀の作品ですか。これは船上ミステリとして上出来でした。登場人物がほぼ聖職者ばかりなのに動機が惚れた腫れた系が中心で、意外と俗っぽくて楽しい（笑）。

笹川◆　被害者の共通点が面白かったですね。アクの強い連中ばかり出てくると個人個人を見てしまうんですが、実は――という。アン・クリーヴス『地の告発』は、今までと比べると柄刀一ばりに派手なオープニングの割に展開はこぢんまりしてて、レギュラー・キャラクターの恋愛模様の比重が大きくて、あれ？と思ってたんですけど、ちょっとした、でもすごく本質的な齟齬が目撃者たちの証言の中にあって、それが伏線になってるあたり、いつもながらのクリーヴス。相変わらず、容疑者を重ねていって読者の注意を散らすのが上手い。

千街◆　そのあたりの手堅さがクリーヴスで、安心して読めましたね。

横井◆　残りのイギリス・ミステリは手堅いというより派手なのが多かったですよ。

千街◆　イギリスでも作中作ものが異様に多かったですよね。日本みたいに流行ってるのかな。

横井◆　アレックス・パヴェージ『第八の探偵』が典型ですが、あまり緻密な書き方はしてないでしょう。フランス・ミステリかと思った。

笹川◆　あれ、読者は推理のしようがないですからね。

千街◆　作中作ものの中だと、やはりアンソニー・ホロヴィッツ『ヨルガオ殺人事件』が飛び抜けていたかな。

横井◆　作中作のほうが現在の事件より面白かったです。

千街◆　今までのホロヴィッツで、一番伏線の張り方が良かったと思います。

笹川◆　ホロヴィッツにしては普通という印象でした。

千街◆　それはどのへんの作品を基準にしての評価ですか。

笹川◆　毎年言ってますけど、今回はあまり『バーナビー警部』っぽくないんですよ。

千街◆　そうですか？　私はむしろそれっぽいと感じましたけど。

笹川◆　被害者の妹夫婦は『バーナビー警部』っぽかったですけど、ほかの登場人物は意外と普通かなあと。今回はそれよりも、現実の事件に対する作中作の引っかけが素敵でした。読者を馬鹿にするにもほどがある。

千街◆　そんなのありかよ、と思いつつ感心しましたね。

横井◆　作中作の書き手の作家がゲイだと告白しますけど、残された子供のことは一切考えてなくて。あのゲス具合はイギリスっぽくて、アメリカの作家が書いたらああはならないでしょう。息子が傷つこうがどうしようが関係なくて、俺は俺の道を行くみたいなところが、ホロヴィッツだなあと。

千街◆　現実と作中作と合わせてあんなに登場人物が多いのに、ちゃんと書き分けてあるあたりは流石だなあと。あと、エリー・グリフィス『見知らぬ人』も作中作ものでした。

笹川◆　作中作の扱いはびっくりしたけど、嬉しいびっくりではなかったなあ。

横井◆　あの犯人、意外と言われてるけど、そりゃ意外だよね、という（笑）。

笹川◆　でもあからさまに伏線を張ってありましたよね。態度がいちいちおかしいし。もうちょっと作中作を上手く使ってほしかったですが、最後に付録みたいについている構成は面白かったです。

横井◆ あと、イギリスの話題作はリチャード・オスマン『木曜殺人クラブ』ですか。

笹川◆ さまざまな要素が出てきて、事態が複雑化の一途をたどって、次々と容疑者が変わっていくのが、全部××の事件だったというのはびっくりしましたね。心理的にも物理的にも過去を埋めてる人たちの集まりという構図も良かったです。

横井◆ クリスティーを思わせるところもミスディレクションだったんでしょうか。

笹川◆ すごく年寄りの描き方が上手くて、これ映像化したら面白いんじゃないかな。

横井◆ ホリー・ジャクソン『自由研究には向かない殺人』は『白墨人形』のC・J・チューダーの世界にちょっと近いのかな。イギリス郊外の村落共同体みたいなところで事件が起きて、怪しいやつに疑いがかかって、みたいな。

千街◆ チューダーほどダークな感じはなかったですね。

横井◆ 自由研究の内容が一応手掛かりで。

笹川◆ 意外な事実が次々と簡単に手に入るのがちょっとねえ……。

横井◆ 評判がいいのは主人公のキャラクターかな。

笹川◆ 新本格的ですよね、青春ミステリの要素が。

千街◆ 新本格といえば、ジョセフ・ノックス『スリープウォーカー　マンチェスター市警　エイダン・ウェイツ』は、このシリーズの三作目ですが、法月綸太郎の「死刑囚パズル」とか伊吹亜門の「監獄舎の殺人」みたいなことをやっています。放っておいても死期が近い凶悪犯を何故わざわざ殺すのか、という。主人公のウェイツが巻き込まれる窮地とその謎とを上手く絡めていて、このシリーズでも一番面白かったです。

笹川◆ 現在進行形の事件の捜査と過去の事件の掘り直しに加えて、自分の身の安全も確保しなければならないのが全て骨絡みになった舵取りのややこしさが論理的サスペンスという感じですね。

千街◆ 警察官である主人公の窮地といえば、M・W・クレイヴン『ブラックサマーの殺人』も良かったです。ポー刑事が過去に逮捕した容疑者に冤罪の可能性が出てきて、ポーは今でもそいつが犯人だと確信しているんですが、科学捜査で出てくる証拠は無実を証明するものばかりで、その局面をどう打開するかみたいな話です。ちょっとびっくりするトリックもありますし。あと、アリス・フィーニー『彼と彼女の衝撃の瞬間』は、主人公が二人いて、一人が警察官で一人が記者ですが、次の章への引き、いわゆるクリフハンガーで何度も驚かされます。

横井◆ バイオレンスとドロドロの人間関係が好きですよね、イギリス人。ベン・クリード『血の葬送曲』もそうでしたけど。

千街◆ これも主人公である警察官の窮地の話ですよね。スターリン時代のソヴィエト連邦が舞台なので、誰に密告されるかわからないし、ちょっと逆らえば警察官でも粛清されてしまう。死体が線路上に並べられていた理由は、私は驚いたけど専門知識があればわかるのかな。

横井◆ でもワン・アイディアじゃん、と。あと、犯人像に疑問があって、ああいう犯罪を犯す人間がああいう職業で成功するのかな、と。個人的にはレイチェル・アボット『殺人ゲーム』が意外とクリスティー・タイプのミステリだったので好きですね。

笹川◆ これはなあ……。ミステリ的には順当すぎるし、刑事のロマンス邪魔だなあと思ったら、そもそもそっちのシリーズだったという。

横井◆ ちゃんと考えさせてどんでん返しを用意しているので、手堅いなと思いましたけど。

笹川◆ オーストラリア在住ですがイギリス出身のアリー・レナルズ『寒慄』も、『殺人ゲーム』と同じく過去の事件の関係者が集められ――なんですがアスリートたちのドロドロに入り組んだ人間関係から生まれる真相の多重構造や、犯人の意外性など結構捻ってます。また、アビール・ムカジー『マハラジャの葬列』は植民地時代のインドが舞台ですが、前作以上に白人の偏見とか、インドの宗教・文化がちゃんと伏線になっていて、歴史や異文化ものはこれくらいやってほしい。

初期の都筑道夫みたいなディーヴァー

千街◆ 次はアメリカですが、異文化ものつながりで言うとヤンシィー・チュウ『夜の獣、夢の少年』やアンジー・キム『ミラクル・クリーク』あたりですか。『夜の獣、夢の少年』はマレーシア出身作家の作品で、一九三〇年代の植民地時代のマレーシアが舞台です。幻想ミステリですが、連続殺人の部分は全部合理的に解けるようになっています。

横井◆ さっきパクリだと人聞きの悪いことを言いましたが（笑）、既存のトリックの組み合わせによるプロットだということですよね。アルテはカーをリスペクトしている作家だと言われますけど、クリスティーの作風に近い気がしました。もちろんカーにもトリックの組み合わせでプロットを立ててるような面はあるわけですけど。

笹川◆ 『ミラクル・クリーク』はミステリとしてはピンと来るところがなかったです。

横井◆ こういう状況でこういうことが起きたから最終的にそうなりましたという、何が起きたかという話ではあるんですけど。

笹川◆ 事件報告みたいな。

千街◆ 私はこれは、キャラクター描写もしっかりしているし、わりと評価が高いです。

横井◆ 在米韓国人のあり方というのはよくわかったんだけど。

笹川◆ ミステリというより家族ものの文脈ですよね。さっき事件報告と言ったけど、ノンフィクション的な読み方になってしまう。

千街◆ ノンフィクションとは程遠い書き方だと思いますけどね。何故そう感じたのかがわからない。

笹川◆ いわゆるノンフィクション・ノベルみたいな感じなんですよ。『冷血』とか『復讐するは我にあり』とかの。何が起こるか分かってて、そのディテールを埋めていくという感じで、予想を何一つ裏切らないというか。登場人物が何を黙っているか、とかも大体わかっちゃうし。

千街◆ 同じ小説について語っているのに、全然印象が違うなあ……。

横井◆ 最後に勝つのは女ばかりで、女は強かった、というのが今風なのかな。家族小説のノリなのも含めて、去年話題になった『ザリガニの鳴くところ』を思い出しました。ミステリ的には、グレアム・ムーア『評決の代償』が法廷ものとしても面白かったですね。『法廷外裁判』みたいな設定で、自分の正しさを証明するためにここまでゲスなことをやるかという。ホロヴィッツと並ぶゲスの両巨頭(笑)。あとアメリカ作家で、構成的に面白かったのはやっぱりジェフリー・ディーヴァーの『オクトーバー・リスト』。よくこんなものを書けたな、と。阿津川辰海さんの解説も良かった。

千街◆ こういう超絶技巧は大好きですが、本格かと言われると悩みます。

横井◆ たぶん本格じゃないんだけど、初期の都筑道夫の作品には近いのかな。『やぶにらみの時計』とかの超推理小説といわれる系統。

千街◆ なるほど。

横井◆ スティーヴン・スポッツウッド『幸運は死者に味方する』はコージーなんでしょうけど、密室ものですよね。

笹川◆ 探偵とその助手はじめ主要登場人物のほとんどが女性で、一九四五年の男社会におけるその生き方を描いて結構シリアスです。そこにセクシャリティの問題で引っかけを紛らせているのが上手い。探偵や助手の造型や関係性も良くて、次もあったら読んでみたいですね。

オーストリア版『虚構推理』

横井◆ フランスは、今回はポール・アルテ『混沌の王』ですか。これ、トリックはパクリじゃないかと。

千街◆ そうも考えられるかなあという真相ばかりで、決め手に欠ける感じの推理でした。オーウェンのシリーズでこれが最初に訳されなくて正解かと。

笹川◆ しつこいどんでん返しは良かったですけどね。特に最終的なオチはすっかり忘れていた伏線が回収され、絵面の可笑しさと相まって笑ってしまいました。

千街◆ ミシェル・ビュッシ『時は殺人者』は相変わらず読ませますが、流石に上下巻は引っぱりすぎと感じました。

横井◆ 今までのビュッシよりは見劣りするかな。連城三紀彦的とは言えますが。ギヨーム・ミュッソ『夜と少女』のほうがミステリとしては楷書的でした。

千街◆ 私はむしろミュッソのほうが連城と感じました。ドイツのネレ・ノイハウス『母の日に死んだ』は、怪しい連中を大勢出すレッド・ヘリングがなかなか効いていますし、本筋とは別に自分の実の親が誰かを知ろうとする女性のエピソードが描かれますが、それと本筋との結びつけ方にはびっくりしました。

横井◆ オーストリアのアレックス・ベール『狼たちの城』は、なんと密室ものです。シリーズものの第一作のようですね。

笹川◆ これ、シリーズにするのは無理がないですか。どう考えても主人公の正体を知ってる人が出てきちゃうでしょ。

横井◆ 確かに、ナチ側の知人が出てきたらどうするんだろうと。周囲が間抜けすぎるのがご都合主義といえばご都合主義。

笹川◆ みんなが丸く収まるような推理を捻り出さなきゃいけないという『虚構推理』みたいなところが面白かったです

ね。しかも、推理によって、犯人ではないけどユダヤ人の大量虐殺に責任があるやつを嵌めたりとか、理屈で戦うのが泣かせる。ただ、古本屋の主人という設定が今ひとつ活きていないのがもったいないですね。

千街◆ 北欧はアルネ・ダール『狩られる者たち』やアンデシュ・ルースルンド『三時間の導線』なども読み応えがありましたが、一押しはジョー・ネスボ『ファントム 亡霊の罠』。シリーズものだからこそ成立する意外な真相でした。

笹川◆ 僕はネスボのシリーズもの的なところが苦手で。設定は面白いのにシリーズものであるが故にこういう展開にしちゃうのかというのが今まであって。

千街◆ 今回はシリーズものである点がプラスになっている感じでした。

笹川◆ ホーカン・ネッセル『殺人者の手記』は、手記の挟み方が上手くて、仕掛けとしてはシンプルだけど延々と重ねていくもんだから、結構騙されます。ヨルゲン・ブレッケ『ポー殺人事件』は題名に偽りありですよね（笑）。もうちょっとポーを絡めようよ。手記が読者に対してだけでなく、犯人に対しても引っかけになっていたのは面白かったですが。あと、連続殺人の猟奇性に引っぱられて読んでいると、意外とシンプルな真相に足をすくわれる。猟奇に弱い人は引っかかるけど、猟奇に強い人は気づくかもしれません。

千街◆ 猟奇に弱いとか強いとか、どういう表現ですか（笑）。

これまでにないタイプの華文ミステリ

千街◆ 最後にアジア圏ですが、一押しはチョン・ヘヨン『誘拐の日』です。韓国ってミステリ映画はどんでん返しものが盛んなのに、小説だと訳されたものだけ見ると本格はあまりないのかな、という印象だったんですけど、なんだ、ちゃんとあるじゃないかと。

横井◆ 今年の華文ミステリでは紀蔚然『台北プライベートアイ』がありました。キャラクターは面白かったですが、ミステリとしてはどうよという気が。

千街◆ 典型的なハードボイルドでありつつ、その中でちょっと風変わりな謎解きをやっている。台北の地図が入ってるのも必然性があります。今までの華文ミステリにはないタイプの作品でした。

横井◆ 主人公が大学教授を辞めて私立探偵になっているという謎の設定で。

千街◆ 台湾はそもそも私立探偵が存在しないですからね。それを成立させるために苦労した感じがあります。

横井◆ 横溝正史の『蝶々殺人事件』の引用があったでしょう、あれはのけぞりました（笑）。最後に陸秋槎『文学少女対数学少女』ですが、これは『本格ミステリ・ベスト10』が褒めなければどこが褒めるんだと（笑）。

千街◆ タイトルの時点でわかるんですけど、本当にこの作家、麻耶雄嵩が好きなんだなあと。

横井◆ 論理でミステリを脱構築するところは面白いんですが、最後の短編で社会派をボロクソに言うじゃないですか。原書についてた解説でも社会派をすっ飛ばしてたでしょう。『十角館の殺人』シンドロームはここまで来てたんだと。社会派ってあれでかなり歪められて伝わってるんじゃないかと思いました。これ、キャラクター設定は前の『雪が白いとき、かつそのときに限り』に近いですが、最後の短編はどう思いました？　偽りの推理であの現場から作中人物の陸秋槎が友達と逃げ出して、数学少女だけ置いてきぼりにするでしょ。冷たくありません？　それまでの短編であんなに慕っていたのはなんだったのかと。

千街◆　キャラクター小説としては前の二つの長編ほど印象に残らなかったかな。

笹川◆　華文だともう一冊、日・台・香の『おはしさま　連鎖する怪談』は三津田信三から始まって陳浩基で終わるリレー小説で、基本は都市伝説的な怪談なんですが、その中でミステリに着地するのが何編かあるんですよ。リレー怪談の枠でミステリをやったというところで、向こうの若手作家のミステリ観、もしくは嗜好みたいなのが見えてくるかな。まあ新本格的ですね、やっぱり。

クリスティーの影響、復活か？

横井◆　まとめですが、今年は手記・作中作が全盛でしたね。『文学少女対数学少女』もそうです。

笹川◆　あと、異文化・異国もの。

横井◆　グローバル時代だから。アメリカ在住のアジア系作家、ヤンシィー・チュウやアンジー・キムがどういう方向に進むのか気になりますね。あと法廷ものも多かった。

千街◆　『木曜殺人クラブ』とか『第八の探偵』とか『殺人ゲーム』とか、クリスティーにオマージュを捧げたような作品が多かったです。『ヨルガオ殺人事件』ももちろんそうですし。イギリスの作家ってみんなセイヤーズが好きじゃなかったんですか？　一時期みんなそんなふうに言ってませんでした？

横井◆　ＴＶでモース警部が人気があったように、文学文学したものよりモースやポアロみたいなのが好きなんじゃないのかなあ。

千街◆　クリスティーに関しては、映像からの影響も大きそうですね。

笹川◆　また遊戯的なミステリに戻ってきたんじゃないかな。ただ、紹介されるものが日本の読者の好みに合うものを優先させてるかもしれないから、そのへんはわかりづらいんですけど。

千街◆　パヴェージやエイドリアン・マッキンティみたいに英訳された日本の本格ミステリを読んでる人もいますし。

横井◆　結局、セイヤーズ・タイプの作品は、ドロドロな人間関係を描くほうに行ってて、そうでないのはクリスティーに行くという。

笹川◆　ＴＶでもイギリスのドラマはドロドロのが多いから、その反動じゃないですけど、こういうのが出てきたのかなあ。

千街◆　その中でもやっぱりホロヴィッツは抜きんでている感があります。この勢いは今後も続くんでしょうかね。

（二〇二一年十月二十八日）

海外本格リスト（2020.11.1～2021.10.31）

【クラシック 1】

アンリ・コーヴァン『マクシミリアン・エレールの冒険』（1871）フランス、論創海外ミステリ
ヒュー・コンウェイ『ダーク・デイズ』（1884）イギリス、論創海外ミステリ　＊黒岩涙香『法廷の美人』原作
ロバート・バー『ヴァルモンの功績』（1906）イギリス、創元推理文庫（新訳）＊ホームズ・パロディ２編併録
J・S・フレッチャー『ベッドフォード・ロウの怪事件』（1925）イギリス、論創海外ミステリ　＊完訳
M・R・ラインハート『赤いランプ』（1925）アメリカ、論創海外ミステリ
クリフォード・ウィッティング『知られたくなかった男』（1939）イギリス、論創海外ミステリ　＊ハリー・チャールトン警部＃４
アメリア・レイノルズ・ロング『〈羽根ペン〉倶楽部の奇妙な事件』（1940）アメリカ、論創海外ミステリ　＊キャサリン・パイパー＆エドワード・トリローニー＃１

【クラシック 2】第二次世界大戦後

レオ・ブルース『ビーフ巡査部長のための事件』（1947）イギリス、扶桑社ミステリー　＊ウィリアム・ビーフ巡査部長＃６
ナイオ・マーシュ『オールド・アンの囁き』（1955）イギリス、論創海外ミステリ　＊ロデリック・アレン主任警部＃18
アーサー・アップフィールド『ボニーとアボリジニの伝説』（1962）オーストラリア、論創海外ミステリ　＊ナポレオン・ボナパルト警部＃27
コリン・ワトソン『ロンリーハート・4122』（1967）イギリス、論創海外ミステリ　＊フラックス・バラ・クロニクル＃４
D・M・ディヴァイン『運命の証人』（1968）イギリス、創元推理文庫　＊ドミニク・ディヴァイン名義作品

【モダン】1970～90年代

ポール・アルテ『混沌の王』（1994）フランス、行舟文化　＊オーウェン・バーンズ＃１
ピーター・トレメイン『憐れみをなす者』（1999）イギリス、創元推理文庫　＊修道女フィデルマ＃８

【コンテンポラリー】2000年以降

ホーカン・ネッセル『殺人者の手記』（2007）スウエーデン、創元推理文庫
紀 蔚然『台北プライベートアイ』（2011）台湾、文藝春秋　＊呉 誠（ウー・チェン）＃１
ジョー・ネスボ『ファントム　亡霊の罠』（2011）ノルウェー、集英社文庫　＊ハリー・ホーレ＃９
ヨルゲン・ブレッケ『ポー殺人事件』（2011）ノルウェー、ハーパーBOOKS
ジェフリー・ディーヴァー『オクトーバー・リスト』（2013）アメリカ、文春文庫
アン・クリーヴス『地の告発』（2016）イギリス、創元推理文庫　＊ジミー・ペレス警部＃７
ミシェル・ビュッシ『時は殺人者』（2016）フランス、集英社文庫
アルネ・ダール『狩られる者たち』（2017）スウェーデン、小学館文庫　＊サム・ベリエル＆モリー・ブローム＃２
ミシェル・バークビイ『ベイカー街の女たちと幽霊少年団』（2017）イギリス、角川文庫　＊ミセス・ハドスン＆メアリー・ワトスン＃２
アビール・ムカジー『マハラジャの葬列』（2017）イギリス、ハヤカワ・ミステリ　＊ウィルバー・スミス冒険小説賞。サミュエル・ウィンダム警部＃２
エリー・グリフィス『見知らぬ人』（2018）イギリス、創元推理文庫　＊MWA最優秀長編賞。ハービンダー・カー部長刑事＃１
マイクル・コナリー『素晴らしき世界』（2018）アメリカ、講談社文庫　＊ハリー・ボッシュ＆レネイ・バラード＃１
ネレ・ノイハウス『母の日に死んだ』（2018）ドイツ、創元推理文庫　＊刑事オリヴァー＆ピア＃９
ギヨーム・ミュッソ『夜と少女』（2018）フランス、集英社文庫
アンデシュ・ルースルンド『三時間の導線』（2018）スウェーデン、ハヤカワ・ミステリ文庫　＊グレーンス警部＆スンドクヴィスト警部補＃８
アンジー・キム『ミラクル・クリーク』（2019）アメリカ、ハヤカワ・ミステリ　＊MWA最優秀新人賞。国際スリラー作家協会新人賞。ストランド・マガジン批評家賞
M・W・クレイヴン『ブラックサマーの殺人』（2019）イギリス、ハヤカワ・ミステリ文庫　＊ワシントン・ポー部長刑事＃２
マイクル・コナリー『鬼火』（2019）アメリカ、講談社文庫　＊ハリー・ボッシュ＆レネイ・バラード＃２

ホリー・ジャクソン『自由研究には向かない殺人』(2019) イギリス、創元推理文庫　＊ヤング・アダルト。ピッパ・フィッツ＝アモービ＃1
モーリーン・ジョンソン『寄宿学校の天才探偵2／エリンガム最後のメッセージ』(2019) アメリカ、創元推理文庫　＊ヤング・アダルト
陸 秋槎『文学少女対数学少女』(2019) 中国、ハヤカワ・ミステリ文庫
ヤンシィー・チュウ『夜の獣、夢の少年』(2019) アメリカ、創元推理文庫
ジョセフ・ノックス『スリープウォーカー　マンチェスター市警 エイダン・ウェイツ』(2019) イギリス、新潮文庫　＊エイダン・ウェイツ＃3
アレックス・ベール『狼たちの城』(2019) オーストリア、扶桑社ミステリー　＊イザーク・ルビンシュタイン＃1
チョン・ヘヨン『誘拐の日』(2019) 韓国、ハーパーBOOKS
アリスン・モントクレア『ロンドン謎解き結婚相談所』(2019) アメリカ、創元推理文庫　＊アイリス&グウェン＃1
マイケル・ロボサム『天使と嘘』(2019) オーストラリア、ハヤカワ・ミステリ文庫　＊CWAゴールド・ダガー賞。サイラス・ヘイヴン＃1
レイチェル・アボット『殺人ゲーム』(2020) イギリス、角川文庫　＊ステファニー・キング巡査部長＃2
リチャード・オスマン『木曜殺人クラブ』(2020) イギリス、ハヤカワ・ミステリ
ベン・クリード『血の葬送曲』(2020) イギリス、角川文庫　＊レヴォル・ロッセル警部補＃1
モーリーン・ジョンソン『寄宿学校の天才探偵3／事件を解き明かすときがきた』(2020) アメリカ、創元推理文庫　＊ヤング・アダルト
スティーヴン・スポッツウッド『幸運は死者に味方する』(2020) アメリカ、創元推理文庫　＊リリアン・ペンテコスト&ウィロウジーン・パーカー＃1
ジェフリー・ディーヴァー『魔の山』(2020) アメリカ、文藝春秋　＊コルター・ショウ＃2
アレックス・パヴェージ『第八の探偵』(2020) イギリス、ハヤカワ・ミステリ文庫
アンソニー・ホロヴィッツ『ヨルガオ殺人事件』(2020) イギリス、創元推理文庫　＊アティカス・ピュント＃2
グレアム・ムーア『評決の代償』(2020) アメリカ、ハヤカワ・ミステリ
アリー・レナルズ『寒慄』(2021) オーストラリア、ハヤカワ・ミステリ

【日本オリジナル編集】
ドロシー・L・セイヤーズ『モンタギュー・エッグ氏の事件簿』(2020) イギリス、論創海外ミステリ　＊エッグもの11編中6編を収録した他、ピーター卿もの1編、ノン・シリーズもの6編を併録
R・オースティン・フリーマン『ソーンダイク博士短篇全集Ⅱ／青いスカラベ』(2020) イギリス、国書刊行会　＊1918年、1923年刊の短編集収録作品に、単行本未収録の中編2作、オムニバス本の序文などを併録
R・オースティン・フリーマン『ソーンダイク博士短篇全集Ⅲ／パズル・ロック』(2021) イギリス、国書刊行会　＊1925年、1927年刊の短編集に、P・M・ストーンのエッセイを併録
G・K・チェスタトン『裏切りの塔』(2021) イギリス、創元推理文庫　＊短編集『知りすぎた男』(1922) 収録のノン・シリーズもの全編に1913年刊の戯曲（本邦初訳）を併録
レックス・スタウト『ネロ・ウルフの災難　外出編』(2021) アメリカ、論創海外ミステリ　＊1948年、1955年、1960年発表の中編3編収録
アーサー・モリスン『マーチン・ヒューイット【完全版】』(2021) イギリス、作品社　＊1894年、1895年、1896年、1903年に刊行された4冊を合本
エラリー・クイーン『消える魔術師の冒険　聴取者への挑戦Ⅳ』(2021) アメリカ、論創海外ミステリ　＊1939～1940年にかけてオンエアされたラジオドラマ脚本7編+本邦舞台版「13番ボックス殺人事件」(2019) 併載
リチャード・レヴィンソン&ウィリアム・リンク『レヴィンソン&リンク劇場　皮肉な終幕』(2021) アメリカ、扶桑社ミステリー　＊1954～1962年発表の10作品を収録
フレドリック・ブラウン『不吉なことは何も』(1964) アメリカ、創元推理文庫（新訳）＊『復讐の女神』改題

【大家の新訳】
エラリイ・クイーン『フォックス家の殺人』(1945) アメリカ、ハヤカワ・ミステリ文庫　＊エラリイ・クイーン＃17
エラリイ・クイーン『十日間の不思議』(1948) アメリカ、ハヤカワ・ミステリ文庫　＊エラリイ・クイーン＃18
アガサ・クリスティ『スタイルズ荘の怪事件』(1920) イギリス、創元推理文庫　＊エルキュール・ポワロ＃1
アガサ・クリスティ『パーカー・パインの事件簿』(1934) イギリス、創元推理文庫

COLUMN

ミステリ周辺書2021（同人誌・私家版編）

嵩平何

今年も横溝系は豊作だ。木魚庵文・YOUCHAN絵『金田一耕助用語辞典』は『〜語辞典』の補遺拾遺版。康綺堂「康綺堂の推察ノート」1号では夢野久作との関係を探る。神保町横溝倶楽部編『横溝ドラマ・舞台公演 感想文集』や、風々子発行『ネタバレ全開! 横溝正史読書会レポート集』、眼鏡犬企画・編集『諸氏による横溝ジュヴナイルコレクション』の①②は作品考察&感想が楽しい。また横溝フェア購入特典の黒田明編『横溝正史と私』は六人による随筆集。「『新青年』趣味」21号は木々高太郎の特集。「CRITICA」16号は高木彬光特集。ストレンジ・フィクションズ発行『日本探偵小説全集リミックス』は同全集のオマージュ集だが、関連評論と阿津川辰海インタビューも掲載。佐賀ミステリファンクラブ発行「雨中の伽」創刊号には竹本健治の「ミステリいろは集」や薗田竜之介の鮎川評論など多彩な随筆+創作を収録。「『作家特殊研究』研究冊子10 津原泰水」はインタビューや随筆など。「Airmys」20〜21号の麻里邑圭人ラノベ本格ガイドや21号の松井和翠によるミステリ戯曲研究は大変貴重な論考。

石倉颯二『京都市某区深泥丘界隈逍遥』は綾辻行人の深泥丘もののロケ地本。『ゾランさんと探偵小説 YOUCHAN個展図録』は画集。中里友香『名刺代わりの小冊子』は随筆集。『眉村卓の異世界通信』は追悼文集等を収録。創作&随筆集の藤本泉『十億トンの恋』もPOD化。辻真先インタビュー第7弾も出た。

EQMMで書評された『Murder, She Drew』2号はカーの歴史もの特集。鼎談の熱量も見取り図の工夫もより進化した。その絵の著者もりわきかおりの『突読!!読書戦隊SR 2020年版』はミステリ図解マンガ集の最終巻。

伊東晶子『洋書で読むミステリージョージ・ベレアーズ44作品紹介』は未訳のミステリ作家作品レビューという素晴らしい贈物。同様の企画が続いて欲しい。『QUEEN OF CRIME』は二氏によるクリスティーのコージーなファンジン。「Re-ClaM」は5・6号が出た。特集はロス・マクとホームズのライヴァルたち。kazuouは奇妙な味と海外怪奇幻想小説についてのブックガイドを刊行。

木村二郎『おれって本当にハードボイルド探偵なの?』（扶桑社POD）は軽妙な会話形式名探偵紹介&ミステリ解説。心地よい語り口と濃い内容を具えた好著。

刹多楡希『解剖されたフランケンシュタインI』は同名作の関連作品書評集。

ストランド誌の記事を纏めた『英国犯罪実話集』（ヒラヤマ探偵文庫）はミステリの源泉たる犯罪の数々が登場。元ネタを求めるミステリファンは必携だろう。

荻巣康紀「マイナー通信」12号も刊行。映像系は『スクリーンアーカイブズ ベネディクト・カンバーバッチ 復刻号』が出たほか、小玉大輔『刑事映画クロニクル①』のようなガイドも大変有難い。

COLUMN

翻訳ミステリ2021（同人誌・私家版編）

嵩平何

今年は古典ミステリ等の同人翻訳が盛んだった。その中の一部を紹介したい。

「Re-ClaM」6号ではM・D・ポーストら三編が、eX2号ではH・C・ベイリーら三編を訳出。別冊では三門優祐訳のサミュエル・ロジャーズ『血文字の警告』、宇佐見崇之訳のウィンズロウ&カーク『虚空に消える』、北見弦訳のクライド・B・クレイスン『ジャスミンの毒』の三長編が訳出。古典《クラシック》作品選出の巧みさも含め、商業出版顔負けの活躍ぶりだ。

ROM叢書からは小林晋訳でJ・B・ハリス・バーランド『古本屋サロウビイの事件簿　ハリス・バーランド短編集』とレオ・ブルース『冷血の死』が出た。

ヒラヤマ探偵文庫からは平山雄一訳で、キャサリン・クロウ『スーザン・ホープリー』、メアリー・ロバーツ・ラインハート『ローランド屋敷の秘密』、ジョージ・シムズ『女探偵ドーカス・デーン』、クリフォード・アシュダウン『ロムニー・プリングルの冒険』を刊行。クロウによる最初期の長編ミステリなど、歴史的に重要な作品を多く訳出した大偉業だ。

夏来健次訳W・S・マスターマン『誤配書簡』（扶桑社POD）も紙版で登場。宮澤洋司訳「翻訳道楽」の新刊としてE・D・ホックのアークもの五編が刊行。

復刻で有名な湘南探偵倶楽部からも初の翻訳の試みが。奈良岳洋訳でL・ブルースの短編『からし菜のお告げ』『休日のミッション』『矮小人殺人事件』が出た。

翻訳ペンギン発行の「翻訳編吟」は7・8号が出たが、特に8号ではシリル・ヘアー、レ・ファニュ、M・ペンバートンなどミステリ関係作家が多く訳出された。

幻想怪奇や近接分野にも触れていこう。綺想社からはスパイものの嘉密斉《カーマイケル》・史密《スミ》斯《ス》『原子間諜』（森井勝利訳）や、H・カットナーのノワール『溺れる男』（田中実千晶訳）にも注目。また同社からは、『魔女を焼き殺せ！』の姉妹編であるA・メリットの長編『這いよる影』（大網鐵太郎・重盛真凛訳）や、矢藤生葉編訳の怪奇小説集のC・アスキス『願わくは彼女の眠り続けんことを』も刊行された。

蟻塚とかげ編訳で『侏儒と拍車　トッド・ロビンス短編集』『ハリウッド・ストーリーズ　チャールズ・ボーモント短編集』と、著者の短編を数多く紹介した解説付きの『空っぽの劇場　J・D・ベレスフォード奇譚集』も発行された。

絹山絹子訳のベン・ヘクト『ファンタジウス・マルレア／悪魔の王国』は抄訳や戦前訳のある長編二作の完訳版だ。

田中重行訳・漂着文庫のW・H・ホジスン『エリ・エリ・レマ・サバタクニ』は彼の評伝やオカルト探偵ものも収録。同文庫のアルジャナン・ブラックウッド『ポール伯父の参入』は長編である。

ブラックウッドは渦巻栗訳で『粘土の誘惑』という中短編集も刊行されている。

香川真澄編訳のアンソロジー『イタリア夜想曲　怪奇幻想集』もとても嬉しい。

ミステリ周辺書2021

クイーン往復書簡集、待望の邦訳

横井 司

　本格ミステリの観点から、今年度の対象期間に出た周辺書の中で、もっとも重要かつ注目されるのは、ジョゼフ・グッドリッチ編『エラリー・クイーン 創作の秘密――往復書簡一九四七―一九五〇年』（飯城勇三訳、国書刊行会）だといって、まず異論は出まい。『十日間の不思議』『九尾の猫』『悪の起源』を創作する際に、フレデリック・ダネイとマンフレッド・B・リーの間で交わされた書簡を集めた一冊。それらの長編が出来上がる過程をうかがわせて興味深いだけでなく、プロットを構築する側と、それを文章化し小説としてふくらませる側との間で交わされる、激越な調子の徹底的な議論には、ただただ驚かされる。ダネイは書簡の中で「もし、われわれの間の状況を一冊の本にまとめたら、そいつはとても信じられない代物になるだろうな」と述べているが、まさにその「とても信じられない代物」こそ、本書なのである。

　信じられない代物といえば、レジス・メサック『「探偵小説《ディテクティヴ・ノベル》」の考古学――セレンディップの三人の王子たちからシャーロック・ホームズまで』（石橋正孝監訳、国書刊行会）もまた、その範疇に入るだろう。エドガー・アラン・ポオの「モルグ街の殺人」を遥かに遡り、探偵小説の源流を探究していく大著である。本書はかつて江戸川乱歩が下訳させたノートが残っているが、これまで刊行されることがないまま、幻の研究書として名のみ知られていた。それが完訳されたことに、喜びと驚きを禁じ得ない。

　国内ミステリについても、鈴木優作『探偵小説と〈狂気〉』（国書刊行会）という大著がまとめられている。ミステリ・プロパーの思い込みを覆すような論考が提示されており、殊にトリックなど